당당하려면
나를 단단하게

당당하려면 **나를 단단하게**

1판 1쇄 인쇄 2022년 10월 12일
1판 1쇄 발행 2022년 10월 19일

지은이 서해리
펴낸이 이기준
펴낸곳 리더북스
출판등록 2004년 10월 15일(제2004-000132호)
주소 경기도 고양시 덕양구 지도로 84, 301호(토당동, 영빌딩)
전화 031)971-2691
팩스 031)971-2692
이메일 leaderbooks@hanmail.net

리더북스는 독자 여러분의 책에 관한 아이디어와 원고 투고를 설레는 마음으로 기다리고 있습니다.
책으로 엮기를 원하는 아이디어가 있으신 분은 이메일 leaderbooks@hanmail.net로 간단한 개요
와 취지, 연락처 등을 보내주세요.

서해리 에세이

당당하려면
나를 단단하게

리더북스

화안시(和顏施)라는 말이 있다. 부처님이 잡보장경에 말씀하시기를 비록 재물을 가진 것이 하나 없는 사람이라도 남에게 베풀 수 있는 것은 웃는 얼굴, 즉 화안시라고 했다. 이는 곧 화내지 않은 미소 띤 얼굴로 사람을 대하는 것이다.

그러나 고난과 사건 발생의 연속에서 태평하게 웃고 있을 수만은 없다. 기어코 문제를 하나 해결하고 나면, 아니 해결하기도 전에 다음 문제가 겹쳐 온다. 온갖 일 더미에 쌓여 짓누르는 무게와 중압감에 깔릴 것만 같다.

힙합 듀오 리쌍은 '내가 웃는 게 웃는 게 아니야'라는 명가사를 남겼다. 행복해서 웃는 게 아니라 어쩔 수 없이 웃어야 하는 현실이 답답하고 힘들지만, 오늘은 계속되기에 웃어보자.

　별 볼 일 없는 짧은 인생인데도 주위의 후배들이나 친구들이 고민이 있다며 털어놓고 물어본 적이 많았다. 조금이라도 도움이 되고자 나름의 생각과 의견을 알려주었는데, 별거 없는 답변에도 연신 고마워하던 모습을 잊을 수가 없다. 좋은 답변 내용이 실질적으로 도움이 많이 되었다는 피드백이 있었다. 아마 현실을 왜곡하면서 위로하거나, 막연하게 낙관적인 희망을 주는 답변이 아니라, 직설적으로 솔루션을 내렸기 때문인 것 같다. 그래서 여러 고민 상담 사례를 모아 책으로 엮게 되었다.
　힘든 사람의 말을 들어주는 것만으로도 작게나마 도움이 된다고 들었다. 이 책이 힘든 인생의 길에 스쳐 가는 작은 손길이 되길 바란다. 어떻게 해야 할지 갈팡질팡할 때, 내 마음을 알 수 없어 혼란만 가득할 때 가깝게 손에 잡히는 지침서가 되길 바란다.

　이 책은 좋아하는 것만 하면서 살고 싶은 염원을 담아 쓴 책이다. 하루하루를 맞이하는 각오이자 다짐이기도 하다. 좋아하지 않는 것을 하지 않기 위해서 최선을 다하고 있다. 하기 싫은 일을 안 해도 되는 것은 아주 큰 축복이다. 가수 고(故) 신해철은 그의 마지막 강연에서 "제가 생각할 때 마흔 살에 성공했다의 기준은 내가 얼굴 마주치고 싶지 않은 놈을 안 보면서 먹고살 수 있으면 그게 성공"이라고 했다. 그런 면에서 난 아직 성공하지는 않았지만, 그래도 좋아하지 않는 것을 최대한 피하고, 가능한 좋아하는 것을 하고 싶은 인생을 살기를 바란다.

인생은 무한도전이다. 처음 마주하는 것들이 어찌나 많은지 끝도 없다. 그러나 낯설고 새로운 환경에 던져져도 나름 잘 헤쳐 나갈 수 있다는 자신감이 있다. 도태되지 않을 거라는 믿음 말이다. 어디에서 무엇을 하든 그 분야에서 살길을 찾을 거라는 확신이 있다.

세상은 끊임없이 변한다. 지금 이 시각에도 계속 변한다. 급변하는 환경에 빨리 적응하여 중심을 잡고 온전히 내가 나로 설 수 있기를 바란다.

건강하고 부지런하면 얼마든지 잘 살 수 있다. 여성이 세상을 지배할 수도 있는 시대이다. 기죽지 않고 명철한 머리를 잘 활용하자. 내 안에 있는 잠재력을 용기 내어 꺼내 보자.

힘들어도 웃으면서 사람을 대하고, 진심으로 세상을 마주한다면 세상은 살 만한 것 같다.

차례

4장

나의 마인드 단련

5장

34세에 재테크 시작

6장

집 사러 귀국

7장

앞으로의 나는

1장

나는

틀린 사람이 되지 않으려면

: 평생 업데이트

법학과를 나왔다. 그런데 법은 잘 모른다. 한국에 수만 개의 법이 있는데 대학교 공부로 헌법, 민법, 형법, 민사소송법, 형사소송법, 상법, 즉 기본 6법만 공부해도 벅차다. 원래 대학 공부가 어려웠고, 동남아행 비행기를 타고 한국을 떠남과 동시에 많이 까먹었다. 한국 법은 한국에만 적용되니 동남아에서 한국 법을 쓸 일이 전혀 없다. 법학과를 나왔다고 하면 주변에서 각종 다양한 상담을 부탁해온다. 전셋집 계약을 한다며, 돈을 빌려줬는데 연락이 두절되었다며, 중고 물품 거래 사기를 당했다며, 월급을 떼였다며…… 민사, 형사, 노동법 사건 등 다양한 문제가 우리 주변에 정말 많다.

그러나 나는 원래 법을 잘 모르고 까먹어서 더 모른다고 하면, 상담도 안 해준다며 이기적인 인간이라고 욕하는 사람도 있다. 학부생이 뭘 알겠냐. 선무당이 사람 잡는다. 약은 약사에게, 법은 변호사에게 물어보도록 하자.

사법시험 합격 못 했다고 공부 못 한다고 핀잔주는 사람도 있다. 경영학과 나오면 다 기업 CEO 되냐? 경제학과 나오면 다 부자 되냐? 아닌 경우가 훨씬 많은데 왜 법학과 나오면 사시 합격했을 거라고 생각하는지 그 발상이 이해가 안 된다.

사법시험을 준비해본 사람은 안다. 합격이 얼마나 어려운지. TV에 보면 사법시험 합격한 각양각색의 정치인들이 많이 있는데 그 사람의 인성, 됨됨이, 정치적인 색깔 등은 모두 배제하고서 오직 학습 능력만 놓고 따진다면 천재라고 생각한다. 난 천재가 아니라는 것을 대학 들어가서 알게 되었다.

법 공부는 우리가 매일 일상을 살아가는 데 당장은 필요 없다. 그러나 자주 일어나지는 않지만 인생에 큰일이 생겼을 때, 예를 들어 큰 금전이 오고 가는 계약에 문제가 있을 때, 부당한 사건에 휘말렸을 때 큰 도움이 된다. 이 사회를 살아가는 모든 구성원에게 공통으로 적용되다 보니 설득력 있고 논리적이다. 법학은 논리적으로 사고하고 판단하는 데 참 좋은 학문인 것 같다.

법은 변한다. 10년이면 강산도 변하는데 불변할 것 같은 법도 변한다. 시대에 맞게 법도 변한다. 이에 따라가려면 나도 변해야 한다. 얼마 전 TV를 보는데 흉악범이 징역 30년의 형량을 받았다. 잘못 들은 줄 알았다. 내가 알기로는 유기 징역은 최고 형량 15년인데, TV 9시 뉴스가 틀릴 리 없는데 의심이 들어 인터넷에 검색해보니 몇 년 전 형법이 개정되었다. 즉, 내가 알고 있는 지식이 틀린 지식이었다. 현재 상황과 맞지 않는 과거의 지식을 현재에도 유효한 지식으로 알고 있었다.

지하철역 이름도 바뀐다. 내가 학교에 다닐 때는 부산 지하철 1호선 중 학교 근처 역이름이 부산대학앞 역이었는데, 졸업 후에 가보니 부산대 역이 되었더라. 예전엔 역에서 학교 정문까지 10분 정도 걸어 올라가야 해서 굳이 앞에 있는 역이라고 이름을 붙인 거라고 생각했다. 그런데 역 위치의 지리상 이전은 없으나 역 이름이 바뀌었다.

업데이트를 안 하면 금전적인 손해가 발생할 수도 있다. 인지세법 제1조가 2020년 8월 28일 개정으로 부동산 매매계약서 작성하는 날 인지세를 납부해야 하는 것으로 변경되었다. 인지세액은 금액별 차등인데 대표적인 금액은 1억 원 초과 10억 원 이하 시 15만 원을 납부한다. 개정된 줄 몰라서 계약 3달 뒤 매매 잔금 하는 날 인지를 구매했다. 납부 가산세가 발생했지만 부과되지는 않았다. 법무사에게 대행 없이 등기소에 직접 방문하여 셀프 등기를 했고 등기소 직원이 가산세를 별도로 부과하지 않고 접수를 해 주셨다. 주변에 알아보니 아직 가산세를 부과하는 경우를 본 사람은 없다고 한다. 그러나 법 개정에 따라 원칙상 계약서 작성 당일에 인지세를 구입하는 것이 맞다.

업데이트를 안 하면 오래된 지식이 아니라 틀린 정보가 되어버린다. 업데이트된 정보를 모르면 "라떼는 말이야"로 시작하는 단순히 과거에 머물러 있는 옛날 감상에 젖은 늙은 꼰대가 아니라 틀린 말을 하는 사람이 되는 것이다.

괜찮은 대학교를 졸업했다. 정확히는 과거에 괜찮았던 대학교이다. 우리 학교 나왔다고 말하면 어디서든 "공부 잘하셨네요"라는 칭찬을 들었는데 요즘은 별다른 반응이 없다. 내가 입학할 때는 SKY 대학과 입결(입시결과) 수능 점수가 비슷했다. 특히 법학과는 SKY 대학의 상위학과와 별 차이가 없었다. 그런데 십수 년의 시간이 흐르니, 대부분의 인서울 대학교보다 입결 수능 점수가 낮아졌다.

말은 제주도로 보내고 사람은 서울로 보내라는 말이 있듯이 서울로 인재가 모인다. 과거를 바꿀 수도 없고, 모교의 입결 등급이 내려가는 것도 바꿀 수 없다. 과거의 우수에 젖어 "라떼는 말이야, 우리 학교가 점수가 엄청 높았어! 내가 공부를 잘했는데" 하고 있으면 안 된다. 요즘 MZ세대들은 과거에 어느 대학의 입결 점수가 높았는지 낮았는지 관심이 없다.

재테크도 마찬가지이다. 10년 전만 해도 신혼 생활 첫 출발을 빌라 전세에서 시작해 알콩달콩 살면서 열심히 돈을 모아 40대에 청약으로 내 첫 집 마련하는 것이 국민 정석 코스였는데, 요즘 이 국민 코스대로 하면 벼락 거지 되기 십상이다. 시대가 변했다. 시대에 따라 마인드도 변해야 하고 재테크 방법도 달라야 한다.

10년이면 강산도 변한다. 20년 이상이면 산술적으로 강산이 2번 변하고도 남는 시간이다. 크고 웅장한 강과 산조차도 변한다. 내가 원하든 원하지 않든, 내 의사나 의지와 상관없이 세상은 변한다. 단단해서 변할 것 같지 않았던 법도 변하고, 지하철역 이름도 사람들의 인식도 모두 변한다.

졸업하고 나니 법학전문대학원(로스쿨)으로 바뀌면서
학과가 없어졌더라.
선배는 무수히 많은데 후배가 없다.
법도 바뀌고 제도도 바뀌었다.
이걸 깨우치고 나니
끊임없이 평생 공부를 해야겠다는 생각이 들었다.
틀린 사람이 되지 않기 위해.

집순이

: 집에서 할 일이 많다

집에 있는 것을 좋아한다. 집이 크든 작든 상관없다. 내 소유의 집이 아니더라도 장기간 머무는 거처를 좋아한다. 집 밖으로 나가는 것을 좋아하지 않고 원래 집에서 혼자 있는 게 좋아서 코로나 팬데믹일 때도 그리 힘들지는 않았다. 코로나 팬데믹 전부터 비대면과 자가격리에 최적화된 생활을 하고 있었다. 특히 주말에는 가급적 집 밖으로 안 나간다. 시내든 동네 마트든 어디든지 사람이 많기 때문이다.

모임이나 여행도 가지 않는다. 꼭 직접 가야 하는 스케줄조차도 가급적 피하고 싶다. 호캉스(호텔에서 즐기는 바캉스)도 불편하다. 갔다 오면 호텔과 너무 차이 나는 내 집이 한없이 부족해 보이고, 1박 2일 동안 구석구석 쌓인 먼지를 청소하느라 힘들다. 여행을 가는 이유가, 여행을 갔다 와서 내 집에서 쉬는 안락함이 크기 때문이라는 이야기도 있다. 여행을 안 갔다 와도 내 집이 이미 좋은걸.

기분 전환하러 멀리 나가거나, 색다른 기회가 될 것을 기대하고 일부러 사람들을 만나러 모임에 나갔다가 영양가 없이 시간 낭비했다며 아쉬워하는 경우도 많은데 굳이 그러지 말자.

MBTI는 ESTJ이다. 외향형을 뜻하는 E인데 집에 있는 것을 정말 좋아하다니 아이러니이다. 집에서 책상에 앉아 있는 것을 좋아한다. 밤에 잘 때까지 눕거나 기대지 않는다. 집에서 할 일이 많다. 음악도 듣고, 유튜브도 보고, 쏟아지는 MZ세대의 신문물과 트렌드를 파악하고, 뉴스도 읽고, 곡도 쓰고 가사도 쓰고 책도 읽고 너무 재밌다. 재택근무도 한다. 게임회사를 다니지만 집에서는 거의 게임을 하지 않는다. 집에서 모든 일을 다 할 수 있다니 참 편리하고 좋은 세상에 살고 있다.

부동산 투자도 비대면으로 할 수 있다. 현장에 가서 둘러보는 임장은 중요하다. 그러나 임장을 못 가는 사람들의 수요가 많은지 요즘 비대면 임장을 도와주는 앱이나 사이트가 많아, 가서 본 것보다 더 자세한 정보를 집에서 얻을 수 있다. 3D 도면을 통한 가상 공간의 집 방문은 물론, 시간대별 일조량과 건물 그림자까지도 파악이 가능하다.

인도네시아 자카르타에서 3년을 일했는데 발리를 안 가봤다. 발리는 외국에서도 바다 건너 물 건너 찾아가는 세계적인 여행지이다. 주말에 가볍게 다녀올 수 있는 곳이라 발리에 가보려면 얼마든지 기회가 있었는데 "가봤자 덥다"라는 이상한 핑계를 대며 집이 좋아서 집에 있었다. 나에겐 발리 여행보다 집이 좋다. 출장도 가급적 안 가고 싶다. 해외 출장, 해외 교육도 별 관심이 없다. 해외에서 살 만큼 살고 와서 그런지 별 감흥이 없다.

매일 계획적인 루틴으로 짜임새 있게 돌아가는 내 일상이 주는 안락함과 익숙함이 너무 좋다. 내 루틴을 깨고 비집고 들어오는 일들은 만나고 싶지 않아, 그런 일을 안 만들려고 최선을 다한다.

나이가 들어갈수록 외부에 하루 나갔다 오면
기력 소모가 심해지더라.
굳이 집 밖에 나가지 않아도
내가 도태될까 봐 불안해하지 않아도 된다.
집 안에 오래 있다고 방구석 히키코모리가 아니다.
체력, 기력, 에너지와 시간이 절약되는 것은 덤이다.
쓰고 보니 사회적 거리두기를 권장하는 이 글을
질병관리청과 정부가 좋아할 것 같다.

마음 처방전

어느 하루도 쉬운 날이 없다. 지금도 마찬가지다. 어디에 있건, 뭘 하건 힘든 건 똑같다. 깃털처럼 가벼운 존재로 태어났지만, 살면서 점점 무게를 짊어지게 되고 그 무게에 짓눌려 결국 내가 무너져 내리는 날이 있다. 한없이 가라앉고 헤어나올 수 없이 축 처져 버리는 그런 날. 갑자기 예고 없이 찾아오는 힘든 날.

해외에 오래 살면서 말도 안 통하고 숨만 쉬어도 그저 모든 게 힘든 때가 많았다. 언제까지 이렇게 힘들까 싶어 운세나 점이라도 보고 싶고, 너무 힘드니 심리 상담이라도 받고 싶은데, 현지어로 상담받으면 미묘한 뉘앙스를 이해 못 해서 오히려 더 답답할 것 같아 관두었다. 가벼운 운동이나 산책도 뇌과학적으로 기분 전환에 좋은 방법인데, 동남아에 살아서 가만히 있어도 덥고 땀이 나서 외부 활동이나 땀이 나는 움직임은 오히려 역효과였다.

기분이 안 좋으면 재테크도 안 된다. 부는 에너지이고 기운이다. 기분이 다운되어 있으면 기분 전환을 위해 굳이 쓸 필요 없는 많은 돈을 쓰게 된다. 요즘 일명 '시발 비용'이라고 하는 거. 기분 나쁘니 맛있는 거 배달시켜 먹고, 쇼핑도 해야 하고. 그런 기분으로 산 것들을 돌이켜보면 결국 '이쁜 쓰레기'이더라. 이걸 깨우치고 난 후에 유형의 동산(動産)은 구입하지 않게 되었다. 동산은 오직 선물이나 책, 음반, 앨범, 게임팩 같은 무형의 가치를 만들어 줄 인사이트 함양을 위한 문화 콘텐츠만 산다. 변하지 않고 묵묵히 그 자리를 지키는 부동산의 매력에 빠졌다.

기분 좋으면 쓸 일이 전혀 없는 것들을 기분이 나쁘기 때문에 해줘야 한다. 다음 달에 신용카드 청구서 받으면 이렇게 많이 썼나 싶어서 더 기분이 안 좋아진다. 지금 기분 나쁜 것이 오래도록 영향을 미친다. 기분 나쁠 일을 만나지 않도록 하는 것이 재테크의 첫걸음이다.

그럼에도 불구하고 인생은 계속되기에, 다운되는 기분이 들 때 즉시 전환할 수 있도록 내가 좋아하는 것을 적어 놓은 노트가 있다. 마치 마음 처방전 같다. 가볍고 깨끗해 언제든지 쉽게 꺼내 볼 수 있어야 한다. 실물 종이 형태의 수첩이든, 메모 앱이나 웹 메일 등 디지털의 형태이든 상관없다. 예쁘고 반짝이는 것들로 내 삶을 둘러싸고 싶다. 꼭 물건이 아니더라도, 예쁜 시간과 멋진 기억을 언제든지 떠올릴 수 있게 기분 좋을 때 기록해 둔다.

내가 좋아하는 것이라는 주제에 부합하면 종류 상관없이 다 적어 둔다. 어떤 행동을 하거나, 기억의 장면을 떠올리거나, 여행 가서 찍은 사진을 보거나, 책 읽기, 유튜브 영상 보기, 네이버 블로그 읽거나 쓰기, 영화 보기, 그림 그리기 등 상관없다. 가급적이면 큰돈 안 쓰는 방법으로 찾아보자. 돈 들여가며 탕진잼(탕진하는 재미) 또는 플렉스(flex) 하지 않아도 기분 좋게 하는 방법이 생각보다 많을 것이다. 나만 보는 비밀 노트이니 솔직하게 적고 기록하자.

나는 '집에 있기'가 1번이다. 일단 집에 있으면 뭐를 한들 안 한들 행복지수가 쉽게 올라간다. 집이 최고인 '집순이'이다.

2번은 '맑은 날 창밖 경치 보면서 청량한 멜로디 라인 가득한 아이돌 노래 듣기'이다. 1번 '집에 있기'를 기반으로 실내에서 이루어지는 행동이다.

이런 식으로 최대한 바로 떠올릴 수 있게 생생하고 구체적으로 적어 두면 무너져 내리는 나를 그나마 붙잡을 수 있다.

그리고 마음이 답답할 땐 논어와 맹자를 읽었다. 인간관계, 대인배의 마음가짐, 마인드 컨트롤, 인생을 대하는 태도 등 전 분야에 통틀어 해답이 있다. 오래된 고전이 2500년이 넘는 그 긴 시간을 딛고 지금까지 전해 내려오는 데는 다 이유가 있다. 시대, 사회가 달라도 통하는 가치가 있기 때문이다. 이미 수천 년 동안 공자님의 제자들이 공자님께 의견을 여쭈어 해답이 나와 있다. 알 수 없는 삶에 단편적이고 일시적인 임시방편이 아니라, 근본적인 해답을 찾고 싶을 때 공자님 말씀을 몇 줄이라도 읽으면 마음이 편안해진다.

유튜브에서 법륜스님의 즉문즉설 영상을 봤다. 다양한 고민과 사연을 법륜스님이 그 자리에서 듣고 스님의 의견을 말씀해 주신다. 관객들은 다 같이 사연에 공감하고, 펑펑 울고 손뼉 치며 웃는다. 해답을 내려주시는 내용이 명쾌해 사이다 같다. 불교 신자가 아닌데도 법륜스님이 말씀해주시는 것을 듣고 있으면 마음에 평화가 찾아온다. 버티는 큰 힘이 되었다.

그리고 책을 많이 읽었다. 언어나 장르 상관없이 활자중독 수준으로 닥치는 대로 읽었다. 대만에서는 집 근처 도서관에서 빌리거나, 한국 책은 전자책으로 어디서든 읽었다. 읽으면서 단어 단어마다 곱씹거나 내내 생각하면 머릿속을 정리하는 데 도움이 되었다.

특히 대만 책 중에는 어른들이 읽는 동화 같은 그림책 작가 '지미 리아오'의 책으로 힐링했다. 대만의 명물인 타이베이 101 타워 바로 앞에 지미의 달 버스가 전시되어 있어서 한국인 관광객들에게도 유명한 작가이다. 대형 버스는 지미 작가의 캐릭터 동상을 가득 채운 체험존으로 꾸며져 있다.

유아용 책처럼 큰 글자 5~6줄에 파스텔톤 따뜻하고 힐링되는 편안한 삽화 그림이 그려져 있다. 짧은 문장 안에 함축된 의미가 생각을 많이 하게 하는 시 같아서 와 닿는 것이 많았다.

최근에는 오은영 박사가 출연하는 방송이 진짜 좋다. 육아, 자녀교육 뿐만 아니라 어른들의 인간관계와 상처 회복에도 공통으로 적용되는 내용이 많아 공감대가 형성되기에 어른 금쪽이들에게 큰 돌풍을 일으키고 있다.

나를 힐링하게 하는 존재는 개인마다 모두 다르다. 각자 살아온 경험과 바탕이 다르므로 같을 수가 없다. 정말 생각지도 못한 곳에 다양한 형태로 존재한다.

> 미리 나만의 처방전과 힐링 방법을 찾아 두어야
> 일상의 바이오리듬이 깨지더라도
> 금방 되찾고 다시 흐름을 회복할 수 있으니,
> 기분이 좋다는 생각이 들 때 꼭 적어 두자.
> 이럴 때 나는 기분이 좋았다는 것을.
> 기분 좋은 일은 시간이 흘러도
> 곱씹으며 되새김하면 참 기분이 좋다.

2년 된 휴대폰 같은 30대 중반

: 선택과 집중이 필요하다

에너지 넘치는 게 언제나 영원할 것 같냐? 영원까지는 아니더라도 나는 운동 꼬박꼬박하고 열심히 관리했으니까 남들보다는 오래 30대, 40대에도 팔팔할 것 같냐고? 나도 그렇게 믿었다.

그런데 30대 중반을 넘어가니 기력이 딸려서 못한다. 30대부터 급격하게 풀 에너지 최대한도가 내려가는 것이 체감된다. 마치 2년 된 휴대폰처럼. 최신 휴대폰을 사서 2년간 쓰면 아무리 배터리를 100% 완충해도, 2년 전 구입 당시의 100% 충전보다 충전된 배터리 양이 적다. 자연적으로 나이를 먹어서 가만히 숨만 쉬어도 배터리 총량은 줄어드는데, 여기에 임신, 출산, 수술이나 부상 같은 신체에 직접적으로 큰 영향을 미치는 이벤트가 있다면 인체 배터리 총량이 계단식으로 하향하며, 한 번 내려간 배터리 총량은 올라가지 않는다. 휴대폰 배터리와 똑같다.

이것도 하고 싶고, 저것도 하고 싶고, 할 게 많고, 하고 싶은 것도 많고, 재밌는 것도 많은데, 못. 한. 다.

30대 중반 이후, 하루 외출 나갔다 오면 다음 날은 집에 있어야 하더라. 집에서 에너지 충전이 꼭 필요하다. 집순이에게 외출은 더 기력 소모가 심하다. 관리를 못 해서가 아니다. 건강식품과 영양제는 건강 보조 '식품'일 뿐 의약품이 아니다. 나만 이런 것이 아니고 인체 바이오리듬이라는 과학적인 근거가 있다. 신체 능력 저하, 한 단어로 줄여서 '노화'라고 한다. 자연의 섭리를 거스를 수는 없다.

마치 초등학생에게 "고3 되면 진짜 힘드니 미리미리 공부해놔라." 같은 식의 말로 들릴 거다. 먼 이야기 아닌데…. 세월 금방 간다.

하루에 처리할 수 있는 일은 한정되어 있다. 매일 에너지가 폭발하는 것이 아니므로 중요한 것에만 에너지를 쏟아야 한다. 그래서 중요도를 바탕으로 우선순위 목록을 작성해서 순위대로 처리해야 한다. 단순히 숙제가 순위 없이 나열된, 할 일 목록과 다르다. 이게 안 되면 내가 세상에서 제일 바쁜 줄 안다.

그리고 특정 시기에 해야만 하는 일이 있고 그 일을 하는 게 맞다. 내가 하고 싶은 일을 하면 안 된다. 이거를 착각해서 좋아하는 일을 해보겠다고, 잘 다니던 직장 그만두고 창업 또는 프리랜서로 전향하는 사람도 있는데 그러지 마라.

에너지와 시간은 한정되어 있다. 선택과 집중을 통해 중요하다고 생각되는 것에 몰두해야 한다. 분명 어떤 것을 하면 작은 수익 또는 보상이 확실하게 주어지는 것을 알게 된다. 예를 들면 온라인 폐지 줍기라고 하는 것. 각종 앱과 사이트에 들어가면 10원 이하의 리워드가 매일 주어진다. 하루 10원이니 한 달 동안 하면 최대 기대수익 300원이다. 과자 하나 못 사 먹는 돈이다. 1년 동안 열심히 하면 3,600원이다. 1년 동안 하루도 빠짐없는 대단한 의지력으로 고작 3,600원을 획득한다. 과자 한 봉지와 생수 한 병을 사 먹을 수 있다.

티끌 모아 태산을 무시하는 것이 아니다. 티끌 모아도 티끌, 또는 티끌보다 작은 것이라서 말리는 거다. 굳이 인플레이션 계산까지 들어가지 않아도, 시간 투입과 노력의 결과가 너무 작아 티도 안 난다.

그런 작은 곳에 시간을 쏟고 싶냐? 매일 한 번은 머리에서 떠올리고 있어야 하는데 굳이 한정된 뇌용량을 그곳에 써야 할까. 그래서 소확행(소소하지만 확실한 행복) 같은데 사실 소확행이 아니고 오히려 마이너스다.

이런 의지로 다른 곳에 투입하면
그보다는 수십, 수백 배 훨씬 더 생산적일 것이다.
지금 당장 내 손에 떨어지는 소확행이
진짜 행복이 맞는지 다시 생각해보자.

제일 싫어하는 한국어 '벙개'

: 정교하고도 무례한 권유

사전 약속 없이 급히 이뤄진 만남이나 모임을 뜻하는 벙개를 너무 싫어한다. 타인의 시간에 대한 배려가 전혀 없는 무례한 단어이다. 나는 뼛속까지 ESTJ 형이다. 계획적인 것을 좋아하는 E 성향이다.

벙개를 제안한 사람은 시간이 남아서 누군가를 만나고 싶었을 것이다. 그러나 그러한 연락을 받는 상대방은 자신만의 계획된 일정과 생활 리듬이 있을 것인데, 그것을 가볍게 무시하는 셈이다. 설령 "나 근처 왔는데 혹시 지금 나올 수 있어?" 등의 강제성 없는 권유형 벙개 제안일지라도, 상대방은 거절했다는 약간의 미안함이 남을 수도 있다.

당일 연락, 급연락은 거절한다. 아무리 중요해도, 간곡히 원해도 거절한다. 만나기 전에 충분히 시간을 가지고 검토를 하고 서로가 각자 준비를 하고 만나, 짧은 시간에 임팩트 있는 만남을 하고 헤어지는 게 효율적이다. 내가 이렇게 살아보니, 이렇게 다 거절을 해도 사는 데 어려움이 없다. 내가 성장을 했기 때문에, 그 만남을 거절해도 내가 아쉬운 것이 없기 때문에 가능하다. 이렇게 살 수 있음에 감사하게 생각한다.

통계마다 차이가 있지만 대략적으로 인구의 절반인 E 성향은 예고 없는 즉석 모임, 벙개를 싫어하는 경우도 있다. 벙개 제안했다가 상대방이 언짢아할 확률이 50%이다. 이렇게 확률 높은 안 좋은 짓을 왜 하냐. 그 50%의 확률을 무시하고 뛰어넘을 만큼 우리가 그렇게 친한 사이인가?

대만에서는 어디를 가든 예약을 한다. 동네 구멍가게 같은 일상적인 식당을 제외하고, 인원이 많지 않더라도 어느 정도 규모가 있는 식당이라면 대부분 예약을 한다. 성수기, 주말 같은 인파가 몰리는 시즌이 아니더라도 식당뿐만 아니라 대부분 예약이 필수이며, 예약을 하는 사람도 당연하게 며칠 전에 인원수를 정확하게 파악하여 예약한다. 이런 대만에 살 때 내 스타일이라 너무 편리하고 좋았다.

특히 충격적이었던 것은 대만 결혼식인데, 몇 명이 참석하는지 사전에 정확하게 조사하고, 결혼식 당일에는 배정된 테이블과 좌석에 앉아야 한다. 반면에 청첩장 받고 결혼식에 갈지 말지, 또는 자녀들을 데리고 갈지 말지, 참석 여부와 인원수를 결혼식 당일에 무통보 셀프 결정하는 한국의 결혼식 초대 문화와 큰 차이가 있었다.

"오늘 일 마치고 회식 있습니다."

한국에서 회사 다닐 때 제일 힘들었던 것 중의 하나는 사전 예고 없이 당일에 회식을 공지하는 팀장님의 말씀이었다. 심지어 빠지면 은연중에 눈총과 압박을 받기에 빠지겠다고 말할 수도 없다. 사실상 업무 마친 게 아니잖아? 업무가 끝난 게 맞다면 집에 가도 되어야 하잖아. 근무 시간이 아닌 저녁조차 내 개인적인 스케줄과 개인의 저녁 생활은 고려 대상이 아니라는 인식에서 나오는 명령이다. 요즘은 한국 기업의 인식 개선으로 인해 많이 사라졌다고 하지만, 그래도 없지는 않더라. 다행히 한국으로 귀국 후엔 코로나 팬데믹 시국이라 회식이 많이 없어졌다.

사전에 시간과 일정을 알려주었더라면 그 모임에 참석했을 수도 있는데, 나 제외하고 다른 사람들은 재미나게 모이겠구나 생각하니 아쉬움이 들기도 했다. 하지만 당일에 연락받고 급하게 뛰어나가서 만난 경우, 시간 낭비한 경험이 쌓여 이제는 아쉬움이 없다. 모임 한 번 안 나가도 아무 문제가 없다. 만약 나 없으면 안 돌아가는 모임이라면, 당일 급연락이 아니라 사전에 미리 연락했겠지. 지난간 기회에 아쉬워하지 말자. 그건 꼭 내가 아니더라도 상관없는데 그저 머릿수를 채우는 모임일테니까.

외국에 살 때 한국인들 사이에 유명한 격언이 있었다. 제일 조심해야 하는 게 한국인이라는 말. 한국인들 단톡방에 있는데 얼굴을 한 번도 본 적 없는 사람이 갑자기 밤중에 1:1 메시지로 '술 한 잔 사줄게 나오라'는 연락이 많이 온다. 와이프가 한국 친정에 가 있는 유부남이고 미혼남이고 할 것 없이 연락이 참 많이 온다. 그냥 싫다고 하면 온갖 썰을 풀며 이야기가 길어지니 "지금 아기를 재워야 해서요"라고 둘러대며 칼차단을 한다. 없는 자녀 들먹이며 거짓말을 하는 게 구질구질하지 않고 뒤끝도 없고 최고로 효과가 좋았다. 상대방은 어차피 며칠 지나면 기억도 못하는 멘트라 기계적으로 답한다. 이렇게까지 하면서 살아야 하나 싶은데 어쩔 수 없다. 이상한 사람은 어디든 참 많으니까.

"우리 지금 만날래?"라는 요청은 정교하고도 무례하다. 왜냐하면 사람은 요청이나 권유를 받으면 No보다는 Yes로 답하는 경우가 많다. 이것을 '착한 사람 콤플렉스'라고 한다. 거절보다 승낙이 쉽도록 DNA에 새겨져 있다. 만약 요청하는 입장이라면 상대방이 "응"하고 대답할 것에 맞춰서 요청을 하면 더 승낙을 받을 확률이 높다. 그래서 막상 벙개 요청을 받으면 입가에 맴도는 거절의 말이 나오지 않아 우물쭈물하다가 순식간에 승낙이 되어버리는 경우도 있으니 곧바로 외쳐보자.

"지금 나오라고? 싫어!!"

취미로 시작한 부캐

: 작사

30년째 가요 마니아이다. 노래를 듣다 보면 주관적인 느낌으로 곡은 좋은데 가사가 조금 아쉬운 경우도 있다. 곡과 따로 놀거나 스토리가 뭔가 2% 부족하거나. 입에 착 안 달라붙는 어려운 발음이라든가. 요즘은 워낙 가사 퀄리티가 상향 평준화되었지만 1990년대만 해도 제법 있었다. 그래서 내 마음대로 바꿔봤다. 나름 괜찮은 것 같다. 그래서 취미로 종종 썼다.

운 좋게도 우연히 연예기획사와 인연이 닿아 아이돌 앨범 통째로 가사 의뢰를 몇 번 받았다. 추석 연휴 5일간 미니앨범 6곡에 들어갈 가사를 곡마다 2~3개씩 총 15개 가사를 쓰고 토했던 적도 있다. 6곡을 한꺼번에 쓰니 나중에는 내용이 섞이고 머리가 뒤죽박죽이었다. 이렇게 의뢰받아 써서 제출한 가사는 많은데 정작 발표가 안 됐다. 가사를 정말 잘 쓰시는 유명한 작사가들과 경쟁이 붙으면 당연히 내가 부족하지.

그래서 작곡과 미디(MIDI, 컴퓨터로 만드는 음악)를 시작하게 되었다. 내 취향대로 곡 쓰고 내 마음대로 가사 써서 앨범을 내려고. 가사 쓰는 것을 참 좋아하는데, 가사만 써서는 독립적으로 발표할 수가 없으니까. 결정에 주도권을 쥐기 위하여 작곡을 했다. 만약 가사 없이 곡만 있다면 연주곡이나 Inst(반주) 버전으로라도 발표를 할 수 있는데, 반대로 곡 없이 가사만 있으면 발표할 수가 없다. 곡이 있어야 그 위에 가사를 얹을 수 있기 때문이다. 그래서 작곡도 하게 되었는데 재밌다. 정말 내 마음대로 한다. 내 곡이니까.

재밌어서 하다 보니 디지털 싱글 앨범도 여러 장 냈다. 지니뮤직, 멜론, 네이버 바이브, 애플뮤직 등 음원 서비스에서 들을 수 있다. 한국음악저작권협회에도 등록된 작곡가, 작사가가 되었다. 매달 23일에 저작권료가 통장에 입금된다. 작사를 하면서 새로운 세상이 열렸다. 취미로 시작했는데 또 하나의 '부캐'가 되었다.

얼마 전 MBC 〈놀면 뭐 하니〉 방송 때문에 본캐 유재석의 또 다른 자아인 유산슬, 유두래곤, 유고스타, 지미유 등 다양한 부캐가 인기이다. 나는 훨씬 더 전부터 부캐 활동도 병행하고 있었다. 게임에서 본캐 이외의 부캐, 부계정은 오래전부터 매우 흔해서 익숙한 개념이었다.

그래서 부캐 활동의 일환으로 다양한 이름으로 여러 앨범과 게임을 만들어 출시했다. 음반 프로듀싱하는 자아, 작사와 작곡하는 자아, 게임

개발하는 자아 등 여러 자아로 분리해서 기존의 색깔에 얽매이지 않은
다양한 시도를 했는데 '내가 이런 걸 한다고?' 싶어서 정말 재밌다.

기존의 나라면 못 했을 텐데
새로운 자아를 입고 일단 해보면
새로운 길이 열리기도 한다.

바닥에서 시작한 작사가 도전기

: 무식하지만 유일한 방법

음악 관련 연줄이 아무것도 없던 나에게 선뜻 곡을 주시며 써보라고 하셨던 유명 작곡가들이 몇 분 계신다. 인생에 많은 은인이 있는데 특히 윤일상 프로듀서와 신혁 프로듀서를 많이 좋아한다. 윤일상 프로듀서, 신혁 프로듀서 덕분에 살 만한 세상이라고 주변에 자주 말할 정도로 팬이다.

오직 팬심으로 SNS로 인사 메시지를 드렸던 한순간이 인생에 큰 점이 되었다. 그땐 상상도 못 했는데 시간이 지나고 나서 알게 되었다. 내가 좋아하는 노래를 쓰신 작곡가에게서 답장이 온 것도 신기한데, 그 작곡가의 미공개 곡을 받는 행운도 있었다. 나에게 여러 곡을 주시며 가사 써보라고 해주셔서 너무 감사했다. '프로들은 데모곡을 이렇게 완성도 높은 퀄리티로 만드는구나.' 들어보면서 더 열심히 해야겠다는 반성과 함께 연구를 많이 했다.

윤일상 프로듀서는 90년대부터 최근까지 메가 히트한 명곡이 매우 많은 히트곡 제조기이다. 김연자 〈아모르파티〉, 이은미 〈애인 있어요〉, 김범수 〈보고 싶다〉, 터보, 쿨의 대표곡들 등 많은 사람들이, 특히 내가 매우 좋아하는 곡들을 쓰셨다. 2020년엔 걸그룹 인생곡 프로젝트, MBN 〈미쓰백〉 방송을 엄청 감동받으면서 봤고, 방송 첫 번째 곡인 윤일상 프로듀서가 작사, 작곡, 편곡하신 〈투명소녀〉를 듣고 그 곡 가사 스토리를 바탕으로 서울시와 서울산업진흥원이 공동 개최하는 게임잼 (게임 개발 해커톤 행사)에서 윤일상 프로듀서 헌정 게임을 만들기도 했다. 투명인간처럼 어디서도 존재감이 없고 환영받지 못하는 '아싸'(아웃사이더) 소녀의 고군분투기를 그린 가사 중에 '늘 내 방 안에 함께 사는 귀염둥이 냥이 초코'라는 부분이 임팩트가 강하다고 출연자분들이 방송에서 자주 언급했기에, 가사를 그대로 살려서 초코색 고양이와 함께 소녀가 방 안에서 풀어나가는 미니 퍼즐게임이다. 2일 만에 만들어낸 게임이라 버그가 제법 있어도 스토리에 충실해서 후회가 없는 게임이다.

신혁 프로듀서는 2011년 1월, 우연히 음악방송을 보다가 아이돌 그룹 '틴탑'의 〈Supa Luv〉를 보게 됐는데 한국에서 들어보지 못한 스타일의 사운드가 너무 독특하고 신선하고 좋아 일부러 찾아서 싸이월드로 연락을 드렸다. 10년 넘게 지난 지금 다시 들어도 신난다. 사운드가 엄청 풍성하고 깔끔하고 참 좋다.

황송한 마음으로 가사 작업해서 보내면, 신혁 프로듀서는 미국 애틀 랜타에 계시는데 한국 시차에 맞춰서 국제 전화도 여러 번 주시고 피드 백을 엄청 디테일하게 해주셨다. 또한 원포인트 레슨을 해주셔서 실력 이 급격하게 업그레이드되는 게 느껴질 정도였다. 신혁 프로듀서가 곡 을 쓸 때 생각한 이미지와 내가 쓴 가사의 느낌이 비슷하다고 말해주셔 서 엄청 기뻤다. 그러면서 엑소의 데뷔 앨범에 들어가는 곡도 가사를 써 보라고 보내주셨었다. 그로부터 2년 후 엑소의 〈으르렁〉이 초대박이 나면서 많은 사람들이 신혁 프로듀서의 곡을 듣게 되어 너무 기뻤다. 이 좋은 곡을 혼자 듣기 아까웠거든. 좋은 곡과 재밌는 게임을 발굴해내 세 상에 더 많이 알려지도록 하는 일은 내게 딱 맞는 천직인 것 같다.

곡의 보안 유지를 위해 외부인이 데모곡을 받을 확률은 매우 희박하 다. 그런데도 흔쾌히 곡을 보내주시며 작사를 할 기회도 주셨다.

진짜 행복한 게 뭐냐면, 이분들이 요즘에도 쉬지 않고 계속 작업해서 곡을 꾸준히 내신다는 거. 트렌드의 변화에 따라 새로운 스타일을 만들 어내는 걸 보는 게 정말 좋다. 팬하기 잘했다. 크게 한 방 터뜨리고 판을 떠나시는 분들도 많은데, 이분들은 정상에서도 끊임없이 연구하고 작 업하고 노력하신다. 진짜 대단하다고 생각한다.

가사 쓰고, 개사하고, 외국 노래에 한국 가사 붙여 보기를 많이 해봐 서 자신 있다. 곡을 들으면 바로 분석해서 음절 따고 시안 작업, 완성하여 제출까지 24시간도 걸리지 않는다. 빨리하는 편이다. 속도는 빠른데 실력은 부족하기에 빠꾸도 엄청나게 맞았다. 다시 기회를 주심에 감사해하며 내가 부족한 거니 다시 써야지. 수정해도 부족해서 최종 선택을 받지 못했다. 내가 가사 쓸 기회를 받았던 곡에 다른 유명 작사가의 가사가 입혀져 발매된 앨범을 많이 봤다. 역시 프로 작사가의 가사가 훨씬 낫다. 입에도 잘 붙고 잘 들리고 깔끔하다.

특이한 장기가 있는데, 노래를 한 번 들으면 외운다. 처음 듣는 노래라도 댄스곡이라면 1절 한 번만 들으면 이어지는 2절은 따라 부르며 흥얼거릴 수 있다. 아는 작곡가 형님 작업실에 놀러 갔다가 탑 라인 스케치 중인데 한번 들어보라며 들려주는 노래가 완전 내 취향이라 집에 와서 가사를 써서 드렸더니 놀라셨던 적이 있다. 그제야 나에게 이런 장기가 있다는 것을 깨닫게 되었다. 이 밑바탕이 어디에서 나왔는지 진지하게 고민해봤는데 아마도 가요를 매우 많이 들어서라는 이유가 가장 적당한 것 같다.

K-POP이라는 단어가 나오기 훨씬 이전부터 한국 대중가요를 30년째 좋아하는 마니아이다. 드라마 〈응답하라 1997〉에 격하게 공감하는 그 시대를 살며 H.O.T와 젝스키스 시절부터 댄스곡에 심취하여 지금까지도 좋아한다. 매주 새로운 음반들이 수십 장 쏟아지는데 거의 다 들어본다. 좋아서 이걸 30년째 하고 있다. 새로운 곡을 듣다가 우연히 내

취향인 곡을 만나면 보물을 발견한 것처럼 엄청난 희열을 느낀다. 그리고 발표된 지 몇 년 되어 많이 듣고 익숙한 곡도 좋다. 걸그룹 여자친구의 노래를 들을 때마다 심장엔 파워가 넘치고 마음엔 청순이 퍼진다.

발표된 곡뿐만 아니라 세상에 아직 공개되지 않은 멋진 곡들도 매우 많다. 작사를 하는 최고의 혜택은 미공개 곡을 제일 먼저 듣는 행운인 것 같다. 가사 써보라고 작곡가에게서, 기획사로부터 받았던 데모 버전 곡들이 내 컴퓨터 하드디스크에 많이 저장되어 있다. 이렇게 노래가 좋은데 왜 앨범이 안 나올까 싶은 곡들이 쌓여만 간다. 아무도 모르는 곡을 혼자서만 듣는다. 이보다 짜릿할 순 없다. 받은 곡은 정말 아무에게도 들려주지 않고, 받았다는 사실조차 누구에게도 말하지 않는다. 당연한 거다. 무덤까지 갖고 가야지.

요즘에는 작사 학원이 있어서 학원의 우수 수강생들에게 데모곡을 줘서 가사 쓸 기회를 제공한다고 한다. '라떼는 말야 15년 전엔 작사 학원이 없었단 말야.'

무식하지만 유일한 방법인 '무데뽀로 일단 들이대기' 전법으로
작사가 도전에 한 걸음 다가서게 되었다.
SNS로 좋아하는 작곡가들에게 연락을 드렸다.
연줄도 없고 아는 것이 없을 때 택할 수밖에 없는 전술이라

더 절실하고 간절해야 한다.

그래서 남들보다 더 열심히 해야

결실로 이어질 확률을 높일 수 있다.

이효리와 트위터 맞팔

: 최정상의 비결

지금은 SNS 계정도 없는 이효리가 트위터를 열심히 하실 때니까 10년도 더 전의 일이다. 이효리는 대중의 사랑을 두루 받는 대스타이니 오래전부터 이효리를 팔로우했다. 마침 이효리가 그때 새로운 솔로 앨범을 준비하느라 신진 작곡가, 작사가를 찾는다고 트윗을 썼다.

용기 내어 내 소개를 하며 내가 쓴 가사 포트폴리오 보여드리고 싶다며 트윗을 했는데, 바로 나에게 맞팔을 걸어 주었다. 팔로워가 몇 명 없는 별 볼 일 없는 이 초라한 트위터 계정에 이효리가 팔로우라니! 집안의 가보로 남겨야 하는 순간이다.

이효리는 DM으로 가사 포트폴리오를 보고 싶으니 보내 달라며 프로듀서의 이메일 주소를 알려주었다. 그로부터 한참의 시간이 흘러 새 앨범이 출시되었다. 기존의 앨범 스타일과 확 달라진 편안하게 듣기 좋은 감성적인 곡들로 구성된 앨범이었다. 내가 주로 쓰는 가사 스타일과 전혀 다른 콘셉트인 곡들로 가득한 앨범이었다. 그래서 연락이 없었구나…. 이해가 되는 좋은 앨범이었다.

이효리는 신진 아티스트들과 작업을 많이 하기로 유명하다. 언더에서 활동하거나 무명에 가까운 분들의 작업물을 보고 듣고 직접 발굴해낸다. 거기에 '이효리'라는 톱 브랜드가 더해지면 그 이름 자체가 최고의 마케팅이 된다. 이렇게 발굴해낸 아티스트들로 인해 대중들은 더 다양한 색깔의 작품을 만날 수 있게 된다.

한 분야에서 최고를 찍은 사람이 이렇게 손을 내밀어 적극적으로 후배를 키우고 발굴해내면 그 분야의 미래가 더 풍요로워지고 탄탄하게 성장할 수밖에 없다. 20년이 넘도록 최정상을 유지하는 사람은 역시 다르다.

내가 가사를 썼기 때문에 이효리와 트위터 맞팔도 하고, 가사를 썼을 뿐인데 참 좋은 신기한 일들이 많이 일어났다.

단순하게 스쳐 지나가는 취미로 생각했던 것들이
예상치 못하게 인생의 큰 페이지를 장식하기도 한다.
인생 참 알다가도 모를 일이다.
그래서 일단 시도해보는 것이 더 중요하다.

해보고 후회할걸

: 미련 때문에

게임업계만 15년 차인 소나무 같은 뚝심 있는 외길 직업 인생에 유일하게 딱 한 번 다른 길을 시도한 적이 있다. SM엔터테인먼트 A&R팀에 지원했고 최종 합격했다. A&R은 Artists and Repertoire(아티스트 앤 레퍼토리)의 약자로서 앨범 콘셉트 기획, 음반 제작, 앨범에 들어갈 곡 발굴, 계약, 제작을 담당하는 부서이다.

기획사에서 가사 써달라고 의뢰를 받으면 가사만 쓴 게 아니라, 곡 분석을 하면서 떠오른 생각들을 정리해서 앨범의 전체적인 콘셉트와 구성을 기획하여 제안서 시안 PPT도 같이 보내 드렸더니 기획사에서 엄청 놀라워하시며 같이 일해보자고 제안도 주셨던 적이 있다. 이 신(Scene)과 트렌드를 정확하게 파악하고 있어야 가능한 작업이다. 가요 마니아라서 취미 삼아 해봤는데 내 능력이 쓸모가 있나 보다 생각이 들었다.

그때 마침 SM엔터테인먼트 A&R팀에 채용 공고가 나서 한번 지원해봤는데 첫 시도에 당시 팀장이었던 이성수 팀장님(현재 SM엔터테인먼트 대표님)과 1차 면접도 보고, 당시 대표인 김영민 대표님(현재 SM엔터테인먼트 총괄이사님)과 2차 면접도 했다. 며칠 후 최종합격 통보를 받고 연봉 협상까지 다 했는데, 때마침 외국 가느라 준비하던 시기였고 하다 보니 외국을 가게 되었다.

내 인생에 유일한 후회이다. 지금도 가끔 그때 내가 만약 SM엔터테인먼트에 들어갔다면 어떻게 됐을까 상상을 한다. 엔터업계도 추가 근무를 많이 한다고 들었는데 게임업계도 밤샘, 철야, 주말 근무를 많이 해서 자신 있는데. 일도 재밌었을 것 같다.

그때는 아이돌 그룹 엑소(EXO)가 데뷔 직전이었다. EXO-K, EXO-M이라는 그룹명이 공개되기도 전인데, 같은 날 같은 곡으로 한국과 중국에서 동시 데뷔하는 SM의 신인 남자 그룹의 데뷔 미니앨범에 들어갈 곡이라며 여러 곡에 가사 의뢰를 받았다. 그래서 곧 데뷔하는 것을 알고 있었다. 데뷔하고 나서 보니 그때 의뢰받은 곡들이 유명한 작사가의 가사로 입혀져 실려 있었다. 역시 명반이다.

하고 후회하는 게 안 하고 후회하는 것보다 훨씬 낫다. 시간이 흐른 뒤 돌이켜보면 뭘 하든 또는 안 하든 후회하지만, 일단 해봤으면 끝을 봤기 때문에 궁금하지 않아 미련이 없다. 그래서 그 이후에는 일단 해본다. 가보지 않은 길은 시행착오도 많고 가시밭길인데 '닥치고' 그냥 한다. 오죽하면 나이키의 브랜드 메시지는 "Just Do It"이다.

몇 년 후 엑소의 한 곡이 발매되기도 전에 영어 버전의 데모곡이 인터넷에 불법으로 돌아다니던 것을 우연히 보게 되었다. 그 당시 이성수 팀장님께 문자로 우연히 곡을 접하게 되었다고 가사 써봤는데 보여드리고 싶다며 메일 주소를 여쭈었고 보내드렸다.

해외에 살다 보니 K-POP의 흥행이 더욱 직접적으로 와 닿았다. 그 당시 싸이가 〈강남스타일〉로 글로벌뿐만 아니라 동남아에 대흥행을 하던 시절에 내가 동남아에서 회사를 다니고 있어서 더 체감했던 것 같다. 이렇게 열성적으로 한국 가요와 한국 아이돌을 좋아하는 분들이 바다 건너에도 많다. 그래서 더 미련이 남았다. 해외에 살면서 딱 한 번 재도전을 했다.

마침 첫 집을 사러 비행기 타고 서울에 가려고 계획을 잡은 주간에 면접이 잡혔다. 타이밍이 절묘했다. 비행기 타고 한국에 왔다. SM엔터테인먼트의 인터내셔널 A&R팀에 지원해서 면접을 봤고, 추가로 지원하지도 않은 인도네시아 지사에서도 한번 보자며 지사장님이 서울에 계셨을 때 면접에 불러 주셨다. 1주일간의 서울행에 아파트도 사고 SM엔터 면접도 2번 봤다. 정말 뜨거운 여름이었다.

누군가가 '할까, 말까?'에 대해 조언을 구해온다.

그럼 항상 먼저 물어보는 질문이 있다.

"그거 하면 재밌을 것 같아?"라고.

재밌을 것 같다고 답하면, 난 일단 해보라고 한다.

성공하든 실패하든 상관없다.

나중에 후회 안 하고 미련이 남지 않으려면

할 수 있을 때 아낌없이 해봐라.

뇌를 비우는 방법

: 글 쓰는 이유

데모곡 가사를 쓰다 2012년 초 작사가로 입봉(데뷔)을 하면서 가사를 많이 썼다. 특히 가사를 빨리 쓴다고 입소문이 나더니, 유명한 프로듀서들과 작곡가들이 가사 써 달라고 의뢰를 많이 주셨다. 데모곡 받은 지 하루도 안 되어 몇 시간 만에 가사를 완성해서 보내니, 마감 일정 급하신 아이돌 기획사 A&R팀, 그리고 작곡가들이 꾸준하게 연락을 주셨다.

직장생활을 하면서도 회사에서 다양한 글을 쓸 기회가 많고 그 평가도 좋았다. 사업 수주를 따와야 하는 업체에 보내는 비즈니스 메일은 물론, 간결하고 임팩트 있는 마케팅 캐치프레이즈 문구까지 다양한 글을 썼고 반응이 좋아서 채택이 되었다. 특히 오타를 잘 잡아내서 윤문 교정, 오타 체크는 내 담당이었다. (부디 이 글엔 오타가 없길 바란다.) 인터뷰 기사 글, 공지사항, 이벤트 안내사항 등 외부로 나가는 글들은 집중

단속 대상이었다.

　최근에는 회사 전 직원 21,000명 중 3명을 선발하여 시상하는 프로그램에 탄탄한 스토리텔링이라는 평을 받으며 당선되었던 적도 있다. 우리 사업단 단장님은 물론 상무님에게 큰 칭찬을 받았다. 우리 사업단 전원이 모이는 월간 화상 미팅에서 박수도 받았다.

　머리가 혼란스러울 때 글을 쓴다. 걱정이나 불안도 쌓이면 뇌의 용량을 잡아먹는다. 그래서 일단 쓰면 그 걱정이 뇌에서 떠나 글 속으로 들어가는 것 같다. 매일 일기를 쓴다. 나만 보는 거니 거침없이 막 쓴다. 외국에 살면서 말이 안 통할 때 일기를 썼다. 혼자서 일기장에 다 털어놓는다. 언어 능력이나 외국어 능력이 부족해서 말이 안 통하는 게 아니다. 옆자리 동료, 심지어 친구와도 말이 안 통하는 경우가 있지 않은가. 그것처럼 문화와 경험이 다르면 '아'라고 했는데 '어'라고 받아들이기도 한다. 그저 답답하다.

　인도네시아에서는 인터넷이 느려서 웹사이트나 웹하드에 저장하지는 못하고, 내 컴퓨터에 윈도우 기본 메모장 파일이나 워드 문서로 저장했다. 인도네시아에 도착하자마자 장티푸스가 걸린 이후 매일 쓰기 시작해서 지금까지도 매일 쓴다. 10년 넘게 하루도 빠진 날이 없다. 1년간 일기 분량이 윈도우 기본 메모장 파일로 5MB가 넘는다. 이미지 없이 기본 폰트로 텍스트만 적은 것이니 상당히 많은 분량이다. 뭐가 그리

50

답답한 게 많았는지 그 긴 시간을 어떻게든 버티며 살아온 내가 참 장한 거 같다. 한국어든 영어든 중국어든 반반 섞든 뭐든 상관없다. 내가 하고 싶은 말로 자유롭게 쓴다.

머리가 복잡하다고 해도 글쓰기가 처음부터 쉽지는 않다. 그럴 때 멍때리기를 추천한다. 웁쓰양이 창시한 〈한강 멍때리기 대회〉는 2016년 대회에서는 가수 크러쉬가 1등을 하며 큰 화제를 모았다. 아무것도 하지 않고 그저 가만히 앉아 멍을 때리는 이 대회는 지치고 바쁜 현대인들에게 큰 반향을 불러일으켰다.

2022년 9월 잠수교에서 열린 〈한강 멍때리기 대회〉에 선수로 참가했다. 바쁘게만 살다가 의도적으로 각 잡고 멍때린 것은 처음인데 신선한 체험이었다. 대회 초반엔 뇌 안에서 텍스트가 마구 날아다니는 기분이었다. 대회 끝나고 뭐 먹지, 휴대폰에 문자 왔을 텐데, 덥다, 내일까지 제출하는 보고서 마무리는 어쩌지 등의 다양한 잡생각이 난무하지만 의도적으로 생각하지 않으려고 부단히 애썼다. 고기도 먹어본 놈이 잘 먹는다고, 평소에 멍을 때려본 적이 없으니 심박수가 안정되지 않아 수상은 못 하였지만 가끔 뇌를 비우는 데 좋은 방법 같다.

대개 일기는 우울하고 힘든 날에 더 쓰고 싶지만,
힘이 넘치는 날에도 써놓는다.

과거의 튼튼한 나로부터 받는 위로가

하루를 건져내기도 한다.

대법원과 가사의 공통점

: 국립국어원의 문법과 다른 한국어를 쓰는 곳

자랑인데 이성적인 글쓰기와 감성적인 글쓰기를 둘 다 잘하는 것 같다. 두 가지 영역에서 골고루 적당히 괜찮다는 평을 듣는다. 이렇게 된 데는 이유가 있다. 법학과를 나왔고 작사를 했기 때문이다.

이성적인 글쓰기의 끝판왕은 법원 판결문, 감성적인 글쓰기의 끝판왕은 가사라고 생각한다. 특이하게 양쪽 다 국립국어원의 한국어 문법과 다른 문법을 구사한다는 공통점이 있다. 분명 한국인의 한국어인데도 말이다.

그런데 법원 판사가 구사하는 문법은 판례의 문구를 그대로 인용하는 부분이라 우리가 아는 문법과 서로 다른데 어쩔 수 없다. 올바른 한국어 문법에 맞추면 오히려 내용이 불명확해지는 경우도 있다. 그래서 국립국어원 맞춤법과 대법원 맞춤법이 마치 따로 있는 것 같다.

법원 판결문은 이 사회를 살아가는 모든 구성원들이 납득할 만한 논리적인 글이어야 한다. 각양각색의 개성 넘치는 사람들이라도 사회적인 공통의 합의를 이끌어낼 수 있어야 한다. 법학과 학부생일 때 판결문을 최소 수천 개는 읽었을 것이다. 읽다 보니 한국어는 왠지 이상해지지만, 동시에 반대급부(어떤 일에 대응하여 얻게 되는 이익을 뜻하는 법률 용어)로 논리적인 사고를 갖게 된 것 같다.

그리고 가사는 시와 마찬가지로 은유와 비유를 적절히 활용하면서 함축적으로 감성을 표현하는 문학이라는 점에서 공통점이 있다. 맞춤법에 어긋나는 표현을 일부러 사용하여 다양한 느낌을 구사하는 기법인 시적 허용을 가사도 많이 쓴다.

특히 시는 글자 수에 제약이 적은 반면, 가사는 멜로디 마디에 따라 글자 수 제약이 매우 심하다. 할 말은 긴데 멜로디가 짧으면 한국어 문법 무시는 물론이요 시적 허용처럼 변형을 해서 욱여넣는다.

나의 한국말은 신경 써서 말하지 않으면 뭔가 어색하고 이상할 때도 있지만, 그래도 나만의 독특하고 희소한 무기를 가졌으니 그나마 다행인 걸까. 법학과 나와서 가사 쓰는 사람이 몇 명이나 있겠냐.

남들과 똑같으면 살아남지 못한다.
나만의 엣지를 가져야 한다.

조금이라도 특출나거나 특이해야 살아남는 사회에서

나만 할 수 있는 일은 큰 무기임이 틀림없다.

이상한 한국어

: 오랜 외국 생활이 남긴 것

글을 원래 더 잘 썼는데 동남아에서 한국어를 한동안 안 썼더니 나도 모르게 한국에서 쓰지 않는 이상한 한국어를 하게 되었다. 오랜 동남아 이민 생활을 마치고 처음 한국에 왔을 땐 정말 이상한 한국어를 했다. 뭔가 문장 구조도 조금 어색하고, 가끔 한국어가 생각이 안 나서 오래되거나 격식이 안 맞는 한자어를 쓰는 경우가 많았다.

그거 대만어이다. 대만에서 쓰는 한자어 단어를 발음만 한국식으로 읽은 것이다. 많이 개선되었긴 한데, 지금도 조금은 어색하다고 스스로 느낀다.

예를 들면 '비교적 ~하다' 같은 비교 구문을 들 수 있다. 'A가 B보다 저렴하다.'를 대만에서는 'A가 B보다 비교적 저렴하다.'로 표현한다. 그래서인지 한국에서도 비교할 때 '비교적 ~하다'라는 말을 많이 쓰게 되었다.

또 다른 예를 들자면 '예방(禮訪)' 같은 단어이다. 대통령, 장관 등 높은 분이 예를 갖추어 인사차 방문하는 것을 뜻한다. 한국에서는 주로 한 국가를 대표하는 원수급의 높은 분에게만 쓰는 단어이지만, 대만에서는 센터장, 기관장 등에게도 쓴다. "오늘 거래처 사장님이 예방하기로 했다."라고. 한국에서 말하면 예방 주사 맞으러 가신다고 오해하는 분들도 종종 계셨다.

이상한 단어 선택뿐만 아니라, 특히 발음을 정말 이상하게 했다. 예를 들어 "아름다운 시적인 순간"을 문자 그대로 [시적]으로 발음하니 아무도 못 알아듣더라. 한국에서는 [시쩍]으로 발음해야 알아듣는다. 평균 평점의 [평쩜]도 마찬가지이다. 다른 사례로 정치적은 [정치쩍]이 아니라 [정치적]으로 발음하면서, 왜 [시쩍]으로 발음하는지 이해가 안 되었다. 나중에 알고 보니 국문법의 '된소리되기'라고 한다.

당연한 것인 줄 알았던 것도 한 발짝 멀리 떨어져서 상황을 색다른 시각으로 생각해 볼 수 있게 되었다. 문제가 안 풀릴 때 당연한 것을 당연하지 않게 생각해보거나, 다른 사례를 찾아보거나, 색다른 방향으로 생각해보면 새로운 돌파구가 나온다. 한국어 공부하다가 문제 해결 방법을 터득한 셈이다.

한국에 와서, 외국에 있는 동안 너무 보고 싶었던 한국어로 된 책을 많이 읽고, 9시 뉴스도 열심히 보고 따라 하면서 발음 교정뿐만 아니라 현재 한국 사회의 이슈를 많이 공부했다. 신문 사설을 읽고 노트에 작문도 했다. 결과적으로 나만의 문체 스타일을 확립했다. 짧게 짧게 끊어 치는 문장 스타일로 자리 잡았는데, 읽기 쉬워서 꽤 괜찮은 것 같다.

공부만이 살길이다.
이제는 내가 외국에서 오래 살다 왔다고
말 안 하면 사람들이 모른다.
완벽하게 적응 성공이다.

작문 실력 살아 있네

: 소송이 남긴 것

도랑 치다 가재가 잡히기도 한다고 하지만 이렇게까지 범위가 확장될 줄은 몰랐다. 소송을 하다 뜬금없이 나의 작문 능력을 발견했다. 2022년에는 우리 집 세입자를 상대로 법원에 4개의 소송을 제기하고 신청을 했다. 억울한 게 어찌나 많은지 모든 사건은 내가 원고이고 신청인이다. 일부는 종결되었고 일부 소송은 진행 중이다.

그중 하나, 건물인도 소송의 경우, '판사님, 제 이야기 좀 들어보세요. 전세 만기일에 저 세입자를 내 집에서 이사 나가게 해주세요. 세입자가 왜 나가야 하냐면 말이죠.'라는 주제로 쓰다 보니 토요일에 시작해서 일요일까지 주말에 글자 크기 10포인트로 A4 용지 25장을 썼다.

법원에 제출하면 세입자에게 송달되고, 며칠 후 세입자가 거짓말로 점철된 답변서를 제출해온다. '저년이 거짓말해요.'라고 말도 안 되는 이상한 답변서를 써서 제출한다. 실제 세입자는 나에게 미친년, XX년 등의 심한 욕을 많이 했다. 그걸 읽어보면 기가 차서 말도 안 나온다. 증거가 있고 이미 재판부에 제출을 했는데도, 세입자는 마음대로 이상하게 사실을 왜곡하고 부인한다. 그래서 또 '판사님 저 세입자가 거짓말을 합니다. 너무 억울하고 황당합니다. 세입자가 XX라고 답변했는데, 그게 아니고요. 사실은 이렇습니다. 제 말 좀 들어보세요.'라는 내용으로 서면을 쓰다 보면 주말에 또 A4 용지 30장을 쓴다. 분량을 많이 길게 쓴다고 잘 쓴 것이 아니고, 바쁘신 판사님 업무량만 늘어나기에 간결하고 짧게 써야 해서 최대한 요약해서 쓰지만, 억울한 게 너무 많다 보니 술술 글이 나온다.

소송이 아직 이어지고 있는데, '판사님 제 말 좀 들어보세요.'라는 한 가지 주제로 매번 A4 용지 수십 장 분량을 써서 지금까지 수백 장을 법원 재판부에 제출했다. 만약 책으로 만든다면 대하 시리즈급 분량의 현실 고증 100% 하이퍼 리얼리즘 법정물 장르가 되겠다.

말이 안 통하고 답답한 사람과 마주하는 것은 황당하다. 그래서 소송은 참 힘든 것이다. 이런 상황인데도 뒤집어 생각해보면 나의 잠재력을 마주하게 되는 기회이기도 하다. 소송을 하다가 '내가 이렇게 긴 글을 쓸 수 있구나.'라는 능력을 발견하게 되었다. 동시에 '나는 참 다양한 방면으로 생각해서 장점을 찾아 끄집어 내는구나.'라는 생각도 들었다. 살면서 썼던 글 중에 짧은 글은 다양하게 많았는데, A4 용지 20장 분량 이상의 긴 글은 소송 관련 서류가 유일했던 것 같다.

평생 법과 관련 없이 살더라도 기초적인 법률 지식은 평소에 공부해 두었으면 좋겠다. 미리 공부할 여유가 없다면 소송을 하거나 당하게 되었을 때라도 꼭 공부하고 소송에 임하자. 이 사건에서 내가 소송을 제기했으니 원고이자 갑이고, 세입자는 내가 제기한 소송을 당하였으니 피고이자 을이다. 이 소송의 당사자는 갑과 을만 참가한다. 다른 당사자는 나올 수 없다.

증거 번호는 그 증거를 누가 제출했느냐에 따라서, 제일 앞에는 누가 제출했는지를 표시하고, 그 뒤의 숫자는 그 당사자가 몇 번째 제출한 증거인지 넘버링을 붙인다. 그런데 세입자는 소송 답변서를 제출할 때마다 증거 번호를 을제1호증, 그다음은 병제1호증, 그다음은 정제1호증… 이런 식으로 제출했다. 병은 누구죠? 정은 누구인가요? 나와 세입자 이렇게 둘이서 하는 소송에 세입자는 본인이 병이 됐다가 정이 됐다가 아주 난리다.

처음에 병제1호증이라고 답변이 왔을 때 너무 충격적이었다. 상식이 어긋나는 행동을 많이 하시는 분인데 어긋날 뿐만 아니라 부족하셨다. 설마 다음번에 정제1호증으로 나올까 궁금했는데 역시나 예상대로 정제1호증으로 제출했다. 도대체 이 소송은 누구랑 하는 것인가. 갑 VS 을+병+정… 구도가 신박하고도 충격적이었다. 정답은 세입자가 을이므로, 계속 을제1호증, 을제2호증, 을제3호증처럼 을제X호증으로 이어서 제출해야 한다. 법을 모른다고 해서 정상 참작하지도, 넓은 아량을 베풀지도 않는다. 이건 재판이다. 재판을 가볍게 대하면 안 된다.

소송이라고 하면 마냥 힘들고 어렵다고 생각해서 피하는 사람이 흔하다. 자신의 정당한 권리를 알지만 절차가 두렵고 번거로워서 시도해보지도 않고 회피하는 경우가 많다. 네이버에 셀프 소송 카페도 있고, 변호사의 도움 없이 혼자서 소송하는 분들도 많아서 네이버 블로그에 후기도 매우 많이 올라와 있다. 변호사 수임료는 생각보다 비싸다. 그래서 셀프 소송을 하고자 마음먹은 사람은 더욱 절실하게 연구하는 것 같다. 남들이 이미 해보고 써놓은 블로그 후기를 보고 그대로 따라 하면 된다.

앞으로 살아갈 날이 훨씬 많고,
이상한 사람과 분쟁을 하게 될 경우가 많을 텐데,
영원히 내 권리를 포기하고 살 텐가?
도전해보자.
처음이 어렵지 두 번째는 어렵지 않다.

음식 사진을 찍는 이유

: 비언어적 글쓰기

이민을 인도네시아로 처음 갔는데, 도착한 지 2주 만에 장티푸스에 걸렸다. 일명 물갈이라고도 한다. 위생이 좋지 않은 음식을 먹은 것이다. 지난 2주간 어디서 티푸스에 걸릴 만한 음식을 먹었을까, 언제 무엇을 먹었나 복기해보지만 기억이 안 난다. 낯선 나라에 가자마자 온갖 새로운 정보가 쏟아지니 정신이 없다. 알아야 그 음식을 피할 것인데 도무지 모르겠다. 그래서 필사적으로 그때부터 모든 음식을 먹기 전에 사진을 찍었다. 처음 본 음식이라 음식 이름도 모른다. 동네 작은 식당에는 간판이 없는 경우가 많아서 다른 사람에게 내가 먹은 음식을 설명할 수가 없다. 그래서 문자로는 기록할 수가 없기에 이미지를 기록하는 나의 방식이다. 언제 또 티푸스나 다른 질병에 걸릴지 모르니까. 원인을 찾기 위해 기록 차원에서 시작했다. 이게 습관이 되어 지금도 내 입으로 들어가는 모든 음식을 먹기 전에 사진을 찍는다. SNS에 올리지는 않는다.

기록을 겸한 개인 소장용이다.

어릴 때 교과서에서 장티푸스를 본 적은 있는 것 같은데 설마 내가 그런 질병에 걸릴 거라고는 상상도 못 했다. 21세기에 티푸스라니. 티푸스에 걸리면 설사를 매우 심하게 하는 증상이 나타난다. 5분마다 화장실을 가야 한다. 정말 쉴 새 없이 설사가 나온다. 화장실 갔다 오고 돌아서면 또 배에서 화장실 가야 할 신호가 온다. 5분마다 화장실을 가야 하므로 일상생활이 불가능하다. 잠도 못 잔다. 자다가 5분마다 깨서 화장실을 가야 한다. 엉덩이가 헐어 내린다. 먹은 것이 없어도 설사는 나온다. 그래서 탈수가 온다. 탈수 오면 또 물을 먹고 그러면 또 물설사를 하고 이걸 계속 반복한다. 계속 화장실을 가면 몸에 힘이 하나도 없다.

한국에서 오신 동료분들 대부분 티푸스를 거쳤다고 한다. 누가 더 심하고, 덜 심하고 차이이지, 인도네시아에 도착한 지 2주~4주 후 정도쯤 대부분 발병했다고 한다. 그래서 이미 티푸스를 경험하신 티푸스 선배님이 병원을 알려주셨다. 한국인 의사선생님이 계시는 병원이 회사에서 1시간 정도 거리에 있다. 병원 가서 주사 한 대 맞고 나면 좀 괜찮다고 한다. 회사에서 회사 차량과 기사님을 보내주시며 다녀오라고 했다.

그런데 병원으로 갈 때가 제일 걱정이었다. 자카르타 시내는 엄청나게 차가 막히기 때문이다. 병원 가는 1시간 동안 제발 차 안에서 설사하지 않기를 기도했다. 나 회사 입사한 지 2주밖에 안 됐단 말이야. 차 안에서 설사 같은 대형 사고라도 난다면 앞으로 회사는 어떻게 다니냐. 이거 택시도 아니고 회사 차란 말이야. 기사님은 회사 직원이고. 아마 내 이미지는 설사로 굳혀질 것이다. 혹시라도 진짜 급하면 차를 어디다 세워 달라고 해야 하나, 기사님은 인도네시아 사람인데 Stop이라고 외치면 알아들으실까 등 무수한 시뮬레이션을 했다. 이쯤 되니 배가 아픈 것은 생각도 안 난다. 마음속으로 부처님, 예수님, 알라신을 찾았다. 신자도 아닌데 급하니 일단 빌었을 즈음 정말 다행히 병원에 도착했고, 도착하자마자 쓰러졌다.

티푸스는 일상생활이 불가능한 무서운 질병이다. 살기 위해 사진이든 글이든 음성이든 필사적이고 집착적인 기록을 한다. 아직도.

'남는 건 사진뿐'이라는 말이 있다. 시간이 흐르고 기억도 안 날 때쯤, 사진을 들여다보면 그날의 감정과 날씨와 바람과 온도와 습도로 날 데려다준다.

10년 전에 찍어 놓았던 사진을 보면 참 예쁘다. 어디 좋은 곳에 놀러 가서 찍은 게 아니더라도, 그냥 일상적으로 회사에서 일하다가 잠깐 과자 먹으면서 찍은 사진이라도 내가 너무 예쁘다. 주름도 없고 표정도 좋다. 막상 그 사진을 찍었을 당시엔 이렇게까지 예쁜 줄 몰랐는데.

1년 전에 찍었던 사진을 봐도 내가 너무 어리고 예쁘다. 내가 이렇게 어렸구나, 흰머리가 별로 안 보이네 하면서 회상한다. 고작 몇 달 전인데!

공주병이나 나르시시즘이 아니다. 그동안 열심히 부딪히면서 성장해 온 나를 알기 때문에 웃으면서 과거를 반추해 볼 수 있는 때가 된 것 같다. 고작 30여 년 남짓 살아놓고 20년 전 학생 때, 15년 전 회사 다닐 때, 10년 전 이민 갔을 때 등 나의 사진을 연대별로 보는 게 너무 재밌다.

몇 달 전 싸이월드가 복구되었다. 싸이월드가 한창 인기 있던 20년 전, 화질도 안 좋은 폰카로 열심히 사진을 찍어 싸이월드에 올려놨었는데, 기약 없이 봉인되어 있던 판도라의 상자가 드디어 열렸다. 사진을 보니 일단 내가 너무 어리다. 그때의 나는 그저 해맑고 웃기만 했던 것 같다. 내 사진첩에 있는 그때 친했던 친구들은 어디서 무얼 할까.

오늘 사진을 찍어 놓으면
몇 달 뒤에 또 오늘을 회상하며
너무 어리고 이쁘다는 생각을 할까.
앞으로 어떤 일이 펼쳐질까 궁금하다.
특별한 일이 없어도
사진을 많이 그리고 자주 찍어야겠다.

입이 무거운 여자

: 전화 공포증

신은 공평한 것인지 나의 말하기와 글쓰기의 실력 차이가 크다. 말을 너무 못한다. 말하기 전에 생각을 다듬고 정리하는 시간이 꼭 필요하다. '빨리빨리'의 민족 사이에서 생각하느라 굼뜨면 안 되니 자연스럽게 말을 줄이게 되었다. 글을 쓸 때는 나름 논리적인데 말을 할 때는 생각이 정리 안 된 상태라, 말과 글의 질의 갭이 크다는 것을 나 스스로 알아서 더 말하기를 피하게 된다.

그리고 외국 이민을 오래 갔다 와서 그런 것 같기도 하다. 한국어가 어려웠다. 한국으로 귀국한 지 몇 년 된 지금은 한국어 공부를 많이 해서 이젠 좀 봐줄 만한 실력이다. 제법 한국인스럽다. 한국인인데….

외국 가기 전에는 부산에서 오래 살아 부산 사투리를 썼다. 서울에 취업하면서 서울에 오게 되었는데, 행운인지 첫 직장에 직원 본인 또는 와이프가 부산, 경남 출신분들이 50% 이상이라 부산 사투리를 아무도 이상하게 생각하지 않았다. 또한 신입사원 막내라서 그런지 다들 귀엽게 봐주신 것 같다. 지금 생각하면 참 감사하다. 동남아 이민을 갔다 온 이후 정체를 알 수 없는 이상한 사투리가 많이 섞였는데 그래도 부산 사투리 말투가 아직도 많이 남아있다. 입을 여는 순간 "남쪽에서 오셨어요?"라는 말을 자주 듣는다. 그럼 북쪽에서 왔겠냐.

말하기가 어려워서 전화 통화하는 것을 힘들어한다. 특히 길을 걸어가면서 전화 통화를 하시는 분들은 정말 대단하다고 생각한다. 어떻게 한꺼번에 2가지 일을 뇌에서 처리할 수 있지? 놀라운 능력의 소유자분들이시다.

몇 년 전 보이스피싱 사고를 당했다. 한순간에 일어난 일로 아직도 피해를 받고 있다. 보이스피싱 사고 이후 전화 통화 자체에 트라우마가 생겼다. 꼭 받아야 하는 전화가 아니면 웬만하면 전화를 안 걸고 안 받게 되었다. 그런데도 꼭 전화해야 할 때는 무슨 말을 할지 스크립트 대본을 적어서 그대로 읽는 습관이 생겼다. 무슨 말을 할지 예측이 안 되는 통화는 하지 않는다.

MBTI는 ESTJ인데 이 유형의 전형적인 특징답게 내 일상이 내가 계획한 대로 질서 있게 흘러가는 것에 희열을 느낀다. 업무에서도 내가 통제권을 갖고 움직이며 책임지는 것을 선호한다. 여러 가지 플랜을 세워 리스크 대비를 충분히 하였음에도 불구하고 발생하는 예상치 못한 일은 싫어하고 최대한 피하고 싶다. 전화도 마찬가지이다. 전화 걸겠다고 미리 사전 약속이 되어있지 않고 갑자기 걸려오는 전화는 심한 ESTJ인 나를 힘들게 한다. 내 전화는 항상 무음으로 해둔다. 전화든 문자든 내 스케줄에 따라 확인할 수 있을 때 보려고.

전화를 받지 않으면 문자로 '연락주세요!'라고 보내신다. 이렇게 용건 없이 요청사항만 간단히 한 줄로 보내는 것은 내용이 없기에 쓸모없는 문자라고 생각한다. 부재중으로 문자를 남길 때는 무슨 용건인지, 왜 전화했는지 간단하게라도 남겨주셨으면 좋겠다. 타인의 시간을 존중하는 태도이다.

그냥 원래 말이 적은 편이다.
말주변도 없다.
입이 무겁다.
그래서 친구들이 나에게만
비밀 이야기를 털어놓는 경우가 많았다.
친구들의 비밀 이야기를 들어주며
친구들과 더 두터운 관계가 되는 장점도 생겼다.
할 말이 없어서 말을 안 했을 뿐인데, 이득이다.

콤플렉스 마주하기

: 부산 사람이니까 부산말을 하지

부산 후배들을 만나면 항상 나에게 공통적으로 물어보는 질문이 있다. "부산을 떠나 서울에서 살면 서울말을 쓰게 되는지" 궁금해한다. 나는 "아니오"이다. 서울말도 아니고 부산말도 아니고 어딘가 어정쩡하게 섞여서 이도 저도 아닌 근본 없는 말을 하게 된다.

'표투리'라는 말이 있다. 표준어와 사투리를 합친 말로 위의 상황을 한 단어로 요약한 신조어이다. 그래서 서울에서는 사투리 쓴다고 배척받고, 부산에 가서도 부산말 아니라고 외지 사람이라고 배척된다.

하고자 하는 말의 길이가 길어지면 발음이 꼬여서 발음이 잘 안 된다. 상당히 부정확한 발음이라 딜리버리가 안 된다. 말을 했는데 상대방이 "네?", "뭐라고?"라는 반응을 보인다. 잘 못 알아들으신 것이다. 아나운서들의 발음 교정 방법으로 유명한 '볼펜을 가로로 입에 물고 말하기' 방식으로 몇 달을 연습해도 교정이 안 되더라. 콤플렉스 극복하려고 노력해도 안 되서 포기하고 그냥 살았다.

외국 가기 전까지 전형적인 부산 사투리를 썼는데, 부산말은 매우 짧다. 다 풀어서 말하지 않아도 단어, 몇 글자 정도면 원활한 의사소통이 이루어진다. 나의 짧은 말하기에 이런 영향도 없지 않다고 생각한다. 글자로 표현한다면 한 글자 내지 두 글자 정도의 길이인데, 부산 악센트와 함께라면 의미 전달은 물론 감정까지 정확한 커뮤니케이션이 가능하다.

유명한 예시로 '가가가가가'가 있다. 이 짧은 5글자로 부산에서는 다양한 의사소통이 가능하다.

> "가가 가가?"= 그 사람이 그 사람이야?
> "가가 가가가?"= 그분이 가 씨야?
> "가가가 가가"= 가 씨가 거기로 가서
> "가가 가가가"= 그 아이가 가져가서

길이뿐만 아니라 발음도 많이 뭉개진다. "싫다"를 "으은다"라고 한다. 입에 힘을 주고 클리어하게 발음할 필요 없는 단어가 많다.

서울에서 살 때 사람들이 못 알아듣는 경우가 종종 있어 서울말을 해보려고 노력했는데 실패했다. 못 알아듣고 다시 말해달라고 한 경우면 그나마 나은 상황이다. 내가 화난 줄 아는 사람도 종종 있다. 그럴 의도는 전혀 없는데 불필요한 오해를 일으킨 셈이다. 그러다 보니 자연스럽게 전화 통화는 피하고 문자나 카톡을 선호하게 되었다. 그리고 글을 쓰게 되었다.

나름의 방안으로 말끝을 생략한다. 조사와 어미는 웬만하면 말을 안 하게 되더라. 한마디로 '음슴체'라고 하는 것. "~했습니다"가 아니라 "~했음" 이렇게 말이 그나마 짧아지면 말하고자 하는 핵심 단어는 들리니까. 이것을 한국에서는 반말이라고 한다. 누가 나이가 많고 적은지 따질 의도가 아닌데, 화자가 청자보다 나이가 많을 때 하는 반말 형태가 된다. 반말해서 상대방을 비하하거나 기분 나쁘게 해보려는 의도는 전혀 없으며 오직 말의 전달을 위한 자구책이다.

특히 날짜를 말할 때는 항상 마지막의 '일'자를 생략하는 방식을 취한다. 숫자만 말한다. 12/10을 "십이월 십" 이렇게 마지막 '일'자는 말하지 않는다. 11일은 발음을 항상 실패한다. 너무 어렵다. 그래서 월 말일이 31일 경우, "서른하나"라고 한다.

부산에서는 "잘 가라"는 말을 "가재이~"라고 한다. 부산말 중에 제일 좋아하는 말이다. 부산 이외 지역의 사람에게 "가재이~"라며 작별 인사했더니 같이 가자는 뜻으로 혼동했다고 하는 경우도 있다. 가는 것은 청

72

자 혼자인데도 마치 화자와 함께 가는 것 같아 다정한 어감이다.

말의 부족한 부분을 다양한 표정으로 커버했는데 코로나로 인해 마스크를 쓰면서 표정도 함께 차단되었다. 마스크 위 영역으로만 소통하는 것이 어려워졌다. 그러나 우리에겐 화려한 보디랭귀지와 손동작 액션이 있다. 있는 거라도 쥐어짜서 최대한 해야지.

한국어도 잘 안되고, 그래서인지 다른 언어도 마찬가지이다. 발음이 명확하게 잘 안 된다. 뭔가 어색한 발음이다. 외국에 가서도 부산 억양이 남아있는 말을 하게 되었다. 직장 동료분이 "너의 인니어는 부산말처럼 들린다."고 한 적도 있다.

대만에 살 때 대만인에게 가장 많이 들은 말은 "너 홍콩인이니?"였다. 말하는 단어는 중국 본토식이 아닌 대만 단어인데 억양이 뭔가 이상하니까 하시는 말이었다.

말하기… 한국에서도 어렵고 외국에서도 어렵다. 언제쯤 클리어하게 말할 수 있을까. 말 잘하는 사람이 제일 부럽다.

이렇게 다양한 자구책을 찾으며 사투리 콤플렉스를 극복해보고자 노력했는데, 지금 다니는 회사 입사 당일에 충격적인 큰 깨달음을 얻었다. 부산 사투리 쓰는 것이 이상한 것도 아니고 잘못된 것도 아니라는 것이다. 부산 사람이니까 부산말을 하는 것뿐이다.

지금 다니는 회사 입사 당일에 전무님(현 지니뮤직 대표이사님)께 인사

드리러 갔다. 2차 면접 때도 뵈어서 알고 있었는데 전형적인 부산말을 구사하신다. 우리 회사 식구가 된 것을 환영하시며 뼈가 되고 살이 되는 말씀들을 많이 해주셨는데 부산 악센트가 더해지니 아주 강렬하다. 뒤집어서 생각해보니 부산말을 써도 그 자리까지 올라간 산증인을 만난 셈이다. 이 회사는 표준어를 쓰지 않아도 실력에 따라 객관적으로 평가하여 인재를 기용하고 인사(人事)를 한다는 반증이다. 비난 이 회사에 한정된 케이스가 아니라 다른 회사에서도 마찬가지일 것이다.

나중에 안 사실인데 이 전무님은 직원들 사이에 명망이 자자하더라. 굵직한 문제를 해결하고 실적을 만들어 내시는 것뿐만 아니라, 부하직원들을 확실하게 챙기고 따스한 인품으로 따르는 직원이 정말 많았다.

나의 입사 초창기에 종종 내 자리로 직접 오셔서 "일할 만해요? 어려운 거 없어요?" 등 안부도 물어 주시며 바쁘실 텐데도 직접 챙겨 주셔서 너무 감사했다. '내가 입사 후에 2차 면접 때 뵌 분들을 다시 볼 수 있을까?'라는 상상을 종종 했는데, 이 회사만큼은 현실이 되었다. 2차 면접에 면접관으로 참석하시는 분들은 C레벨의 고위 직급인 경우가 많고 엄청 바쁘신 분들이다. 그래서 대부분 회사 내에서 대면보다는 보도자료 발표 난 것을 읽는 독자로서 기사로 접하는 게 훨씬 빈도가 높다.

이분이 지금까지 이루어 오신 그 과정의 모든 커뮤니케이션은 부산 사투리였겠지. 내겐 매우 익숙했는데 부산 이외의 지역 출신인 사람에게는 익숙하지 않았을 수도 있다. 그러나 그 정보가 필요한 사람은 사투리에 상관없이 정보를 습득하고 소통한다. 즉, 실력만 좋으면 된다. 표출의 방식이 부산 사투리든 표투리든 뭐든 간에 사람들은 본질을 알아본다.

〈방구석 1열〉 프로그램에서 김이나 작사가가 "한 사람의 결이나 질감은 잘 관리된 콤플렉스에서 비롯된다."라는 명언을 남겼다. 돌이켜보니 콤플렉스를 마냥 없애야 하거나 감춰야 하는 약점이라고 생각할 필요는 없다. 내 모습을 있는 그대로 받아들이는 것도 괜찮다. 그 또한 나를 구성하는 나의 일부이다. 타인과 나를 구분 짓는 고유한 나만의 색깔이다.

내가 받아들이는 방식에 따라
콤플렉스로 남거나
또는 고유의 색깔로 승화되기도 한다.
이 모든 과정은 나 스스로의 태도에 달려있다.

2장

나는
15년 차 직장인

게임업계 근무만 15년째인 여자

: 악조건에서도 피어나다

나를 한마디로 표현하자면 이렇다. 다음의 3가지 조건을 갖춘 사람은 흔하지 않다.

첫째, 게임업계, 회사에만

둘째, 15년을 다니는

셋째, 여자.

15년째 진행형이며 앞으로 더 길어질 것이다.

하나씩 자세하게 뜯어보자.

첫째, 게임업계에는 다른 업종에 있다가 오시는 분이 많다. 게임 프로그래머나 아트나 사운드 쪽은 그래도 관련 일을 하시다가 오는 경우가 많은데, 게임사업 PM(프로젝트 매니저), 마케팅 분야는 이직 전 업종이 다양하다. 광고 대행, 컨설팅, 펀딩, 인터넷 서비스는 제법 봤고, 게임이나 IT와는 관련 없는 유통, 소비재, 인테리어, 총판 영업 등등 다양하다. 아무 관련 없어 보이는 경험을 가진 사람들이 모이는 게임 비즈니스이지만, 나는 오직 한 길만을 묵묵히 가고 있다. 같은 기간의 경력이라도, 한 길만 걸어온 사람으로서 현장에서 쌓아온 게임 인더스트리 경험치가 훨씬 많은 것은 당연하다.

또한 조직과 체계를 갖춘 회사를 다니며 팀으로써 일하고 있다. 회사는 보고 체계와 조직이 있고 프로세스와 시스템이 있다. 회사는 직급과 호칭, 그리고 평가와 승진이 있고, 그에 따라 필연적으로 경쟁이 있다. 해마다 승진할 수 있는 인원수는 한정되어 있으므로 남들보다 실적과 성과를 내야 한다는 압박이 따라오며, 반대로 못하면 조직에서 배척되거나 페널티가 있다. 내가 이만한 값어치를 한다고 내 능력을 스스로 증명해내며 무수한 경쟁에서 살아남아야 한다는 압박을 항상 받는다.

게임회사는 다른 업종보다 직접 창업하는 경우가 많아 1인 개발자나 소규모 개발팀이 많다. 소규모 개발팀은 달리고 싶을 때 달리고 쉬고 싶을 때 쉬고 비교적 일정이 자유롭다. 반면에 큰 회사는 월간, 분기별, 연간 일정이 체계적으로 잡혀 있고 그 틀에 맞춰 조직이 돌아간다. 이 조직에 맞는 내가 되어야 하기에 오늘도 맞추기 위해 노력한다.

둘째, 게임회사는 평균 근속연수가 2~3년인 경우가 많다. 다른 업계에 비해 짧은 편이다. 펄어비스 1년 10개월, 크래프톤 2년 4개월, 카카오게임즈 2년 9개월(2020년 기준) 등 업계 톱 규모의 상장회사가 이 정도이며 그보다 규모가 작은 회사는 2년 이하의 짧은 재직기간이 비일비재하다. 그래서 15년을 다닌 만큼 이직 횟수가 적지는 않다. 나라고 이직이 쉽지는 않으나 지금까지는 운 좋게 버티고 있다.

또한 게임 산업은 수명도 매우 짧다. 게임은 특히나 빨리 변하며, 매일 공부하지 않으면 도태된다. 새로운 트렌드가 나타나고 그것이 반영되어 시장에 새로운 상품이 나오는 주기가 짧은 편이다. 라이브 서비스 중인 게임은 대부분 매주 또는 격주로 신규 콘텐츠를 업데이트하는 등 짧은 호흡으로 빨리빨리 돌아간다. 그런 짧은 순환의 인더스트리에서 짧은 숨을 15년째 지속하며 현장의 최전선에서 라이브 서비스를 하고 있다.

셋째, 여자 직장인이라니. 주변을 봐도 30대 이상 여직원의 수가 20대의 수보다 적다. 40대 이상의 여직원은 거의 없다. 선배님이 있다면 보고 따라갈 텐데 찾을 수가 없다. 보통의 회사 여직원은 수명이 남직원보다 매우 짧다.

결혼, 출산, 육아 등의 이유로 남자 직원보다 여자 직원이 회사를 그만두는 경우가 많다. 남자 직원도 결혼과 육아를 하지만 그렇다고 해서 퇴사를 하지는 않은 채 몇 주, 몇 달간 쉬고 다시 회사로 복귀하는 것이 일반적이며, 회사 팀원들도 사회도 당연히 그렇게 받아들인다.

가족의 권유 때문에 어쩔 수 없이 경단녀(경력단절 여성)가 되는 것을 많이 봤다. 본인이 아무리 일하고 싶어도 육아휴직 제도가 없거나, 또는 있다고 해도 압박이 많아 사용하지 못하는 유명무실한 회사가 많아 복직이 어려운 경우도 많다.

특히 게임회사는 다른 업종보다 여직원의 수가 훨씬 적은 것 같다. 내가 다녔던 회사만 봐도 압도적으로 남직원 비율이 높다. 특히 15년 전 다녔던 나의 첫 번째 회사는 전 직원 200명 중에 여직원은 나 포함 5명뿐이었다.

회사를 다니는 여자는 흔하지 않다. 내가 지금까지 일을 할 수 있는 것은 결혼과 출산을 하지 않았기 때문인 것 같다. 물론 그 전제조건 위에 실력이 얹어져야 원하는 연봉을 받고 일할 수 있으므로 매일 노력한다.

게임업계 회사만 근무한

15년째인

여자는

정말 흔하지 않고 힘들다.

나도 쉽지 않다.

그저 노력하는 수밖에 없다.

모르는 것을 모른다고 인정하는 용기

: 배우면 된다

회사에서 몰래카메라를 당한 적이 있다. 회사 공식 유튜브 채널을 담당하는 홍보팀에서 기획한 자체 제작 콘텐츠로 '면접을 앞두고 긴장한 지원자가 도움을 구할 때 어떻게 대응하는지?'라는 주제였다.

점심시간에 회사 도서관에 앉아 책을 보고 있는데, 딱 봐도 20대 초반의 대학생 느낌 물씬 나는 여성이 "저 이 회사 면접 보러 왔는데요. 너무 떨려서 그런데 힘내라고 한마디만 해주세요."라며 긴장된 표정과 떨리는 목소리로 말을 걸어왔다.

"처음 보는 사람에게 이렇게 용기 내서 말을 건 것 자체가 용기 있는 도전이에요. 오늘 면접관님에게 8층에서 일하는 서 차장님에게 이렇게 말을 걸었는데 서 차장님이 용기가 대단하다고 말했다고 꼭 말하세요." 라며 내 이름 석 자를 알려주고 나름대로 면접에 도움될 만한 꿀팁과 마인드 컨트롤 방법을 얘기해 주었다.

"오늘 면접 오려고 준비 많이 했죠? 많이 했잖아. 그러니까 긴장되는 거지. 준비 별로 안 했으면 긴장이 안 됩니다. 왜냐면 준비 부족으로 떨어질 거 이미 스스로 알고 있거든. 아는 것은 자신감 있게 답하면 되고요, 혹시 모르는 것을 물어볼 수가 있어요."라며 얘기를 시작했다.

모르는 건 모른다고 솔직하게 말해라. 왜냐면 면접관은 정답을 잘 알고 있어서 괜히 어설프게 둘러대는 것은 오히려 거짓말하는 것처럼 보일 수 있기 때문이다. 출제자의 출제 의도를 파악하자. 면접관이 어려운 질문을 한 이유는, 면접자의 지식의 깊이나 넓이가 궁금해서 물어본 것이 아니다. 내가 면접관으로 들어가는 경우 모를 만한 것을 일부러 물어서 어떻게 리액션 하는지 보려고 물어본다. 요즘은 새로운 기술이 매일 쏟아지고, 사람이 일일이 파악하며 트렌드를 따라가기 급급하거나 어려운 경우도 있다. 사람이니까 한계가 존재한다. 모르는 것은 모른다는 사실을 인정하고 빨리 배워서 내 것으로 만드는 노력이 필요하다. 면접은 그런 학습 태도와 노력의 의지를 보고자 하는 경우도 많다. 따라서 "모르겠습니다. 만약 다음에 다시 뵐 기회가 주어진다면 그땐 답을 할 수 있도록 하겠습니다."라고 답변을 하자. 그리고 집에 와서 공부해서 답을 찾아 놓자. 다시 만날 기회가 있을 것이다. 특히 그 회사에 입사했다면 매우 높은 확률로.

떨고 있는 지원자에게 무슨 팀에 지원했는지 물어보며 성함도 여쭤

봤다. 나중에 꼭 최종 합격하시고 입사하셔서 우리 다시 여기 도서관에서 만날 수 있으면 좋겠다는 인사말도 덧붙였다. 수많은 면접 지원자를 봤는데 이렇게 다가와서 말을 거는 사람은 처음 봐서 신선한 경험이라, 이런 도전 정신 가득한 청년이 신입사원으로 들어오면 참 좋을 것 같았다.

초롱초롱한 눈을 바라보며 열심히 이야기하고 있는데 갑자기 나에게 한 명이 더 다가왔다. 회사 공식 유튜브에서 자주 보는 홍보팀 과장님이었다. "서 차장님 몰카 성공!"을 외쳤다. 아… 당했구나. 몰카였구나.

신입사원 공채 홍보용 유튜브 콘텐츠라고 한다. 평소 모든 일에 의심을 굉장히 많이 하는데 몰카 앞에 장사 없었다. 그럼 이분은 누구지? 과장님이 우리 팀으로 이번에 새로 들어온 인턴이라고 소개해 주셨다.

놀라고 진정이 안 되어서 "연기를 너무 잘하시던데 연영과 나왔니? 연기 쪽으로 도전해봐. 이름은 진짜야? 너무 동공이 떨리고 있어서 몰카인지 전혀 몰랐지." 등 이상한 소리를 내뱉으며 손뼉 치고 크게 웃었다. 어쩐지 면접 지원자가 말을 걸더라니. 이런 것 본 적이 없거든. 이름은 진짜라고 한다. 이날 여러 사우님이 동일한 시나리오로 몰카를 당했는데, 이름을 물어본 사람은 내가 유일했다고 한다.

그리고 너무 떨지 말자. 남 눈치 많이 보지 말자. 예의는 지키되 남의 시선에 너무 신경을 많이 쓰지 말자. 충분히 면접 준비 많이 하고 참석

한 면접일 것이다. 모르는 건 어쩔 수 없다는 사실을 인정하고 받아들이자. 면접 경험이 적은 예비 신입사원이나 인턴, 알바 등은 면접 자리가 부담스러울 수도 있다. 그런데 어디 가서 나의 수상 경력과 열심히 산 흔적들을 웃으면서 뻔뻔하게 얘기할 수 있을까. 친구나 지인들에게 자랑하면 시기 질투를 받거나 재수 없다고 할 텐데, 면접을 예의와 겸손 차리며 나를 자랑하며 내 이야기를 하는 자리라고 생각해보자. 흔하지 않은 장기자랑 시간인 셈이다.

다음 날 이 인턴이 회사 메신저로 연락을 해왔다.
해주신 말씀들이 너무 도움이 된다고 감사해했다.
인턴을 거쳐 앞으로 회사생활과 사회생활하는 데
큰 도움이 될 것 같다며.
모든 MZ세대 젊은이들의 앞길을 박수로 응원한다.

게임회사 가려면
뭐 공부하면 되나요?

: 쓸 데 많은 필수 3과목

단호하게 말한다. 정답은 국영수. 게임회사 입사하려면 국어, 영어, 수학으로 이루어지는 필수 교과목을 잘해야 한다. 이게 무슨 엉뚱하고 성의 없는 소리냐고 하겠지만 난 분명히 정답을 알려주었다. "국영수를 잘해서 수능을 잘 쳐서 좋은 대학을 졸업하자."를 줄인 정답이다. 게임회사도 '회사'이기에 '게임 잘 만들기'보다 '회사 입사하려면'에 중점을 두고 취업 준비를 해야 한다.

게임회사에서 15년 일했더니 주변에 게임회사로 취직을 목표로 하거나, 디자이너, 프로그래머, 기획 등의 직무로 게임 개발자 등 게임업계 쪽으로 진로를 잡고 있는 취업준비생, 대학생, 고등학생들이 조언을 청하는 경우가 많다.

교과목을 잘해서 좋은 대학교에 가야 최종 면접에 합격하여 입사할

86

수 있다. 여러 게임회사에서 일하면서 만나 본 우리 회사 동료들, 그리고 주위 회사 사람들의 이야기를 듣고 종합한 내 나름의 데이터베이스다. 소위 SKY로 대변되는 좋은 대학 출신들이 많다. 왜 그럴까 나름 분석해보았는데, 유명한 게임회사, 상장된 게임회사의 사장님이 서울대학교 컴퓨터공학과 출신인 경우가 제법 있기 때문인 것 같다. 내가 처음 다녔던 회사도 사장님이 서울대 컴공과 출신이었는데, 주요 요직을 잡고 있는 이사님, 실장님, 팀장님은 물론 직원들조차 서울대 컴공과 출신이 제법 많았다. 물론 학력이 인생의 전부는 아니지만, 한국 사회, 한국 회사에서는 학연, 지연, 혈연 중 최고라는 학연을 무시 못 한다.

게임을 만들려면 그림을 잘 그리거나, 프로그래밍을 잘하거나, 유니티 엔진을 잘 활용하거나 등의 게임 잘 만드는 기술도 필요하다. 그러나 회사에 입사하고 싶다며 질문을 했잖아? 회사에 가려면 서류 전형 → (회사에 따라 인적성검사를 하거나, 직무에 따라 코딩 테스트를 하는 경우도 있음) → 1차 면접 전형 → 2차 면접 전형 → 최종 합격의 과정을 거치는 것이 기본 프로세스이다. 이 전형들을 통과하려면 좋은 대학에 가는 것이 필요하다. 신입사원 대상 전형 과정에 게임 잘 만드는 것은 고려 요소가 아닌 경우가 많다.

게임 만드는 것은 회사에 입사하면 차차 다 알려준다. 신입사원에게 그 누구도 주요 코딩을 맡기지 않고, 주요 캐릭터 원화 작업을 맡기지 않는다. 신입사원에게 그런 능력을 기대하고 있지도 않다.

게임회사에 가지 않고 혼자서 1인 개발을 하거나, 소규모 게임 개발 스튜디오로 가는 경우에 출신 학벌에 대한 중요도가 옅은 경우도 있다. 이것은 게임회사뿐만 아니라 다른 업계도 비슷할 것이다. 작은 회사 입사를 위해서는 출신 학교의 비중이 크지 않을 것이다.

그러나 제법 규모가 있는 게임회사에 들어가고 싶다면 게임과 아무 상관 없어 보이더라도 국영수를 열심히 하자. 단순히 수능시험 고득점을 받기 위한 공부가 아니더라도 젊을 때 공부해두면 두고두고 도움이 된다. 나랑 같이 일하는 동료들은 국영수를 잘했는데 나만 모르면 창피하다. 절대적인 그 지식뿐만 아니라 내가 공부를 잘했다는 그 사실도 도움이 된다.

내가 공부를 해보니
국어(언어 영역)는 말을 이해하고
의사소통에 도움이 되고,
영어를 알면 더 많은 기회와 친구를 만날 수 있고,
수학은 문제를 푸는 과정에서
인생의 문제를 해결하는 기초가 된다.
인생 살다 보면 다 쓸데가 있다.

높은 연차가 면접 탈락하는 이유

: 그리고 탈락을 대하는 자세

이직은 항상 어렵다. 신입은 신입 나름대로, 저연차는 저연차 나름대로, 고연차도 고연차 나름대로 어렵다.

면접에 탈락하면 내가 부족했나 보다, 나보다 다른 지원자의 실력이 더 뛰어난가 보다, 내가 면접에서 말실수했나 보다 등 자기 능력을 의심하게 된다. 그럴 필요가 없다. 이직을 여러 번 해보니 내가 부족해서 탈락한 경우보다 외부적인 요인으로 인해 애초에 회사와 핏(Fit)이 맞지 않아 합격하지 않은 경우가 많았다.

그리고 동종업계 7~8년 차를 넘어갈 때쯤부터, 탈락했다면 내가 지원한 회사의 팀장보다 경력이 많거나 큰 회사를 다녀서 탈락하는 경우가 상당히 많다. 경력이 더 많다는 말은 대부분의 경우 연봉이 더 많다는 말과 일맥상통한다. 서류전형 시 접수양식에 현재 연봉을 기재하라고 칸이 있는 경우도 있는데, 그러면 거의 나를 면접에 부르지 않았다. 내가 지원하는 이 회사의 팀장보다 연봉이 훨씬 많기 때문이다. 팀장보다 월급 많은 팀원을 팀장이 만족할 리 없다.

면접하러 가니 나보다 나이는 많은데 경력 짧은 사람이 면접관으로 앉아 있다. 나의 연봉에 겁이 나서 면접에 안 불렀을 텐데, 무슨 배짱으로 불렀을까 싶어 면접에 가보면 나의 현재 연봉을 모르고 있었다. 그러면 100% 탈락한다. 이 회사에서는 나의 능력이 꼭 필요해도 나의 현재 연봉에 맞춰 줄 수가 없기 때문이다. 즉, 내가 부족해서 탈락하는 것이 아니라 그저 이 회사와 핏이 안 맞는 것뿐이다.

그리고 팀원들이 대부분 조용조용한 성향인데 내가 시원시원하고 딱 잘라 대범하게 말하는 스타일이라 탈락한 경우도 있었다. 알아보니 팀원들과 성향이 안 맞을 것 같아서라는 이유였다고 한다. 또한 몇 달간의 전형 과정 중에 회사의 경영 악화나 조직 개편으로 인해 팀이 공중 분해되어 TO(정원)가 없어져 버린 경우도 있었다. 내가 잘못하거나 부족한 것이 아니고 그저 상황이 안 맞았던 것뿐이다. 내 안에서 잘못한 점을 찾아봤자 해결이 안 나는 게 당연하다.

혹시 면접이든 시험이든 망쳤다는 생각이 들어도 크게 스트레스받거나 우울 모드에 빠질 필요가 없다. 시험을 잘 봤는지 또는 못 봤는지가 중요한 게 아니라 이미 끝났다는 게 중요하다. 던져진 주사위는 내 손을 떠났고 변할 수가 없다. 기도를 열심히 한들, 마음을 졸이든 결과는 변하지 않는다. 빨리 잊고 다른 기회에 도전하면 된다.

이미 지나간 버스를 괜히 마음에 담아 봤자
다른 좋은 기회에 도전할 에너지만 빼앗긴다.
좋은 회사나 멋진 기회가 여기 말고도 많다.
실망하지 말고 다른 기회를 찾자.

일잘러의 인사고과 비결

: *성실하게 살아야 하는 이유*

귀국 후 다닌 한국 회사의 인사평가에서 회사 전체 최고 등급을 받았다. 게임개발사에서 게임을 가져와 우리 회사 플랫폼에 올리는 업무, 즉 게임 소싱과 사업개발을 했는데 내 업무가 재밌기도 하고 실적도 잘 나왔다. 팀에서도 타의 추종을 불허하는 실적이었고, 회사 전체에서도 압도적인 성적이었다. 팀에 소싱 담당자는 여럿이었으나 실적을 내는 사람은 나 혼자밖에 없어서 큰소리치며 회사를 다닐 수 있었다.

4개 게임을 출시 후 1년간 방치되어 있던 플랫폼에, 내가 입사하여 1년 반 동안 168개 게임을 계약했다. 이 중에는 게임 좀 한다고 하는 사람이면 이름만 들어도 누구나 다 아는 글로벌 유명 게임도 수십 종이다. 무에서 유를 만들어낸 셈이다. 회사의 홈페이지와 얼굴을 바꿨다. 내가 회사의 얼굴을 성형 수술한 셈이다.

나의 입사 전 1년간의 방치 기간 동안 회사 나름의 고군분투가 있었다고 들었다. 오죽했으면 직속 상사인 유 실장님은 연말 인사평가에서 "소싱에 있어, 탁월한 성과를 보여, 인디사업의 기반을 만들어가는 데 큰 역할을 수행하였음. 서 차장 이전 담당자들이 6개월간 소싱이 1~2개 수준이었으나, 입사 후 월 7~8건의 소싱 계약의 성과를 이뤄냄"이라고 하였다.

나와 같은 롤을 부여받았지만 실적을 못 내서 쫓겨 나가거나 잘린 나의 전임자들만 4명이다. 그만큼 쉬운 일이 아니다. 그래서 입사 다음 해에 대표님과 연봉 협상을 할 때 나의 전임자들, 즉 K 팀장, L 차장, P 과장, J 과장이 나와 같은 업무를 부여받은 채 1년 이상 실적을 못 내서 잘렸는데 내가 해냈으니 그만큼 연봉을 올려달라고 요구했다.

호랑이는 죽어도 가죽을 남기고, 일등 직원은 퇴사해도 게임을 남긴다. 퇴사한 지 1년이 넘었는데 아직도 내가 계약한 게임들이 계속 출시되고 있는 중이다. 내 실적으로 아직도 먹고 살고 계신다. 지금도 이 플랫폼에서 주력 상품으로 밀고 있는 해외 게임 대부분은 내가 계약한 게임들이다.

그런데 내가 소싱해 와서 모든 입점 절차를 직접 마무리 지은 게임인데, 나의 퇴사 2~3달 전 입사한 분들이 그 당시 소싱 담당자가 아니었는데도 불구하고 정말 힘들게 모셔온 게임이라는 둥 이 게임 입점 이유를 설명하면서 우리가 이렇게 게임에 진심이라는 둥 기사 인터뷰를 하고 보도자료를 내는 것을 보면 황당하기도 하다. 내가 한 일인데. 소싱 계약서에 내 이름이 적혀 있는데. 아무리 사업 홍보를 위해서라지만, 내가 한 일이라는 사실은 변함이 없는데 마치 다른 직원이 한 것처럼 마음까지 표현하다니. 내 실적을 빼앗아 다른 직원에게 넘겨주는 격. 내 손을 떠났으니 남이긴 하지만 사실을 왜곡하면서까지 사업을 하는 걸 보니 측은한 마음이 든다.

동남아에서 회사에 다닐 때도 같은 업무를 해왔기에 게임업계에 외국 인맥 네트워크가 많아서 그분들이 도와주신 덕분에 입사하자마자 바로 실적을 낼 수 있었다. 내가 드디어 한국에 간다고, 한국으로 이민 간다고 인사를 하니 잘 아는 게임 개발사, 퍼블리셔는 자발적으로 나서서 한마음 한뜻으로 아무런 대가도 바라지 않고 입사와 귀향을 축하한다며 유명한 게임을 너희 회사의 플랫폼에 올리라고 주셨다. 이 플랫폼에 올린다고 해도 예상 수익이 가늠조차 안 되는 초창기 플랫폼이었고, 심지어 이 플랫폼에 올리려면 그 당시에는 개발사에서 평균 1~2달가량 소요되는 개발작업을 해야 했는데, 그 개발 부담을 다 안으시고 회사의 이익을 포기하고 기꺼이 내 실적에 힘써 주셨다. 해외에서 성실하게 잘 산 것 같다.

회사에서도 내 실적을 만족하고 나도 내 업무에 만족한다. 서로가 윈-윈(Win-Win)하는 이상적인 모델이다. 그래서 인사평가에서도 수백 명의 전 직원 중 최고 등급을 받았다. 칭찬과 함께 인센티브는 물론이다. 회사에서 요구받은 실적의 300% 이상을 몇 달간 계속 내기도 했다. 회사도 나를 참 좋아한 것 같다. 이렇게 높은 고과를 내니 실장님이 나를 믿고 맡겨줘서 내가 뭘 하든 상관하지 않으셨고 그래서 자유롭게 더 날개를 펼칠 수 있어 일하기도 편리했다.

이 회사를 참 좋아했고, 회사 업무도 재밌었고, 회사생활도 만족했다. 회사 로비 식물 화분의 분갈이, 직원 사진전 등 회사에서 진행하는 각종 프로그램 등에도 열심히 참여했는데 너무 즐거웠다. 회사 로비에는 신간 도서들이 깨끗한 새 책 상태로 비치되어 있어서 자주 빌려 읽었는데 정말 좋았다. 무한 리필의 지하 식당이 제일 마음에 들었다. 갖가지 메뉴들이 맛있었고 심지어 공짜여서 매일 열심히 먹으며 살도 찌우고 행복했다.

이 회사에 가게 된 이유는 단순하다. 대학 졸업 후 다닌 첫 직장에서 같이 일한 동료들 중 50명 이상이 이 회사에서 일하기 때문이다. 그중에서도 정말 친하고 나를 아껴주던 언니, 형님들이 이 회사에 아직도 다니고 계신다. 같은 팀은 아니지만 그래도 왠지 모를 친숙함이 느껴져서 가게 되었다. 첫 회사가 벌써 15년 전의 일이니, 다들 한 업계에서 정말 진득하게 오래 일하고 계신 능력자들이시다. 15년 전에 같은 팀에 있었던 분들이 이 회사에서 이사님, 팀장님, 파트장님 등 다들 높은 직책을 맡고 계신다. 존경하는 대단한 업계 선배님이자 인생 선배님들이다. 15년 동안 서로 지켜보면서 응원하며 성장해 나아가는 역사를 보아왔는데 다들 대단하다.

특히 2년간 같은 팀에서 일할 때는 물론 언제나 나에게 잘해주는 참 특별한 언니가 있다. 해외에 살면서 힘들 때 연락했는데 담담히 건네주던 위로에 힘을 받아 버텨내기도 했다. 나의 15년간의 크고 작은 성취들을 일일이 다 기억해줘서 나의 역사박물관과 같은 언니는 나의 도전을 늘 지지해준다.

첫 회사가 이렇게 인생에 큰 의미와 영향이 있을지 그땐 전혀 몰랐는데, 시간이 한참 흐르고 나서 다시 되돌아보니 내가 복이 많은 것 같다.

인생 잘 살아온 것 같다.

많은 분이 도와주시고 이끌어 주셔서

지금까지 예쁨 받으며 잘 살아오고 있다.

앞으로도 잘 부탁드립니다.

고맙습니다.

꾸벅.

배워서 희소가치를 키우는 수밖에

: 변해야 살아남는다

회사에서 15년째 게임 업무를 하고 있다. 평생을 게임회사만 다닌 외길 인생이었는데 처음으로 게임회사가 아닌 통신사에 왔고 여기에서도 게임 일을 하고 있다. 현재 재직 중인 회사에서 얼마 전 인기리에 종영한 〈이상한 변호사 우영우〉 드라마를 제작하기도 하는 등 통신에 국한되지 않고 디지털 미디어 콘텐츠에 진심이다. 그래서 내가 담당하는 사업 분야인 게임산업에도 적극적으로 나서고 있다.

사업 다각화 측면에서 〈이상한 변호사 우영우〉 드라마의 제작사 ENA, 웹툰 '스토리위즈', 모바일 독서 플랫폼 '밀리의 서재', 음원 플랫폼 '지니뮤직' 같은 생활에 즐거움을 더하는 서비스는 물론 케이뱅크, BC카드까지 생활에 편리함을 더하는 서비스까지 다양하게 한다. 내가 담당하는 게임 서비스는 자투리 시간까지 아낌없이 즐길 수 있게 휴대폰에서도 PC패키지게임을 플레이할 수 있도록 한다. 그래서인지 수백 명의 CEO들이 직접 뽑은 〈2022 대한민국 혁신기업 30〉에 선정되기도 했다.

변해야 한다. 시대가 변하는데 내가 안 변하면 살아남지 못한다. 대기업도 변하는 판국이다. '난 이것을 잘하니까 이것만 해야지'라고 한 분야만 깊게 파던 시대는 지났다. 물론 어느 특정한 분야에서 세계적인 실력을 발휘한다면 이야기가 다르겠지만 그런 천재는 극소수다. 한 분야만 하면 살아남지 못한다.

또 여러 가지 분야를 해보면서 자신의 개성과 특기를 발견하는 경우도 있다. 15년 전에 게임 개발자로 사회에 첫발을 내디뎠다. 게임 개발사에서 총 쏘는 정통 밀리터리 FPS(First-person shooter) 게임의 기획, 밸런싱, 아이템 제작 등 개발을 하는 신입사원이었다. 그때만 해도 내가 게임 사업을 하게 될 줄은 전혀 생각도 못 했다. 개발을 하다 프로젝트 매니지먼트 일이 바빠서 도와주며 해외 PM(Project Manager) 업무를 하게 되었고, 이를 계기로 나의 세계와 직업이 확장되고 직장인으로서의 수명이 길어졌다. 나에게 해외 PM 일을 시켜준 첫 직장 팀장님에게 아직도 감사해하고 있다.

만약 기획자로 입사했으니 기획 업무만 하겠다고 고집을 부렸다면 지금쯤 내가 어떤 인생을 살고 있을지 생각만 해도 아찔하다. 다른 업무도 해보라는 제안을 유연한 사고로 적극 검토하고 수용한 15년 전의 나를 매우 칭찬하고 싶다. 열린 마음과 유연한 사고는 꼭 필요하다.

수요와 공급은 모든 비즈니스에 공통으로 적용되는 기본 법칙이다. 지금의 회사에 와서도 이전 회사에서 했던 똑같은 일을 하고 있다. 글로벌 게임회사에서 게임을 소싱해 와서 우리 회사 플랫폼에 올리는 게임 소싱 일을 하고 있다. 이전 회사에서 실적을 워낙 많이 내다보니 경쟁사였던 현 회사에서 알음알음으로 스카우트 제의를 해오셨다. 내가 지원서를 제출하지 않아도 알 만한 업계인들은 물어물어 먼저 알고 찾아온다.

이 업무는 수요는 많은데 공급이 없는 포지션이다. 모든 게임 플랫폼 회사가 사업을 시작할 때 꼭 필요한 업무인데, 나처럼 해외 게임회사에서 일해본 사람이 거의 없으니 인력이 부족한 포지션이다. 한국인들이 한국 게임만 좋아하는 것도 아니고. 국내 게임 사업개발 경력이 있다고 해도 국내 게임업계 인맥은 한정되어 있으니 한계가 있어서 나의 가치가 더 희소하다.

나만의 무기를 찾아야 한다. 다른 사람, 다른 기술로 대체할 수 없는, 반드시 내가 그 자리에서 해야만 하는 거. 대단한 기술이 아니더라도 하나라도 필요하니 시대의 흐름을 읽고 나만의 가치를 모색해보자. 찾지 못했다면 나를 변화시켜라. 변하다 보면 하나쯤 얻어걸리는 게 분명히 있다. 이게 없으면 회사 상황이 안 좋을 때, 흔한 말로 칼바람 불 때 정리 대상 1순위다. 여자는? 0순위이다.

어떻게 하면 변할 수 있을까? 사람은 배워야 변할 수 있다. 그리고 살면서 이런 깨달음을 어디서 얻을 수 있을까? 정답은 독서뿐이다.

책은 여유 시간을 짬 내서
짬짬이 즐기는 여가가 아니라,
각 잡고 전투적으로 읽어야 한다.
변하고 싶다면
시간 배분 1순위로
독서 시간을 확보하자.

멋진 어른이 되고 싶다

: 내가 꿈꾸는 이상적인 리더

지금 우리 부서의 리더인 상무님은 정말 본보기가 되는 리더이자 어른이다. 직원들이 의견을 내면 적극적으로 경청해주시고 즉시 반영하신다. 이렇게 실행력이 빠른 분은 처음 봤다. 위에서 내려오는 의견이 아니라 아래에서 직원이 내는 의견도 귀담아들으시는 분은 흔하지 않다.

몇 달 전 내가 쓴 글 때문에 팀원분이 전사 차원의 상을 받았다. 그래서 회사에서 회식비를 주셔서 축하를 겸한 회식을 월요일 저녁에 했다. 회식을 하면서 다른 팀원분이 지나가는 이야기로 보고서 만드는 게 시간을 많이 잡아먹는다는 말을 했다. 보고서를 만들려면 이쁘게 줄 간격 맞추고 도형 다듬고 문서 메이크업을 해야 한다. 알맹이 내용은 똑같아도 줄 글로 쓰는 것보다 훨씬 시간이 오래 걸린다.

며칠 후 목요일 미팅 때 상무님이 보고서를 없애고 구두 보고를 원칙으로 한다고 발표하셨다. 속으로 손뼉을 엄청 쳤다. 사이다보다 명쾌하고 청량한 해답 덕분에 쓸데없는 업무량이 대폭 줄어든 셈이다. 애로사항이더라도 오랫동안 이어지는 관습을 파격적으로 개선하는 것은 쉽지 않다. 그런데도 그걸 곧바로 해내시는 분이다. 부하직원들의 업무 효율성 개선을 위해 언제나 진심이시다.

또한 상무님은 날카로운 현황 분석과 함께 바로 해결책을 제시하신다. 드라마 제작 부서, 전국의 대리점 매장 등 타 계열사, 타 부서와 협력하기도 하는 등 본인이 할 수 있는 최대한의 리소스를 여과 없이 발휘하여 해결에도 적극적이시다. 팀원들과 이야기해보면 나만 이렇게 생각하는 것이 아니었다. 팀 동료분들도 같은 생각을 하고 있었다. 우리 상무님 대단하다고.

직원이 직책자를 평가하는 다면평가를 반년마다 진행한다. 진심에서 우러나서 상무님에 관한 칭찬을 써서 제출했다. 칸이 모자라서 별도의 메일로 리뷰를 써서 인사팀에 전달하기도 했다. 이것도 모자라 이 리더님의 리더님에게도 메일로 전달했다. 꼭 이 상무님과 앞으로도 계속 일하고 싶다고. 진심 100%이다.

상무님과는 업무 이야기뿐만 아니라 취미, 주말 일상, 좋아하는 것 등 자유롭게 이야기한다. 그러면 상무님은 적극적으로 직원의 자기계발을 독려하고 권장하고 빌드업되도록 아이디어를 던져 주신다. 내공이 엄청난 인사이트와 깊은 식견을 겸비한 발전적인 방향을 보여주신다.

상무님과 올해 내내 식사와 회식할 때마다 난 요즘 책 읽는다며, 무슨 책을 왜 재밌게 읽고 있는지 감상평과 함께 이야기를 했었다. 얼마 전엔 내가 "책을 읽다 읽다 이젠 책을 써요."라고 말씀드렸더니 상무님은 "그럴 줄 알았다. 책을 그렇게 내내 읽더니 너무 잘 생각했다."고 하시며 상무님의 동기 중에 작가로 활동하시는 분을 소개해 주시는 등 물심양면으로 지원을 아끼지 않으셨다.

지난주에는 내가 주말에 게임잼 행사에 참가해서 만들어온 게임을 자랑하기도 했다. 상무님은 "게임 소싱하다가 직접 만들어 가져왔냐?"며 플레이 해보겠다고 하시며 반겨주셨다. 그리고 퀄리티가 너무 잘 나와서인지 출시하자마자 온라인 여러 매체에서 제법 이슈가 되었다. 상무님께 말씀드리니 Buzz가 되는 것을 축하해 주시며, 새롭게 확장할 방향들을 제시해 주셔서 현재 성사되도록 시도해보는 중이다.

상무님께 업무 보고를 드릴 때 피드백해주시는 마케팅 기법이나 법칙 등 전문 용어 중에 처음 들어본 것들이 많다. 필기해 놨다가 네이버에 찾아보면 유명한 마케팅 용어이다. 회의에 귀 쫑긋하고 필기하게 만드는 상무님의 지식은 15년 차 업계 사람을 공부하게 만든다. 오늘도 열심히 배우겠다, 공부하는 심정으로 회의에 참석한다.

동종업계 경력이 15년 정도 쌓이면 이제 웬만한 건 다 알고 배울 것이 그리 많지는 않다. 그마저도 남에게서 배우기보다 셀프로 공부하고 터득하는 게 대부분이다. 그런데 상무님의 자세와 태도는 15년 경력자인 나에게 큰 충격이었고, 앞으로 나아가야 할 방향을 제시하는 나침반 같다. 이 정도 연차는 보통 피드백을 주는 입장인데, 피드백을 받는 입장이 오랜만에 되어본다. 몰랐던 세계를 상무님이 열어 주신다. 내가 10년 후, 20년 후에 이런 어른이 될 수 있을까? 이런 어른이 되고 싶다.

만약 10년 뒤
후배나 부하직원이 나를 보고
멋진 선배,
본받고 싶은 어른이라고 생각한다면
진짜 뿌듯할 것 같다.

1년에 게임 10개 만들기

: 인생을 3일로 요약

게임 개발자로 게임업계에 입문해 15년째 근무 중이다. 게임을 만드는 것도 재밌는데, 같이 만들었던 동료들과 '케미'가 좋아 더 재밌었던 기억으로 남아있다. 지금 다니는 회사에서는 사업팀에서 게임 서비스와 소싱 비즈니스 일을 하고 있다. 게임은 주말에 혼자서 취미로 만든다. 게임 만들기는 종합 엔터테인먼트의 결정체라고 생각한다. 기획, 2D/3D 아트, 프로그래밍, 사운드 등 다양한 포지션의 담당자가 유기적으로 뭉쳐서 하나의 완성작을 만들어내는 긴 과정이다.

게임잼이라는 게임 만들기 해커톤 프로그램이 있다. 각지에서 모인 일면식도 없는 다양한 사람들이 즉석에서 팀을 찾고 결성하여 아이디어 기획부터 디자인, 프로그래밍 코딩하여 금요일 저녁에 시작하여 일요일 오후까지 2박 3일 만에 완성하여 제출하는 행사이다. 이 모든 과정이 고작 약 40시간 만에 완료된다.

제시되는 주제에 맞춰 매번 새로운 분들과 팀을 결성해서 합을 맞춰 가며 게임을 만든다. 실시간으로 터지는 버그와 돌발 상황에 대응해가며 정확한 데드라인을 두고 일사분란하게 움직여 결과를 만들어낸다. 단기 간에 실력이 고속으로 성장할 수밖에 없는 구조다. 두뇌 회전이 팽팽 돌 아가는 것이 느껴진다. 아드레날린이 DNA를 타고 흐르는 것 같다.

대학생, 취업준비생은 물론 현재 게임회사나 디자인 회사에 다니는 현업인분들도 많이 오신다. 심지어 고등학생도 참가한다. 몇 달 전 우 리 팀 막내였던 고2의 실력은 나보다 낫더라. 대한민국의 미래가 창창 하다.

이런 매력 때문에 게임잼에 2021년에만 10회 참가했다. 그리고 매 번 버그 없이 플레이되는 게임을 완성하여 출품했다. 거의 매달 게임을 하나씩 뚝딱뚝딱 만들어낸 셈이다. 2022년에도 꾸준히 참가하고 있다. 1년에 게임을 10개나 만들다니 나 정말 대단한 것 같다. 웬만한 게임 개발자도 이렇게는 못 할 텐데.

1년에 약 50번의 주말이 있다. 그중 10번을 이렇게 생산적으로 '갓 생'(부지런하게 생산적인 일과로 사는 삶)으로 보내면 뿌듯한 한 해가 된 다. 주중에 회사일을 하느라 당연히 피곤하지만 그 피곤함과 귀찮음을 극복하고 뭔가를 해내면 '인생, 그까짓 거' 못할 게 없어진다.

다니던 회사, 그것도 우리 팀에서 게임잼 행사를 개최하여 행사 운영진으로 진행을 담당하면서 게임잼을 알게 되었다. 게임잼 운영진을 하다가 행사 참가자가 된 케이스는 아마도 내가 한국에서 유일하지 않을까 생각한다. 나와 반대의 케이스, 즉 행사 참가하다가 운영진이 되는 경우는 많이 봤다. 코로나 전에는 오프라인으로 공공기관 내 회의장, 지자체 대강당 등에서 진행되었는데, 코로나 팬데믹으로 인해 대부분 온라인 비대면 행사로 전환되었다.

특이하게 우리 회사의 게임잼은 3일 동안 24시간 내내 유튜브 라이브 방송을 진행했다. 너무 피곤했다. 다른 기관이나 지자체에서 주최하는 게임잼은 이벤트 진행할 때만 1~2시간 정도 라이브 방송을 켜는 것과 차별되는 점이었다.

라이브 방송이 송출되는 카메라 화면 밖에 앉아서 행사 진행하는데도 3일 내내 잠을 안 자면 당연히 피곤하다. 그런데 옛날에 게임 개발자로 일할 때 생각도 나고 진짜 재밌었다. 참여 현황 체크, 이벤트 당첨자 체크, 전화 연결 이벤트 참여자 명단 관리, 모닝콜 신청자들께 잠 깨우는 전화 등 쉴 틈 없이 바쁘다. 연락이 끊긴 팀원을 찾아달라는 요청은 어찌나 그리 많이 오는지, 전화해보면 누적된 피로에 잠시 지쳐 떨어져 나가 숙면에 빠져 있는 경우가 대부분이라 팀원의 요청을 받아 전화하면서도 죄송하다.

금요일 퇴근 후 저녁 7시 또는 8시부터 시작해서 행사 오리엔테이션,

아이스 브레이킹과 자기소개, 팀 구성, 팀 매칭 등의 행사를 마치면 곧바로 팀끼리 개발하여 일요일 낮 2시 또는 3시 정도까지 행사가 진행된다. 이 시간 안에 게임 하나를 뚝딱 만들어내는 것은 절대로 쉬운 일이 아니다. 게임을 만들다 보면 시간이 부족해서 매번 3일 내내 밤샌다. 2박 3일이 아니라 무박 3일인 셈이다. 피곤함과 몰려오는 잠을 참고 에너지드링크를 마시며 버티다, 출품 후 시연회 후에 쓰러진다.

즉석에서 모인 팀원이라 화합이 안 돼서 싸우기도 하고, 참가자 개개인의 성격도 모르고 실력이 검증이 안 되어서 예상하지 못한 낮거나 높은 퀄리티의 결과물이 나오기도 한다. 무슨 문제가 터지든 한정된 시간 내에 결과물을 만들어내야 한다는 압박감으로 앞만 보고 달린다. 평온한 일상에 긴장감을 주는 이벤트이다.

즉석 요소가 강한 게임잼 특성상 의도하지 않은 대로 흘러가기도 해 인생의 변주 같다. 무한도전하는 인생의 2박 3일 압축 요약판 같다. 아무리 완벽한 플랜을 짜도 인생은 계획대로 흘러가지 않는다. 계획대로 진행되지 않을 때를 대비해 플랜 B, 하다못해 플랜 C까지 준비해도 상상도 못 한 돌발상황은 발생한다. 수없이 만나는 하기 싫은 현실의 일, 다시는 마주하고 싶지 않아도 일단 닥친 일은 극복해야 한다. 이 모든 과정을 헤쳐나가면 3일간의 게임잼 종료 후 시연회를 한다. 행사 주최 측과 모든 참가자가 모여서 서로가 만든 게임을 돌아가며 플레이를 해본다.

내가 만든 게임들을 보면 뿌듯하다. 다음 달에도 게임잼 나가는데 이번엔 어떤 분들과 한팀이 될까? 무슨 게임을 만들어볼까? 기대된다. 주제도 팀원도 아직 아는 게 아무것도 없는데 벌써 재밌다.

회사 업무 때문에 시작하게 되었는데
독특한 매력에 재밌어서 계속한다.
회사 일이 이렇게 재밌다니 운이 좋은 건가?
내가 특이한 건가?
지나치게 긍정적으로 생각하는 건가?
잘 모르겠지만 아무튼 재밌는 건 틀림없다.

진짜 없어 보이는 근자감

: 자기 객관화를 바탕으로 자신감 쌓기

게임 못 한다. 진짜 못 한다. 난 프로게이머가 아니다. 게임 잘하는 사람은 프로게이머이고, 난 게임을 만드는 사람, 즉 게임 개발자이다. 이것을 혼동하여 게임회사 다니면 다 게임 잘하는 줄 아는 사람도 가끔 있다.

"우리 회사 게임하느라 바빠서 다른 게임을 할 시간이 없어서 못 해요."라는 그럴싸한 핑계까지는 필요하지 않다. 그냥 객관적으로 못 한다. 게임도 종류가 많고, 내가 즐겨 플레이하는 것만 하지, 하지 않는 게임은 아예 못 한다. 심지어 내가 자주 플레이하는 게임도 못 하는 편이다. 한때 좀 날렸기는 했는데 옛날이야기이고, 게임회사 다닌 이후로 게임 잘한다는 소리를 하지 않는다.

첫 회사에 입사했더니 프로게이머 출신 개발자들이 많이 있었다. 인기 있는 FPS 게임의 네임드 프로게이머 선수도 있었고, 각종 크고 작은 대회를 휩쓴 사람들이 여러 명 있었다. 심지어 네임드 프로게이머는 서울대 컴공과 출신이었다. 게임 플레이만 잘하는 것이 아니라 게임 만들기도 프로이다.

총 쏘는 게임에서 발자국 사운드 들어가면서 플레이하는 사운드 플레이, 일명 '사플'을 나름 잘한다고 생각했는데, 입사하고 프로게이머 선수 출신 선배 개발자들이 플레이하는 것을 보니 "아, 이래서 선수이구나."라는 소리가 저절로 나올 만큼 플레이 행태 자체가 나와 달랐다. 일단 손가락이 안 보인다. 엄청 빨리 움직이고, 내가 보지도 못하는 적을 찾아내서 헤드샷을 쏜다. 총알 한 발 쏘는 것도 거리와 시간 계산해서 쏘는데 전략이 엄청 필요하더라.

이런 것을 몇 번 보고 나면 게임 잘한다는 소리가 안 나온다. 겸손이 아니라, 잘하는 사람을 너무 많이 봐서 객관적으로 한없이 부족한 실력임을 알게 되었다.

"게임 어느 정도 잘해요?"

나뿐만 아니라 많은 게임 개발자들이 이 질문을 받으면 민망해하면서 어디서부터 설명해야 하나 난감할 수도 있다.

이 질문을 하는 사람들은 대부분 나름 게임을 오랫동안 좋아하고 즐겨 플레이하는 사람들이다. 게임에 자부심이 있는 사람들이 진짜 궁금해서라기보다는 게임회사 직원은 게임을 얼마나 잘하나 싶어서, 또는 내가 게임회사 직원보다 게임 잘하는지 기를 한번 꺾어보려고 묻는다.

질문을 가장하여 자기의 전적을 과시하며 자랑하고 싶어서 하는 말이라, "게임 못 해요."라고 단답형으로 끊는다.

예전에 다녔던 게임회사도, 그리고 지금 다니는 회사도 회사에서 프로게이머 구단을 운영한다. 지금 회사는 PC온라인게임과 모바일게임 구단을 둘 다 운영한다. 얼마 전, 회사팀이 정규 리그 결승전에 진출하여 응원차 경기장을 방문한 적이 있다. 모바일게임 대회를 유튜브나 트위치 등 인터넷으로는 많이 봤어도 경기장에 직접 가서 본 것은 처음이었다. 선수 5명이 전략을 큰 소리로 외치며 서로 의견을 주고받는 것이 다 들리는 가까운 좌석에 앉았다. 모바일 LOL(리그오브레전드) 게임인데, 역시 프로게이머라 우리가 보통 플레이하는 것과 차원이 달랐다. 일단 손가락이 안 보이더라. 휴대폰 화면에 엄청 빠르게 연타를 때린다. 그리고 순간의 판단으로 적절한 스킬을 기억해내고 바로 실수 없이 정확하게 스킬 쓰는 센스가 대단했다. 게임하는데도 순발력, 기억력이 종합적으로 필요하다.

세상은 넓고 잘하는 사람은 많다. 자신의 실력이 동네 리그 수준인지, 프로 리그인지 객관적으로 판단할 필요가 있다. 프로 리그 수준이라면 이미 프로구단에 있겠지. "게임 좀 하냐?" 하면서 쓸데없이 나대지 말자.

내가 무언가를 아는지 모르는지 아는 것을 뜻하는 메타인지(자기 객관화)는 중요한 태도이자 능력이다. 메타인지를 바탕으로 자신의 정확한 위치를 파악할 수 있다. 이게 안 되면 자신을 과소평가해서 가진 재능과 능력을 무시하고 제대로 발휘하지 못하기도 한다. 벼가 익은 것을 벼 자신조차 모르는 안타까운 상황이다.

반대로 자신을 과대평가하는 것은 허풍, 뻥쟁이 또는 과대망상증이다. 내 생각 말고 남이 납득할 만한 나의 실력 수준을 냉정하고 철저하게 파악해보자.

자신감은 과대평가도 아니고 과소평가도 아니고 객관적으로 내가 가진 것에 대한 스스로의 태도이다. 따라서 객관적인 분석이 우선되어야 자신감을 가질 수 있다.

이게 안 되면
근자감(근거 없는 자신감)에 그칠 뿐이다.
근자감을 바탕으로 행동하면
주위 사람은 근자감인 거 다 안다.
진짜 없어 보인다.

벼는 익을수록 고개를 숙인다고?

: 벼가 있는 줄 아무도 모른다

내가 지냈던 외국에서는 적극적으로 자기를 어필하고 드러내는 문화였다. 나 여기 있다고, 나는 이걸 할 수 있다, 나는 이것을 좋아한다고 정확하게 나의 의사를 적극적으로 표시해야 그제야 상대방이 알아차리는 경우가 많았다. 입 닫고 있으면 정말 아무도 모른다. 나만 안다. 내가 싫은 것은 싫다고, 좋든 싫든 의사를 입으로 말하고, 손 번쩍 들고 자기 의사를 표시해야 한다.

'굳이 말 안 해도 상대방이 알겠지.'

→ 아니, 모른다. 내가 네 마음을 어떻게 알겠냐.

'이런 것까지 말해줘야 알아들을까?'

→ 응. 말 안 하면 모른다. 왜냐면 말 안 했잖아.

'내가 그렇게 티를 많이 냈으니 상대방이 알아듣겠지.'라고 짐작했던 것은 나 혼자만의 착각이자 빌어먹을 감성적인 믿음이었다.

처음에 이걸 몰라서 놓친 기회가 많았다. 내가 그 업무를 하고 싶었는데, 실력도 갖추었고 업무 경험도 있는데 그 업무가 다른 직원에게 배정되고 나서야 뒤늦게 생각해보고 깨달은 나의 방식이다.

외국에서 오래 살다가 한국에 온 초창기에, 나는 이것을 좋아하고 나는 이것을 싫어한다는 식으로 의사를 표시하면 상대방은 엄청나게 부담스러워 하거나 또는 젊은 사람이 예의 없다고 생각하는 경우도 있었다. 나의 의도와 그들이 받아들이는 해석 사이의 여백이 존재한다. 한국인들은 눈치가 빠르고 똑똑해서 직접적으로 말하지 않고 은은하게 어필해도 알아봐 주는 경우가 있다. 그러나 내가 살았던 외국은 눈치코치가 없다. 그런 단어 자체가 없다. 대놓고 말 안 하면 모른다.

벼는 익을수록 고개를 숙인다는 오래된 한국 속담이 있다. 그래서인지 한국인 정서상 셀프 PR을 하지 않거나, 또는 직접적이 아닌 은근하게 자신의 실력을 드러내는 데 그친다. 남들이 알아봐 주기를 바라면서.

개그맨 이경규가 30년 전 일밤으로 불리는 〈일요일 일요일 밤에〉를 진행하던 시절 "자기 PR의 시대"라고 방송에서 자주 말했다. 수년 동안 TV로 일밤을 보면서 들었는데 그 말의 뜻을 한참 후에야 깨달았다.

누가 나에 대해 긍정적인 의미로 "예쁘시네요." 등으로 칭찬하면 "감사합니다."라고 하면 된다. 인정하고 받아들이자. 칭찬해주시는 분에 대한 예의이다. "아니에요."라며 부정하거나 또는 "저 못생겼어요." 등으로 오히려 본인을 심하게 낮추는 경우도 봤는데 그럴 필요가 없다. 그건 겸손을 차리는 게 아니다.

물론 주변의 상황을 파악하고 소통하는 커뮤니케이션도 필요하다. 특히 한국의 젊은 여자들의 경우에는 남자보다 자신의 희생이 크거나 일이 올바른 방향으로 가지 않음을 아는 데도 대의를 따르기 위해서 본인의 의견이나 소신을 꺼내지 못하고 숨기는 경우를 많이 보았다. 조금 더 자신감 있게 소신껏 내밀어도 된다. 본인의 셀프 평가에 조금 더 후한 점수를 줬으면 좋겠다. 섣불리 본인의 한계를 재단하지 않았으면 좋겠다.

직장이나 단체 모임에서 여럿이 함께 식사할 때 메뉴를 통일하여 주문하면 음식이 빨리 완성된다. 그래서 식사 계와 음료 계의 제일 기본 베이직 메뉴인 짜장면과 아메리카노로 통일하여 인원수대로 주문하는 경우가 많다. 나는 아메리카노 먹기 싫은데 시간 효율이라는 측면에서, 그리고 사람들 틈에서 모나지 않기 위해 어쩔 수 없이 아메리카노로 통일하여 주문한다. 그런데 볶음밥이나 핫초코를 주문한다고 해서 시간이 더 오래 걸리는 것도 아니고 그렇게 어려운 것도 아니다.

적극적으로 손 번쩍 들고 말하자.

나의 기호와 취향과 호불호를.

하고 싶은 말을 분명하게 하자.

예의 없다고 낙인찍힐 수도 있는

리스크를 감수하고 나면

얻는 게 더 많더라.

내 취향은 나만의 개성이다

: 다름을 존중하지 않는 사회에서 살아남는 법

난 커피를 못 마신다. 그런데 한국에는 카페가 무수히 많다. 어느 동네든 길거리엔 무리 지은 카페 수십 개를 한눈에 볼 수 있다. 프랜차이즈 카페, 개인 카페, 저가형 카페, 대용량 1리터 카페 등 카페의 종류도 많을 뿐만 아니라 심지어는 디저트 가게, 도넛, 베이커리 등 다양한 가게에서도 커피를 주력 메뉴로 판다. 커피를 좋아하는 사람에겐 천국이겠지만.

카페에는 아메리카노, 카페라떼, 카페모카 등의 다양한 커피가 있다. 가끔 티, 에이드 등의 커피 이외의 음료나 카페인을 못 마시는 사람을 위한 디카페인 커피를 파는 카페도 있지만, 메인 메뉴인 커피에 비하면 종류가 적거나 주력 메뉴가 아니다 보니 힘을 덜 쓴 것 같다. 한국은 '커피 공화국'이다. 커피를 안 마시는 나에겐 점심 식사 후 마실 음료를 파는 곳이 저 멀리 떨어져 있어서 그냥 안 마시게 된다.

한국은 단일민족 국가라고 배웠다. 한국에서는 모가 나면 안 된다. "모난 돌이 정 맞는다."라는 말이 있듯이 평균의 범주에서 벗어나는 특색과 특징들은 정을 맞아 평평하게 다듬어진다. 마치 사회가 끊임없이 "넌 이 정상적인 범주로 들어와야 해!"라고 외치듯이 음료를 마시는 취향마저 통일시키는 것 같다. 아니, 커피 이외의 음료는 파는 곳이 잘 없으니 커피 이외의 음료는 선택할 수 있는 기회가 없어 원천적으로 다른 취향을 차단해버린다.

한국의 길거리마다 카페가 있듯이, 대만에는 길거리마다 음료 가게가 있다. 가게마다 음료 종류가 매우 다양하다. 찻잎을 우려내거나, 과일로 즙을 내거나, 우유를 베이스로 한 밀크티 등이 있다. 물론 커피도 판다.

음료는 당도와 얼음의 양뿐만 아니라 선택하는 토핑은 어찌나 많던지. 타로, 큰 펄, 작은 펄, 젤리, 푸딩, 바닐라 아이스크림 외에도 한국의 밀크티 가게들에서는 볼 수 없는 옵션들도 많다. 개인의 취향과 기호에 따라 선택하고 커스터마이즈 할 수 있는 종류가 다양하다. 음료 하나만 봐도 개인의 취향을 존중하는 문화를 알 수 있다.

대만은 기온이 높아서 덥고, 수돗물에 석회 함량이 높아 차와 음료를 자주 마시는 등 음료 문화가 많이 발달한 측면은 있다고 생각한다. 그러나 한국이었으면 다양한 메뉴가 있다고 해도 외면받지 않았을까? 소비자의 측면에서는, 단체 주문할 때 나만 다른 메뉴로 주문하는 게 눈치 보여서 결국 남들이 많이 선택하는 메뉴를 선택하게 될 것이다. 또한 가게 사장님의 측면에서는, 메뉴가 다양하고 복잡하면 가게 운영의 수지가 안 맞거나, 또는 주문량이 적어서 등의 이유로 결국 없어지는 메뉴가 될 거라는 생각이 든다.

한국에 '선택 장애'라는 단어가 있다. 선택할 수 있는 키를 줘도 본인의 취향을 선택하지 못한다. 장애라는 단어가 붙을 정도로 매우 어려워한다. 하다못해 본인의 점심과 저녁 식사 메뉴조차 고르지 못해 망설이니 '점메추'(점심 메뉴 추천해주세요), '저메추'라는 줄임말 단어도 생겼다. 특히 고난도 주문으로 유명한 샌드위치 프랜차이즈 '써브웨이'에서는 주문 자체를 힘들어하는 사람이 많다. 샌드위치 빵은 뭐로 고르지? 토핑은? 소스는? 이처럼 선택지가 너무 많아 어려워하는 사람을 자주 본다.

다양성 존중이 익숙하지 않은 분위기의 사회에서 살아남는 방법은, 오히려 역설적으로 내 취향을 찾기인 것 같다. 만약 내 취향을 포기하고 끝까지 남들 취향에 맞춰 살 수 있다면 그렇게 하면 된다. 그러나 평생 그렇게 살 수 없으면 빨리 남들의 평범한 취향에 맞추는 것을 그만두고 나의 취향을 확고히 하는 것도 하나의 방법이다. '사회생활'이라는 이름으로 내 취향을 버리기엔 인생이 짧다.

내가 직접 해보니 나는 인복이 많은 건지 내 주위의 사람들은 생각보다 사고가 열려있고 배려심이 넘친다. 주변에 있는 분들은 내가 커피를 안 마시는 것을 이제는 안다. 그래서 굳이 번거로움을 감수하고 다른 음료를 사러 먼 곳에 있는 음료 가게까지 다녀와 주신다. 내 취향을 기억하고 챙겨 주는 사람은 고맙고 좋은 사람이다. "난 커피 안 마셔요."라고 처음 말할 때는 용기 내기가 어렵겠지만 한번 말하고 나면 난 더이상 타의로 인해 커피를 마시지 않아도 된다.

내 취향은 나만의 개성이자 고유한 색깔이다.

남들과 똑같으면 살아남지 못한다.

튀어야 살아남는 시대이다.

언제까지 남들 기준에 맞춰서

남들처럼 살려고 노력할 건가.

나에게 뭘 원하는 거지?

: 분명한 의사 표시를 하자

친구가 선생님인데 올해는 중학교 3학년 담임을 맡게 되었다. 한 학생이 다가와 옷의 얼룩 자국을 내밀어 보이며 급식받다가 다른 학생과 부딪혀 옷에 국물이 튀었다고 말했다고 한다. 그런데 친구는 그 학생이 정확히 무엇을 원하는지 파악을 못 해 멀뚱히 서 있었다고 한다.

'뭘 어째야 하는 거지?'

'나에게 뭘 원하는 거지?'

'그래서 내가 뭘 어떻게 했으면 좋겠다는 거지?'

짧은 순간에 이런 많은 생각들이 머리를 스쳤단다.

학생은 얼룩을 지우는 데 도움을 요청하거나, 세제가 있는지 물어본다거나 등의 질문을 하지 않았다. 마치 말은 안 하지만 상대방이 알아서 해달라는 것처럼 학생은 상황 설명만 했다. 뭘 어쩌라는 건지 뒤에 이어지는 말도 없고 그냥 딱 상황 설명만 하고 끝. 자기 뜻을 전달하려는 노력도 안 한다. 이러면 듣는 청자는 당황스러울 수밖에 없다. 이 학생뿐만 아니라 많은 중학생이 이런 방식의 말을 한단다. 미완성의 커뮤니케이션은 오해와 추측은 물론 많은 문제를 일으킨다.

이건 그 중학생만의 문제인 것 같다고? 같은 상황을 나도 여러 번 겪었다. 대학생, 직장인 등 나이를 막론하고 그 사례가 다양하다. 본인은 어떤지 스스로 되돌아보도록 하자. 좋으면 좋다, 싫으면 싫다, 도움이 필요하다, 뭘 해달라 등 자기 의사와 뜻을 정확하게 밝히자.

'침묵이 금'인 시대는 지났다. 요즘은 '가만히 있으면 가마니인 줄 안다.'는 시대이다. 적절한 대응과 대처가 필요하다. 심지어 가만히 있으면 동의로 간주해 버리기도 한다. 따라서 그것은 내 의견과 다르다고, 내 의견은 이렇다고 분명하게 입 밖으로 꺼내야 한다.

특히 내 의견을 말할 때 "~같아요"라고 하지 말자. 대신에 "~입니다"라고 정확하게 의견을 표현하자. 만약 처음부터 "~같아요" 화법을 고치기 어렵다면 "~라고 생각합니다"로 바꿔보자. '~같아요'는 아직 발생하지 않은 미래의 상황을 추측하거나 예상하는 것에만 사용하자.
누가 뭐래도 내 의견이다. '~같다'는 것은 추측인데, 내 의견을 추측할 이유가 없으니 필요 없는 말이다. 상대방이 다칠까 봐 '쿠션언어'(무언가를 부탁하거나 부정적인 말을 해야 할 경우 좀 더 부드럽게 전달하기 위해 사용하는 말)를 쓸 필요도 없고 저자세가 될 필요도 없다. 내 의사와 의견을 분명하고 또렷하게 말하자.

'우는 놈 떡 하나 더 준다.'는 만고불변의 진리가 있다. 상대방으로부터 내가 갖고 싶은 것, 내가 원하는 게 있으면 상대방보다 내가 더 적극적이어야 한다. 적극적인 태도로 어필하고 넝확한 의사를 표시해야 한다. 그런데 불분명한 의사 표시는 상대방이 못 알아듣는다. 상대방이 내 마음과 100% 같지 않기 때문이다.

상대방이 "그래서 어쩌라고?"라는 반응이면
그 커뮤니케이션은 실패한 것이다.
상대방에게 내 의사 표현이
온전히 전달될 수 있도록 노력하자.

최악의 회사 빌런

: 시간을 낭비하게 하는 메시지 끊어 치기

바쁘게 일하는데 업무용 회사 메신저에 '안녕하세요'가 뜬다. 이 말만 던져놓고 대답 기다리며 용건을 얘기하지 않는 사람이 가끔 있다. 직장생활을 제법 오래 하신 분들도 종종 이러신다. 상대방의 '안녕하세요'라는 인사 다음에 무슨 말이 나올지 모른 채 그저 깜빡거리는 '상대방이 메시지를 작성중입니다'라는 안내 메시지만 바라보고 있어야 한다. 그 순간이 한없이 길게만 느껴진다. 말을 건 사람은 메시지를 쓰느라 온전하게 시간을 활용하지만 정작 답변을 해야 할 나는 시간을 낭비한다. 내 시간은 1분 1초도 허투루 쓰기 싫다.

내가 굳이 인사 답장을 해야 그제야 업무 용건이 나온다. 이렇게 하는 사람의 심리가 궁금하여 물어본 적이 있다. 친한 사이가 아니어서 나름 예의를 차리기 위해 굳이 내가 '안녕하세요' 한마디에 답변할 때까지 기다렸다가 용건을 말했다고 한다. 회사 메신저는 업무 용건을 말하는 곳이며, 따라서 지나친 예의를 차릴 필요도 없고, 두터운 친분을 유지할 필요도 없다. 직장인은 노동을 제공하고 근로소득을 벌기 위해 모인 사람들이다. 타인의 시간 투입을 줄여주는 것이 핵심이다. 새로운 사업을 구상하고, 신규 서비스를 런칭할 때도 이용자의 시간을 줄여 줄 수 있다면 성공한다. 따라서 괜히 시간만 낭비하고 영양가 없는 대화가 오고 가는 횟수를 한 번이라도 줄이자.

또 다른 빌런은 말 한마디 한마디를 다 끊어서 메신저에 여러 개로 나눠 쓴다.

사례 1.

안녕하세요!

저는 ○○ 팀의 홍길동 대리입니다!

~~무슨 건으로 연락드렸습니다!

여쭤볼 게 있는데

잠시 통화 가능하실까요?

답변 기다리겠습니다!

사례 2.

네!

감사합니다!

연락드리겠습니다!

보시다시피 각각 엔터를 쳐서 메시지 6개, 3개로 나눠 보내면 너무 황당하다. 별로 긴 내용도 아니고 중요한 말도 아닌데 도대체 왜 이러는 건가 싶다. 타인의 시간을 좀먹는 무례라고 생각한다. 친구에게 카톡 치듯이 본인의 평소 말투 또는 카톡 스타일이더라도 회사에서는 잠시 개인의 취향을 넣어두고 이것을 한꺼번에 한 줄로 이어서 보내자.

업무용 회사 메신저로 메시지를 보내는 사람이 이 빌런 외에도 많다. 잠시 전화 받고 급히 미팅하다 보면 몇 분 사이에 메시지 수십 개가 쌓인다. 이 빌런이 개수에 한몫을 한다. 나는 이런 메시지를 보낸 대리님의 친구가 아니다. 친구에게는 이렇게 하시더라도 회사에서 이렇게 하지 말자.

세상에서 제일 무서운 사람은 '시간을 돈으로 사는 사람'이라고 생각한다. 누구에게나 똑같이 주어진 24시간을 더 가지려고 수단과 방법을 가리지 않고 무엇이든지 하기 때문이다. 보통 사장님들이 이렇게 한다. 프로세스 시간을 단축하기 위해 대행 에이전시나 외주를 맡기고, 자신의 시간을 확보하기 위해 아르바이트나 직원을 쓴다. 할 줄 몰라서 또는 하기 싫어서 직접 안 하는 게 아니라 본인이 다 할 수 있음에도 불구하고 더 가치 있는 곳에 시간을 쓰기 위해 기꺼이 비용을 지불한다.

최근 모든 비즈니스의 핵심은 시간 절약이다. 시간을 아껴주면 돈이 된다. 우리가 가진 자원 중에 시간은 유한하며 저장도 안 되고 더 가질

수도 없다. 그래서 시간은 금이다. 나의 시간이 소중하면 타인의 시간
도 소중하다. 기술의 발전은 시간 투입을 절약해주는 방향으로 나아간
다. 세상에는 시간을 절약해주는 다양한 비즈니스가 넘쳐난다.

배달 앱: 직접 음식을 사러 갔다 오는 시간을 절약해준다.

세탁 서비스: 세탁을 대신해줘서 빨래 및 건조하는 시간을 절약해준다.

각종 대행 서비스: 귀찮은 일을 대신 처리해줘서 시간을 확보해준다.

교육(인터넷 강의): 선생님이 한 번만 촬영해놓으면 학생은 반복해서
어디서든지 원하는 시간에 수강할 수 있어 통학의 시간을 절약해준다.

이렇게 시간은 소중한데, 왜 타인의 시간을 낭비하려 하지?

진짜 기본이다.

기본만 잘 챙겨도 신입사원은 일 잘한다는 소리 듣는다.

연차가 높을수록 기본을 잘 챙겨야 하는 것은 당연한 것이고.

돈 벌러 온 회사에서 돈보다 비싼 시간을 낭비하게 만드는 건

최악의 빌런이다.

지금 당장 해야 하는 일

: 청약통장 개설

회사에 신입사원이 입사하거나, 모임 등에서 대학생, 취업준비생 등 20대들을 만나면 꼭 해주는 말이 있다. 지금 당장 근처 은행으로 달려가거나 휴대폰에서 은행 앱을 열고 일단 주택청약통장을 만들라고. 꼭 만들고 나에게 다시 와서 통장 인증샷 보여주는 숙제 검사 받으라고 한다.

이렇게 말하면 주택청약통장이 무엇인지는 대부분 안다. 청약통장이 좋은 것도 알고 중요한 것도 안다. 그런데 그냥 귀찮으니까, 당장 쓸데가 없을 것 같으니까, 돈이 없어서 등의 이유로 가입을 하지 않는다. 웃긴 게 경쟁률이 높아서 당첨될 것 같지 않아서 청약 가입을 안 하는 애들은 꼭 매주 로또 사더라. 로또는 매주 토요일 밤에 쓰레기가 되지만, 청약은 은행에서 100% 그대로 돈 보관하고 있다. 로또 1등보다 이게 확률이 높을 텐데.

제일 중요한 포인트는 하루라도 일찍 가입하는 것. 그다음 중요한 포인트는 하늘이 두 쪽 나도 해지하지 않는 것이다. 사람 일은 어찌 될지 모르기 때문에 남녀노소 누구든 일단 청약통장부터 만들자. 아무 은행에나 가면 가능한데 뭐니 뭐니 해도 집 근처 은행이 최고다. 가진 돈이 없어도 일단 가입하자. 가만히 놔두어도 유지 비용이 들지 않는다. 나라에서 하는 것이고, 은행 저축상품이니까 안전하고 이자도 준다. 돈이 있다면 매달 10만 원씩 저금하고, 돈이 부족하다면 패스하고 비워 두자. 혹자는 매달 2만 원이라도 넣어서 납입 횟수를 채우라고 말하기도 한다.

청약은 국민주택과 민영주택 청약으로 나뉜다. 국민주택은 25평 이하로 분양하며 당첨 확률을 높이기 위해서는 납입 횟수가 중요하다. 또한 민영주택에 비해서 분양 횟수가 적다.

반면에 민영주택은 평수 제한 없이, 즉 25평 이상의 집도 분양하며 당첨 확률을 높이려면 예치금 많은 것이 유리하다. 즉, 일부 청약에서는 납입 횟수가 기준이라 횟수가 많은 것이 유리하기도 해서 틀린 말은 아니다. 그런데 2만 원으로 1회를 채우고 나면 납입 금액이 기준일 때 순위에서 밀린다. 아예 납입하지 않고 비워 둔 달은 나중에 큰돈이 생겼을 때 월 10만 원씩 잘라서 한꺼번에 후납으로 밀어 넣을 수가 있다. 납입 횟수도 인정이 된다. 후납 가능한 것을 대부분 사람들이 잘 모르는데 꼭 기억해두자.

행여 다른 데 쓸 돈이 필요해도 이건 해지하지 마라. 정 급하면 필요한 만큼 예금담보대출(줄여서 예담대)을 하고, 이용 후에 다시 상환하면 된다. 예담대는 내가 은행에 맡겨 놓은 돈을 잠시 꺼내는 거라 한도가 매우 많은 편인 95%로 나올 뿐만 아니라 신용도에도 영향이 없다.

몇 년 전에 청년우대형 주택청약종합저축이라는 청년용 상품이 나왔다. 2023년 12월 말일까지 가입할 수 있는 한시적 상품이다. 가입 가능한 직전 연도 소득 제한이 낮은 대신에 금리가 조금 더 높다. 만 34세 이하만 가입할 수 있는데 나이 조건이 충족된다면 이 상품도 좋다.

가입하는 데 가입비 드는 것도 아니고,
안 할 이유가 없는데 왜 안 하냐.
귀찮음은 핑계이다.
지금 잠시 10분 시간 내기 싫어서 미뤄둔 결과,
무주택 기간 1년 부족해서
가점 1점 낮아서
탈락하는 결과를 가져올 수도 있다.
수억 단위 손해이다.

여성에게 가장 중요한 셀프 안전

: 내가 나일 수 있게

각종 연애 TV 프로그램이 매우 인기다. 솔로들의 만남, 이혼을 준비하는 과정 이야기, 돌싱들의 만남, 심지어 고등학생들의 육아 프로그램까지. 한국 사람들은 참 연애 좋아한다. 연애 공화국이다. 나의 연애든 남의 연애든 연애 그 자체에 대한 사랑과 관심이 남다른 민족이다. 혼자 있으면 주변 사람들이 더 연애를 부추기고 소개를 주선하는 등 난리인 경우도 많다.

연애도 사회적인 인간관계의 한 종류이다. 좀 더 친하다는 차이점이 있을 뿐이다. 내가 나 스스로 납득할 수 있는 좋은 사람, 올바른 사람이 되어야 한다. 나 아닌 누군가에게 기대지 않고, 혼자로서 온전하지 못한 사람은 둘이 되어서도 온전할 수 없다.

연애를 하기 전에 나 자신에 대한 점검이 필요하다. '이 연애에서 내

두 다리로 설 수 있는가?', '내가 나일 수 있는가?'를 꼭 고민해봐야 한다. 둘이 되면 상대방이 나의 부족함을 채워 줄 거라 기대하지만 착각이다. 둘 다 휘청거린다.

아무리 친한 사이라도 적당히 거리감이 있어야 신비감도 있고 좋은 것 같다. 특히 일부 한국 여성들은 애인, 남편의 휴대폰 비밀번호까지 공유하고 감시한다. 내가 감시를 당한 당사자도 아닌데 말만 들어도 숨이 막힌다. 아무리 부부, 연인이라도 각자 자기만의 시간과 공간이 필요하다.

서둘러 결혼하겠다는 후배들에게 20대에는 결혼하지 말라고 말린다. 너무 이르다. 혼란스러울 때 안정을 찾으려고 서둘러 결혼하는 경우가 있는데, 나도 못 채운 내면의 혼란을 배우자가 어떻게 채워주랴. 20대 후반이 인생 통틀어 제일 힘들었던 것 같다. 외부적인 상황뿐만 아니라 내면에도 혼란이 가득하다. 앞을 알 수 없었다. 29살 때는 아홉수의 저주라는 등 사회적인 관념 때문에 몇 달 후 다가올 30대가 두려웠는데, 막상 30살이 되니 그저 편안하고 좋았다.

20대에서 30대로 넘어갈 때 성숙하고 안정된 분위기로 변화하는 것이 스스로 느껴졌다. 이때쯤 주변 친구들을 보면 캐릭터가 확실해지고 삶에 대한 태도도 정리되어 가는 시기인 것 같다. 나만의 살아가는 방식을 나름대로 터득한다. 나이를 먹을 때 안목도 넓어진다. 해야 할 의무와 사회적인 코르셋에서 해방되고 점점 내 선택의 폭이 넓어져 조금 더 나답게 당당해질 수 있어서 마음이 편한 것 같다.

tvN 〈알쓸신잡〉 방송에서 김영하 작가가 후배 작가들에게 해주는 가장 중요한 조언이 '백업(Back-up)'이라고 했다. 백업을 못 해 작성 중이던 원고가 날아가거나 없어지면 허탈감이 커서 회복이 어려운 슬럼프가 오거나 심한 경우 직업이 바뀔 수도 있다고 했다.

나는 여성 후배들에게 강조하는 가장 중요한 것 한 가지는 셀프 안전, 정확하게 피임이다. 원하지 않는 시기이거나 계획에 없던 임신과 출산은 커리어에 매우 큰 영향을 미친다. 나의 일은 내가 주체적으로 결정할 수 있어야 한다. 타인의 의사 때문에 등 떠밀려서, 엉겁결에, 어쩔 수 없이 계획을 변경하거나 무산되는 상황이 생각보다 자주 일어난다. 여성이라는 이유 하나로.

임신은 여성이 준비가 되었을 때 해야 하고, 그 이후에 일어나는 일에 대해 미리 알아야 한다. 결혼 전 자녀를 갖지 않기로 배우자와 약속하고 결혼했는데, 결혼 후 변해버린 배우자의 요구에 따라, 또는 시부모님의 성화에 못 이겨 어쩔 수 없이 아기를 낳는 경우가 주변에 생각보다 많다. 조언을 가장한 강요가 한몫한다. 최악의 경우 생각해본 적 없었던 사람과 결혼을 하기도 한다. 사고는 예고 없이 한순간에 일어나며 그 영향은 평생 지속된다. 안전한 상태가 무너지면 인생이 바뀔 수도 있다. 다쳤을 경우 아무리 재활을 열심히 한다고 해도 다치기 전의 컨디션으로 100% 회복이 어려운 경우가 많다.

나의 안전은 스스로 지키는 것이며,

애인, 가족, 친구, 직장, 119, 112가 보장해주지 않는다.

타인은 24시간 나와 같이 있을 수 없는 한계가 있기에

안전은 셀프다.

오직 나만이 나를 구원할 수 있다.

이 결혼 반댈세

: 임·출·육을 말리는 이유

젊은 산업인 IT기업, 게임회사에 다니다 보니 여자든 남자든 20대 후반부터 30대 초중반 정도의 결혼 적령기인 직원이 많다. 코로나로 인한 집합 금지 규정 때문에 많은 인파가 모이는 결혼식이 대부분 연기되고 간소화되었지만, 그럼에도 불구하고 동료 직원 누군가의 결혼 소식과 청첩장은 매주 사내 인트라넷에 게시된다. 축하한다. 모르는 사우님이라도 잘 살기를 바란다.

모든 사랑의 유효기간은 3년이다. 참 정떨어지는 말 같지만 과학적으로 호르몬 분비 기간은 최장 2~3년이다. 그러나 결혼은 두 집안의 일생일대의 비즈니스이다. 세속적이지만 결혼을 비즈니스의 연장이라고 생각하고, 계산하고 따져보고 합리적으로 한 커플이 사랑 하나만 보고 결혼한 커플보다 결혼생활 만족도가 높은 것 같다. 준비한 사람과 안 한 사람의 차이는 크다.

결혼은 아무나 옆에서 보고 훈수를 둘 수 있는 성질의 것이 아니라 조언이 어려운데, 그래도 결혼에 대해 조언을 구하는 후배들에겐 결혼은 하더라도 혼인신고는 하지 말라고 말한다.

설령 혼인신고를 할 때 하더라도 따져보고 하자. 결혼식 올렸으니 혼인신고 한다는 과거의 공식에 따라가지 말고. 더이상 낭만으로만 살 수 없는 시대이다. 혼인신고로 인해 따라오는 그 뒷배경을 따져, 뭐가 얼마나 이득이고 손해인지 체크해야 하는 현실이 안타깝지만 그래야 한다.

그리고 10달간의 임신과 출산으로 인해 장기 배열이 다 틀어져 평생 뼈 마디마디 관절에 영향이 간다. 그리고 출산 후 몇 달간 과도한 출혈과 함께 오로 덩어리가 나온다. 이런 현실을 말을 안 하니 모른 채 임신과 출산을 하는 경우도 있다. 가족 사랑으로 극복하기엔 평생 감내해내야 하는 신체의 변화가 크다. 신체 건강한 젊은 시절엔 '그쯤이야 별거 아니겠지'라고 생각할 수도 있지만 한 살 두 살 나이가 들수록 뼈 마디마디가 시리고 아픈 것은 감출 수 없다.

아무리 돈을 적게 들이려 해도 2022년 시점에 애를 낳는 건 빈말로도 미래를 위한 투자가 아니고, 행복을 위해 시간과 돈과 노력을 엄청나게 투자해서 하는 '소비'다. "남편 연봉이 XX만 원이고, 통신비, 보험비,

쇼핑, 외식, 주거비, 공과금 등 항목별로 월 XX만 원 쓰는데, 애를 1명 또는 2명 낳고 기르는 데 돈이 부족하다.''라는 주제는 인터넷 커뮤니티의 단골 소재다. 쓸데없는 소비가 많으니 어느 부분의 생활비를 줄이라는 조언을 가장한 훈계가 이어지지만, 결국 임출육(임신·출산·육아)에 생각보다 돈이 많이 들어간다는 공통된 결론에 다다른다. 심한 말로 임출육은 부자들의 고상한 취미가 되어가고 있다.

혼인신고로 묶어 두지 않으면 헤어지기 쉽다고? 또는 애가 없으면 나중에 헤어지는 원인이 되니 출산을 하겠다고? 혼인신고와 출산 여부와 상관없이 헤어질 관계면 헤어지는 게 맞다. 내가 이혼이나 출산을 하기 싫으면 안 하는 것이다. 나의 불행한 결혼과 출산을 다른 어떤 이유에서든 유지한다면 그것도 나의 선택이다.

그러나 혼인신고라는 행정 절차와 자녀가 결혼관계 유지의 수단으로 태어나고 자란다면 그게 더 문제가 아닌가. 건강하지 못한 커플이라는 증거다. 두 성인의 결합과 유지에 자녀라는 핑계를 대지 마라.

그리고 결혼해도 직장을 그만두지 말자. 평생 맞벌이해라. 밖에서 돈 버는 것은 언제나 어렵다. 힘들지만 그래도 놓지 말고 계속해라. "푼돈 벌어서 뭐 하냐"의 문제가 아니다. 돈은 부차적인 것이고, 직장은 나의 열정과 에너지를 쏟아부어 내가 나일 수 있게 사회적인 지위와 자존감을 찾을 수 있는 곳이다. 인간은 사회적인 동물이다. 배우자도 자녀도 나를 외롭게 하고 배신할 수 있지만, 열심히 일한 나의 사회적인 커리어는 나를 외롭게 하지도 않고 배신하지도 않는다. 만약 출산 후에도 일하겠다는 아내의 의사를 존중하지 않고 남편이 직장 그만두라고 강요한다면 아내의 의사를 무시하는 것이다. 인간은 배우자 없이도 살 수 있지만 직업 없이는 살 수 없다.

혼인과 임출육에 핑크빛을 쏙 빼고
무미건조하게 계산적으로 가성비를 따져도
가슴 절절한 세기의 사랑을 하는 커플은
콩깍지가 눈에 씌어서
옆에서 무슨 소리를 해도 안 들린다.
축하한다. 행복하기를 바란다.

3장

나는
외국인

외국에서 산다는 건

: 입장 바꿔 생각하면 안 되겠니?

어디에서도 환영받지 못하는 존재가 된다. 외국에서는 그저 현지어 못하는 외국인일 뿐이다. 무엇을 하든 일단 배척된다. 능력도 있고 할 수 있는데 "넌 외국인이니까"라는 유일하고 강력한 이유 하나로 모든 기회로부터 제외된다.

　타인의 도움을 필요로 하는 아동이 되는 것 같은 기분이다. 혼자서는 할 수 없는 것이 많으며, 현지인과 동행하지 않으면 접수조차 할 수 없는 것이 많다. 나 현지어 말 잘하는데.

　하루는 대만 씨티은행에 계좌 개설하러 갔더니, "넌 외국인이니 4시간 걸려. 다음 주로 예약하고 다시 방문해."라며 돌려보냈다. 대출을 받겠다는 것도 아니고 내 돈을 은행에 넣어 두겠다는데도 대만인 보증인이 필요하니 다음에 보증인과 같이 오라고 한다. 외국인은 필요한 서류도 더 많고 절차도 오래 걸린다. 내 돈을 맡겨두겠다는 건데도, 이렇게

142

알게 모르게 평생 이방인이 된다.

반대로 한국에서는 '외국에 있는 지인'이 된다. 다들 어찌들 알고 연락이 오는 건지, 여러 다리 건너 이름도 들어보지 못한 아주 먼 사람에게서도 연락이 와서 무엇을 사달라, 무엇을 보내달라 등의 심부름을 시킨다. 무보수는 물론이며 감사하다는 말도 없다. "한국에 오면 밥 한 끼 살게!"로 퉁치는 경우가 대부분이다. 난 한국에 안 가는데. 그리고 몇 년 만에 한국에 가더라도 주문자가 계신 지역에 가지 않는데 말이다. "다음에 밥 한번 먹자."는 약속이 아니라 그냥 단순한 끝맺음 인사일 뿐이라는 것을 외국에 살면서 각종 부탁을 하는 한국인들 때문에 알게 되었다.

정말 별의별 상상을 초월하는, 각종 다양한 부탁하는 연락을 많이 받아봤다. 대만에서 유명한 누가 크래커 과자를 사서 보내라, 망고 출하기에 망고 보내라는 것부터 해서, 대만에서 먼저 출시되는 휴대폰, 패드 등 전자 제품을 사서 보내달라는 부탁도 받아봤다. EMS로 보내겠다고 하면 한국 들어올 때 만나서 전해달라고 한다. 해외 배송은 물론 국내 배송까지 내가 책임지고 해달라고 요청한다. 요구하는 태도가 너무 당당해서 마치 원래 나에게 맡겨 놓은 사람 같다.

해외 직구 서비스를 다양한 업체에서 제공한다. 직구로 하면 똑같은 상품을 구할 수 있는데 군이 수수료 아끼려고 알지도 못하는 먼 사람에게 연락하는 것이다. 한 다리 건너 안다는 죄로 인해 각종 다양한 서비스를 무료로 제공하는 '심부름 셔틀'로 전락하게 된다.

더 심한 것은 "우리 가족이 이번 여름 휴가 때 대만에 가니까 1주일간 너희 집에서 잘게."라는 통보다. 전혀 친하지도 않다. 그런데 해외에 있다는 이유 하나만으로 우리 집은 언제나 이용 가능한 호텔쯤으로 생각한다. 타인의 집에 이렇게 막무가내로 찾아와서 1주일간 지내겠다고 일방적으로 통보하는 것은 한국에 있는 사람들끼리도 하지 않는다. 그런데 외국에 있는 사람에게는 스스럼없이 무리한 요구를 한다. 굉장히 무례한 행동이다. 심지어 본인과 남편과 유치원 다니는 아이까지 같이 가겠으니 시간 비워 두란다. 황당하다.

이런 부탁하는 연락을 몇 번 받고 나면 자연스럽게 한국에서 오는 연락은 안 받게 된다. 신세 지는 것을 아무렇지 않게 생각하는 사회 풍조가 바뀌었으면 좋겠다. 혹시 어느 나라든 외국에 지인이 있더라도 부탁하지 말자.

작고 간단한 부탁이니까?
작지 않다. 매우 부담된다.

친한 사이니까?

그건 너만의 생각이다. 우린 안 친하다.

비용을 지불할 거니까?

밥 한 끼 산다고? 서비스 업체가 있으니 거기를 이용하면 된다.

가수 김건모는 일찍이 명곡 〈핑계〉(작사, 작곡: 김창환)에서 입장을 바꿔 생각해보라는 큰 메시지를 전했다. 네가 지금 나라면 그럴 수 있냐. 네가 하는 부탁을, 반대로 내가 너에게 똑같이 하면 들어줄 거야? 당연히 아니겠지.

이런 사람들 때문에 과거의 나는 어땠는지
반추해보게 된다.
외국인이라는 이유로 타인을 배척하거나,
또는 이렇게 자연스럽게 물 흐르듯
무례를 저지른 것은 없었을까.
기억은 안 나는데, 부디 없었으면 좋겠다.

예비 글로벌 최고 일꾼

: 한국 여성들이 영어 말하기 공부해야 하는 이유

해외 어디를 가든 한국인이 제일 똑똑하고 일 잘한다. 현지인, 다른 나라 사람들과 비교도 안 되게 명석하고 비상하다. 참 대단한 민족이다. 불가능을 뛰어넘고 안 되는 일을 되게 한다. 그런데 한국에서 같은 한국인들끼리 소모적인 경쟁을 한다. 모두 뛰어난 아이디어들인데 경쟁을 통해 누군가는 패배한다. 글로벌 스탠더드보다 상당히 높은 수준인데 안타깝게 한국에서 버려진다.

심지어 8282의 민족은 진짜 빨리한다. 스피드는 한국인이 무조건 1등이다. 공기(공사기간)를 줄여 생산 단가와 비용을 줄이는데 핵심 기술인 스피드는 중요하고 꼭 필요한데, 외국인은 그게 안 된다. 한마디로 한국인은 빠릿빠릿하게 일을 잘한다.

외국에서 살아남을 수 있는 웬만한 자질을 이미 다 갖췄다. 그럼 뭘 해야 할까?

영어를 잘해야 한다. 토익, 텝스 같은 영어 시험 점수가 아니라 영어 말하기를 잘해야 한다. 외국 사람은 토익이 뭔지도 모른다. 우리가 토픽(TOPIK, 한국어능력시험 중 제일 유명한 시험)을 잘 모르는 것처럼.

문법 틀려도 상관없다. 다 알아듣는다. 활용하는 단어 수가 적어도 괜찮다. 왜냐면 내가 있었던 동남아의 경우 그들의 모국어가 영어가 아니고 자기 나라의 고유한 언어가 있기 때문이다. 나도, 동남아 사람도 피차일반 영어는 외국어다. 또한 한국만큼 교육열이 높고, 교육 정도가 높은 나라가 없다. 한국에서는 정규 교육과정에 영어를 배우지만 그렇지 않은 나라도 많다.

그래서 커뮤니케이션에는 브로큰 잉글리시가 최고다. 올바른 영어 문법으로 악센트 정확하게 주면서 혀 굴려서 발음 이쁘게 길게 말해봤자 상대방이 못 알아듣는다. 짧게 짧게 끊어서 간결하게 정확하고 쉬운 단어를 던져야 이해한다. 영어 말하기는 이 정도 실력이면 충분하다.

그리고 전 세계는 급속도로 노령화가 진행 중이며 더불어 젊은 생산 인구가 부족해지고 있다. 한국만의 문제가 아니다. 그래서 호주, 싱가포르를 비롯한 여러 선진국들이 다른 나라의 기술 노동자, 전문인력을 유치하기 위해 이민 정책을 확대하거나, 취업비자 발급 조건을 완화하는 등 적극적으로 외국인력을 받아들이고 있다. 그렇다고 해서 준비 없이 무작정 이민을 가라는 뜻이 아니다. 영어뿐만 아니라 자금 준비, 현지 생활과 문화 조사 등 준비는 철저하게 해야 한다.

동남아에 살면서 영어를 못하는데 이민 나온 한국인을 많이 보았다. 영어가 안 되는데 현지어를 잘할 확률은 극소수다. 그리고 영어 못하는 외국인에게는 현지에서 아무런 기회가 주어지지 않는다. 부족한 언어 실력 등 일을 할 준비가 안 되어 있으니 돈을 벌 수가 없다. 결국엔 같은 한국인들을 상대로 사기를 치는 경우가 많다. 말이 통해야 꼬드겨서 사기를 칠 수 있으니까. 오죽하면 외국에서 사는 한국인들 사이에는 "한국인을 제일 조심하라."는 격언이 있다. 현실을 피하고자 도피성 해외 이민을 가면 100% 실패하며, 돈 떨어지면 다시 귀국하게 되어 있다. 한국에서도 못 하는 사람이 해외에 나가서 성공할 수 없다. 단지 타깃 시장이 글로벌로 바뀌었을 뿐이다. 한국에서 망한 사업과 사람이 해외에서 갑자기 성공할 리가 없다. 해외 사람은 바보가 아니다.

왜 하필 여성에게 해외를 추천하냐면, 한국 땅에서 여자가 살기 참 힘들다. 사회의 고정관념 때문에 내가 하고 싶어도, 능력이 있어도 기회가 없는 경우가 많다. 참 안타까운 상황이다. 《82년생 김지영》으로 대표되는 여성 이야기의 작품들이 특히 여자들에게 공감이 되었던 이유는 한국 사회의 핵심 메커니즘 '가부장제'의 피해자이기 때문이다. 맏딸은 살림 밑천이라는 말을 보면 '여자는 사람인가?'라는 생각이 들기도 한다. 사람을 물건 또는 기계로 취급하는 말 같다.

꾸밈 노동도 한몫한다. 내가 있었던 동남아에서는 메이크업을 전혀 안 한 쌩얼이든, 뭘 입든 아무도 뭐라 안 하고 쳐다보지도 않고 타인에게 관심이 없다. 동네든 시내든 회사든 그 누구도. 한국에서 사는 여자는 단지 여자라는 이유 하나만으로 신경 써야 할 게 너무 많다. 또한 여자라서 당하는 사고도 많은데, 가해자가 처벌되는 경우가 별로 없어 더 황당하다.

갑자기 영어 공부를 하라고 하니 범위가 너무 넓지? 공부 범위 줄여준다. 면접에 합격할 정도로만 하면 된다. 면접에는 자기가 지원하는 업종의 포지션과 관련된 이야기가 나올 것이다. 예를 들어, 유통 회사를 지원했는데 뜬금없이 화장품 쇼핑하는 이야기나 병원 관련 용어는 애초에 나오지 않는다. 현지에서 살면서 생활에 필요할 수는 있다. 그건 그때 가서 부딪히면서 공부해도 늦지 않다. 일단 면접에 합격을 해야 취업비자가 나오고 갈 수 있으니 면접 합격을 최우선 목표로 잡고 공부하자.

한국 여성이 외국에 가면 최고의 지적 노동자가 된다.
일 잘하지, 빨리하지 글로벌 최고 일꾼은 따 놓은 당상이다.
다른 나라 사람과 비교가 안 된다.
꼭 이민 가지 않더라도 영어를 배워 두면
한국에서도 쓸데가 많다.
미래를 대비하는 차원에서라도 공부해 두자.
영어 능력은 고급 인력으로 변하는 첫 번째 스킬이다.

문화 차이 극복기

: 대만인에게 에어컨은 냉장고 같은 거야

끄지 않는 것.

우리는 냉장고를 언제 껐나? 이사할 때만 끈다. 고장 나서 스스로 꺼지는 것이 아니라, 일부러 끄는 것은 다른 집으로 이사하거나 큰마음 먹고 몇 년 만에 새로 구입하거나 등 자주 발생하지 않는 특수한 사정이 있을 때만 전원을 끈다. 즉 항상 켠 상태로 유지한다. 밤이고 낮이고 비가 오든 덥든 날씨와 계절에 상관없이 1년 365일 항상 켜놓는 것이다.

대만인은 에어컨을 냉장고처럼 대하더라. 에어컨을 끈다는 생각 자체를 하지 않는다. 에어컨을 끈다는 개념 자체가 없는 것 같다. 마치 냉장고를 끈다는 개념이 없는 것처럼. 배부르다고 냉장고 끄지 않고, 배고프다고 냉장고 켜지 않는다. 다이어트를 한다고 냉장고 끄지 않는다. 냉장고는 그냥 안 끄는 것이다.

대만은 쇼핑몰이든, 버스, 지하철 등 어디를 가나 에어컨을 빵빵 틀어서 냉방병에 걸릴 것 같아 얇은 긴 옷을 챙겨 다녔다. 해가 지면 길거리도 춥다. 짧은 반팔, 반바지보다 긴팔 옷을 주로 입고 다녔다. 냉방병 방지의 목적도 있고, 모기, 파리는 물론 이름 모를 벌레에 안 물리려는 이유가 더 컸다. 더위는 샤워하면 그만이다. 그러나 벌레에 물리면 며칠 동안 고생하거나 심지어 병으로 이어질 수도 있으므로 위험 부담을 더위와 맞바꿨다.

대만도 추운 계절이 있다. 한국인 기준으로도 춥다. 온종일 비가 내리는 우기에는 습해서 제습의 목적으로 에어컨을 트는데, 비가 와서 추운데 에어컨까지 트니 정말 뼈 마디마디가 시릴 정도로 춥다. 할머니 관절을 간접 체험할 수 있다. 추워도 에어컨을 끄지 않는다. 나도 추운데 대만 친구들도 추운 것 같다. 온종일 에어컨을 틀다 보면 실내에 냉기가 쌓여서 춥다. 그러면 사무실에 있던 직원들이 하나둘 긴 옷을 꺼내 입는다.
내 생각엔 전기 낭비하지 말고 차라리 옷을 벗는 것이 효율적이라는 생각이 든다. 왜 옷을 입고 에어컨을 트는지 이해가 안 되지만 이건 나의 생각일 뿐이다. 대만인들은 춥다고 에어컨 끄는 나를 이해하지 못하는 것 같다. 그래서 사무실 동료들과 에어컨 때문에 많이 싸웠다. 추워서 에어컨 스위치 내리면 대만인 동료가 뛰어가서 에어컨을 켠다. 온종일 에어컨을 틀어서 냉기가 가득한데도.
에어컨을 켜면 생기는 문제, 즉 기후 위기, 환경 문제의 악화 등 당장 손에 잡히는 문제가 아니라는 점은 차치하고서라도, 담요로 칭칭 감아도 춥다고 골골대다 냉방병 걸려서 콜록콜록 기침하는 옆자리 동료가 있는데도, 굳이 에어컨을 켜는 것은 사람에 대한 배려가 없는 것 같다. 그 배려 없는 직원은 몇 달 뒤 일을 못 해서 해고되었다. 그 한 명을 제외하고 대다수의 대만 동료들은 내가 추워서 콜록거리면 먼저 달려가 에어컨 스위치를 내려주기도 하고, 따뜻한 차를 가져다주는 등 친절한 호의를 보인 마음이 넓은 사람들이 많았다. 참 운이 좋았다. 국적에 상관없이, 문화가 어떻든 옆자리 동료가 아프거나 컨디션이 안 좋으면 뭐라도 챙겨 주고 싶은 마음은 다 똑같은 것 같다.

대만은 전기료가 누진제가 아니다. 여름철 에어컨 요금 폭탄을 걱정하며 에어컨을 풀가동하지 못하는 한국인의 입장에서 매우 부러운 요금 체계이다. 쓴 만큼 낸다. 동남아 국가에는 대부분 쓴 만큼 비례하여 전기료를 내는 정책인 것 같다. 그래서 에어컨을 끄지 않는 게 가능한 것 같다. 평생 에어컨을 켜 놓는 게 습관이라 그 습관을 유지하고 싶은 것 같다. 마치 냉장고처럼.

부산에서 살았던 나는 추위가 정말 싫다. 인공적인 에어컨 바람이든 자연적인 날씨이든 추운 것은 너무 힘들다.

에어컨 하나 때문에 많이도 싸웠다. 비단 에어컨뿐이겠냐. 모든 게 다 트집거리고 트러블 유발 요소이다. 내 마음에 안 든다. 살아온 배경과 문화가 다르면 서로를 이해 못 하는 것은 당연하다. 정말 넓은 이해심과 아량이 있거나, 또는 한쪽의 일방적인 희생과 배려가 있어야 가능하다.

"로마에 가면 로마법을 따라야 한다."는 대명제에 따라 대만에 간 내가 대만 법칙을 따라야지라는 생각으로 현지에 나를 맞췄다.

MBC 〈황금어장 무릎팍도사〉에서 박찬호 선수는 미국 메이저리그에 가니 마늘 냄새 난다고 비하하는 것을, 치즈를 매일 먹어서 극복했다고 한다. 치즈가 입에 맞지도 않지만 문화 차이를 극복하기 위해 일방적으로 현지에 나를 맞춘 것이다.

나의 개성을 고수하기보다
현지 상황에 따라 조화롭게 맞춰 사는 것도
적응의 방법이다.
현지에 녹아든다는 콘셉트로 살았는데
내가 선택한 노선의 방향이
적절했던 것 같다.

최강의 적응력

: 한국 7월? 안 덥지

동남아에서 살다가 7월에 서울에 출장을 몇 번 왔다. 별로 안 더웠다. 그런데 휴대폰에서는 폭서 경보 재난 알림이 온다. 야외 활동을 자제하고 물을 자주 드시라는 친절한 폰 경보가 체류하는 며칠 동안 매일 왔다. 나는 안 덥지만 다른 사람들은 위중할 정도로 더운가 보다 생각했다. 계속 더운 곳에 있다가 온 서울의 여름은 오히려 덜 더웠다.

매운맛에도 단순히 매운 게 아니라 얼얼하고 아프게 통각을 느끼는 극강의 맵기가 있다고 들었다. 더위도 마찬가지이다. 그냥 온도가 높아서 땀이 나는 게 아니라 정말 멘탈이 날아가 버릴 것 같은 그런 미친 더위가 있다. 대만의 더위가 그렇다. 그냥 단순히 덥다가 아니라 아플 만큼 덥다. '지옥의 불반도'와 '대프리카'(아프리카처럼 더운 대구)가 제일 더운 줄 알았는데…. 내가 몰랐던 더위의 세계가 있다.

이런 동남아에서 몇 년을 지내고 한국에 처음 온 해, 별로 덥지 않았다. 6월, 7월, 8월… 나날이 더해가는 더위에 사람들은 힘들어하지만 나는 다행히 덥지 않았다. 동남아에서 오래 살고 온 사람의 여유라고 할까. "너희들이 동남아 더위를 알아?" 같은 쓸데없는 소위 '부심'이 있다.

하지만 한국에서 겨울이 되니 정말 미치게 추웠다. 영하의 날씨가 되고 눈도 내린다. 아주 펑펑. 동네 꼬마들이 눈 굴려서 눈사람 만들 정도로 눈이 많이 쌓인다. 원래 한국의 겨울은 상당히 추웠는데, 동남아에서 돌아온 첫해는 정말 추워서 손등이 다 찢어지고 갈라져서 피가 철철 났다. 피부가 적응을 못 한 것이다. 연고를 발라도 효과가 없을 정도로 심하게 매일 손등과 손목에 피가 철철 나는 호된 영하 신고식을 치렀다.

컴퓨터 앞에 앉아서 마우스를 쥐고 있으면 흰색 마우스가 손등이 째져 흐른 피로 흥건한 붉은색 마우스가 될 정도였다. 덕지덕지 눌어붙은 핏자국은 흰색 플라스틱 마우스에 진한 얼룩으로 남는다. 그래서 여러 마우스를 피로 떠나보냈다. 피에 쩔어 죽은 마우스들에게 애도를 표한다. 한 번은 회사에서 일하고 있다가 피가 철철 나는 손등을 보고 옆자리 실장님이 헉 놀라며 "서 차장님 괜찮아요? 집이든 병원이든 가보셔야 할 거 같아요."라고 하실 정도였다.

다양한 시도를 해보았다. 좋다는 크림도 발라보고, 좋다는 음식도 챙겨 먹어보고. 그런데 별 효과가 없었다. 결국 찾아낸 나만의 방법은 겨울엔 매일 밤에 잘 때 연고를 듬뿍 발랐다. 연고를 얇게 펴 바른다는 느낌보다 연고를 떠서 손등에 얹는다는 느낌으로 덕지덕지 발랐다. 그 위에 비닐장갑을 끼고 또 그 위에 면장갑을 끼고 잠을 잔다. 그러면 밤새 손에 습기가 차서 목욕탕에 갔다 온 것처럼 피부가 쭈글쭈글해지고 둥둥 불어난다. 다음 날 옆 사람이 당황하지 않을 정도로 피가 나지 않게 하는 유일한 방법이다.

내 피부가 원래 약한 편이긴 하지만 너무 아팠다. 동남아 이민 다녀오신 분들이 모두 이런 것은 아니니 너무 걱정은 마시라. 그렇게 힘든 겨울을 보내고 나니, 그다음 여름은 조금 덥긴 하더라. 등, 겨드랑이에 땀이 나서 시원하고 달달한 아이스티를 가끔 찾아 마시기도 했다.

이젠 6, 7, 8월에 외출할 땐 우산을 필수로 챙겨 나간다. 아무리 짧은 거리, 근처에 잠시 나가더라도 꼭 들고 간다. 바깥쪽은 밝은색, 안쪽은 온통 검은색으로 된 얇은 우산이다. 외부에서 내려오는 열과 아래에서 올라오는 지열을 차단하여 훨씬 덜 덥게 느껴진다. 자외선 차단에도 효과가 좋다. 선블록이 필요 없다. 길을 걸으면 사람들이 '비도 안 오는데 웬 우산?' 같은 눈빛을 보내도, 내가 살아야 하니, 살기 위해 남들의 시선 따위는 가볍게 무시한다. 우산 쓴다고 남에게 피해를 주는 것도 아니고.

그래서 다가오는 이번 여름은 더울까? 얼마나 에어컨을 틀게 될까?

관리비 고지서를 보고 얼마나 놀라게 될까? 기대된다.

　인도네시아, 싱가포르, 대만 그리고 한국까지. 공통점 하나 없는 나라들에 해외 이민이라니. 적응해낸 내가 정말 대단하다. 그래서 세계 어디에 날 던져봐도 잘살 거라는 강한 믿음과 확신이 생겼다.

　인간은 적응의 동물이다.
　하루하루가 새로운 환경에 적응하는 연속이다.
　동남아든 한국이든 그 사회에 적응해야 살아남는다.
　날씨의 급격한 변화로 인한 타격이 강렬했는데,
　동남아 이민 출신자의 한국 적응기는
　더 익스트림하게 계속 진행 중이다.

최고의 어학 학습 동기

: 분노는 나의 힘

인도네시아에 처음 갈 때만 해도 인도네시아어를 배우겠다고는 생각
하지도 않았다. '난 영어를 잘하니까 영어로 생활해야지.'라는 생각으로
갔는데, 안일하고 무식한 마음가짐이었다.

인도네시아에는 영어 가능 인구가 많지 않다. 대학교 졸업한 인구가
전체의 1%도 되지 않는다. 심지어 대학교를 졸업했어도 영어 못하는
사람들이 매우 많다. 그 나라의 평균 학력을 문제 삼으면 안 되지. 인도
네시아에 갔으면 인도네시아 법을 따라야 한다고 강하게 마음먹게 된
데는 이유가 있다.

'무슨 말인지 모르겠지만 무슨 말인지 알겠는 Feel'이란 것이 있다.
나는 인도네시아어를 모르지만, 지금 내 앞에 이 사람들이 뭐라고 하는
지 알겠는 '느낌적인 느낌' 말이다. 해외로 여행을 많이 가본 사람들은

한 번쯤 느껴봤을 것이다. 그 언어의 문법, 단어를 전혀 몰라도 비언어로 표현되는 상대방의 표정, 눈빛, 뉘앙스, 악센트 등으로 대강 이 상황이 어떻게 돌아가는지 감이 오는 경우가 있다.

특히 부정적인 상황, 나에게 사기를 쳐서 등쳐먹겠다 싶은 경우는 느낌이 강하게 온다. 인도네시아에서 비자를 신청하려고 대행 에이전시를 찾았고, 모든 서류를 전달하고 비용을 냈다. 그래서 비자 신청 프로세스가 수속 중인 줄 알았는데, 문제는 이 대행업체가 아직 비자를 신청도 하지 않은 것이었다. 비자 날짜가 오버되면 불법체류자이니까 강제 추방되어 다시는 인도네시아에 입국하지 못할 텐데.

업체에 항의나 잘잘못을 따질 시간조차 없고, 체류 기간 만료로 너무 급하니 일단 곧바로 다른 나라로 나가야 했다. 그 자리에서 바로 인터넷 커서 로컬 저가항공 라이언에어의 싱가포르행 비행기 티켓을 사서 당일치기로 갔다 왔다. 창이공항 스타벅스에 앉아 차 한 잔 마시고 나니 돌아갈 비행기 시간이 되었다. 자카르타 수카르노 하타 공항에서 도착 비자를 받아 들어왔다. 역대급으로 황당한 당일치기였다.

난 그때까지만 해도 이 대행업체가 단순히 나의 신청 건을 누락하거나 실수일 거라고 믿었다. 내가 너무 순진하고 사람을 믿었나 보다. 다음 날 대행사에 어떻게 된 거냐고 물었다. 답을 뭐라고 하는데 무슨 말인지 이해가 안 된다. 변명은 원래 말이 앞뒤가 안 맞기 때문에 말이 길다. 논리가 안 맞으니 클리어하게 이해가 안 되는 게 당연하다.

축은 과학이다. 내가 지금 눈을 뜨고 있는데 내 코를 베어 가겠다는 어딘지 불편한 쎄한 느낌. 역시 내 직감이 맞았다. 느낌이 너무 불편하여 녹음해와서 인도네시아인 친구에게 들려주며 해석 좀 해달라고 부탁했더니, 비자 신청을 하긴 했는데 무슨 서류가 누락되어 반려가 나서 다른 곳에 접수하려고 준비를 하고 방향을 찾고 있던 중이라는 등 이상한 말들의 나열이었다. 그 후에 알게 된 사실인데, 비자 접수처는 지역별로 한 곳뿐이다. 그리고 그때 내 서류가 누락되지 않았다는 것은 다른 에이전시를 통해 접수하면서 정확하게 알게 되었다.

나를 바로 앞에 세워놓고 사기를 치려고 하다니 굉장히 분노했다. 그리고 눈 뜨고 코 베였는데 코를 베는 줄도 몰랐고, 듣고도 한마디도 반격하지 못한 내가 너무 바보 같았다. 인도네시아어를 못해서 따지지 못했다. 이런 상황이 왜 나에게 닥쳤는지, 어떻게 하면 다시는 이런 상황을 피할 수 있을지 고민하다가, 내가 인도네시아어를 모르는 하얀 피부의 외국인이기 때문에 발생한 일이라고 판단되었다.

내가 길에서 만나게 되는 사람들은 영어를 전혀 못 하는 현지인들이다. 목마른 사람이 우물을 파야지. 그 현지인과 의사소통을 못 하면 내가 아쉬우니, 내가 인도네시아어로 말하는 수밖에 없다. 모르면 배워야지 다른 방법이 없다는 것을 깨닫게 되어, 그날 집에 오자마자 즉시 인도네시아어 공부를 시작했다. 알파벳 읽기부터 숫자, 요일, 기본적인 인사말 등 유아 수준 단계부터 시작했다. 언어 학습에는 왕도가 없다. 그 언어의 유아기부터 시작이다.

특히 인도네시아어는 메이저 언어가 아니다 보니 어학 학습에 어려운 점이 많다. 영어, 일본어, 중국어 등 메이저 외국어는 넘쳐나는 어학 학습도구가 있지만 인도네시아어는 어학 교재, 인터넷 강의, 사전, 문제집, 선생님 등 아무것도 없다. 공부하다가 모르는 것을 어디 물어볼 데도 없다. 한국어-인도네시아어 학습은 책이 아예 없고, 영어-인도네시아어 학습은 그나마 책이 있어서 구해서 무작정 외웠다. 책이 없다고 공부를 안 할 수는 없다. 공부해야 살아남는다는 것을 경험했기 때문에 꿩이 없으면 닭으로라도 흉내를 내야지.

퇴근하고 집에 뛰어와 밥 빨리 먹고 저녁에 4시간 동안 완전 집중해서 미친 듯이 공부했다. 내가 지금 이거 못 외우면 당장 내일 나쁜 인니인(인도네시아인)은 나에게 사기를 칠 수도 있다는 공포감을 가지니 어학 학습의 몰입도가 달라지는 것을 직접 경험했다.

타오르는 분노를 바탕으로 하는 공부의 결과는 실로 대단했다. 매일매일 외우는 단어가 늘어났고, 말할 수 있는 문장의 길이가 길어졌다. 전날 밤에 외운 단어와 문장을 다음날 출근하여 현지인 직원들에게 말하면 엄청나게 놀라워했다. 2달 정도 공부하니 웬만한 의사 표현 정도는 할 수 있게 되었다. 누가 시킨 공부도 아니고, 교재도 없는 척박한 환경 속에서도 스스로 해냈다는 성취감은 이루 말할 수 없었다.

시간 관계상, 여건상, 어학 학습의 벽을 넘지 못하거나, 넘을 필요를 못 느낀 분들은 한인이 운영하는 대행사를 찾아가거나, 영어를 할 수 있는 현지인이 운영하는 업체를 찾아가게 된다. 선택의 폭이 매우 적어지며, 공급이 적기에 가격이 비싸다. 대행 단계가 하나 더 늘어나수록 수수료가 비싸지고, 커뮤니케이션 오류로 인한 일 처리의 정확성은 떨어지는 등 한계가 언제나 존재한다.

인생에 이렇게 큰 성취를 예상치 못한 곳에서, 예상치 못한 사건으로 하게 되다니 인생은 참 알 수가 없다. 인도네시아를 가더라도 내가 인도네시아어를 배우게 될 거라 생각해본 적도 없었고, 특히 분노 때문에 언어를 공부하게 될 줄은 전혀 몰랐다. 심지어 체계 없이 주먹구구식으로 닥치는 대로 외우는 방법으로 언어를 공부하게 될 줄은 생각도 못 했다. 이게 된다고? 이렇게 말해도 알아듣는다고? 신기했다.

인도네시아어 문법?
아직도 모른다.
몰라도 인도네시아인 친구들과

인도네시아어로 이야기 잘하고

비즈니스 사업 수주 등 성과도 많이 냈다.

언어는 기초부터 완벽하게

공부 안 해도 되니

강박을 갖지 말자.

호의가 계속되면 둘리인 줄 안다

: 동남아에서 내가 영어를 쓰는 이유

분노의 어학 학습을 했다고 해서, 이제 현지 언어 좀 하니까 열심히 현지 언어만 쓰고 다녔다는 것은 아니다. 그래서도 안 된다. 일단 내가 현지 언어를 쓰는 순간, 현지인 상대방은 나를 무시한다. 그리고 자신이 잘하는 모국으로 솰라솰라 빠른 스피드로 어려운 단어를 써가며 말한다. 한마디로 외국인에 대한 배려가 1도 없다.

반면에 내가 영어를 쓰면 현지인은 최대한 천천히 말을 한다. 그게 영어든 현지어든 손짓 발짓이든. 영어를 잘하는 현지인은 쉽게 만날 수가 없다. 안타깝게도 회사 사무실 밖에서 거의 만난 적이 없다. 그들은 내가 말한 영어 단어를 하나씩 잘라 이어 붙이다 표현에 부족함을 느끼면 아무나 붙들고 도움을 청해 주변 사람들이 우르르 몰려온다. 역시 영어는 못하고 자기들끼리 토론 끝에 최대한 쉬운 현지 언어로 천천히 말해준다.

난 검은 머리의 동양인이라 누가 봐도 영어가 모국어가 아님을 알 수 있다. 그렇게 생긴 내가 영어를 하는 것은 그들이 못해낸 영어를 공부했다는 증거다. 그래서 영어로 말하면 대접받는다. 대접은 아니더라도 최소한 불필요하게 무시당하는 것은 피할 수 있다.

다만 관광지는 예외다. 세계 각국에서 몰려드는 관광지에서는 내 외모 자체가 이미 현지 물정 모르는 외국인인데 영어를 쓰면 그냥 관광 온 외국인이라는 뜻이다. 그래서 흥정을 시도하려면 아는 현지 단어를 총동원한다.

특히 비즈니스 관계에서는 내가 아쉬운 상황이 아니라면 동등한 관계를 유지하기 위해서 영어로 미팅을 진행한다. 영어는 나의 모국어가 아니며 비즈니스 상대방도 모국어가 아닐 것이다. 이 점을 서로가 알고 있다. 서로의 모국어가 아닌 언어로 대화를 하는 것이므로 공평하다. 페어플레이가 기본 전제이어야 비즈니스 협상도 서로 제로베이스에서 편견 없이 시작할 수 있다.

물론 내가 한 푼이 아쉬운 상황에서는 최대한 상대방의 기분을 좋게 하기 위해서, 또는 커뮤니케이션이 잘 되는 모습을 보여주기 위해서 내가 상대방의 언어로 말하는 경우도 있다. 이것은 어디까지나 상대방에 대한 나의 호의이고 배려이다. 상대방은 이걸 당연하게 생각해서는 안 된다. 나의 모국어가 아니므로 현지어로 비즈니스 대화를 하다 보면 모르는 단어, 숙어가 당연히 나오는데, 그것도 모르냐며 핀잔을 주거나, 무시한다거나, 엄청 빨리 말하거나, 표준어를 할 수 있지만 일부러 심한 사투리로 말한다거나, 같은 뜻인데도 어려운 단어를 일부러 골라 쓰면서 자비 없는 거만을 떠는 분들도 가끔 있었다.

비즈니스를 하자는 건지, 외국인 골탕 먹이려고 하는 건지 알 수 없을 정도로 괴롭힌다. 사람이 하는 일이기에 점점 호구가 되어가는 것을 느끼면 그 건은 드롭(Drop)한다.

호이! 호이! 하면서 초능력을 발휘하는

귀여운 아기 공룡 둘리처럼,

호의를 몇 번 보이면

계속 호의를 보이는 둘리라고 생각하는 것 같다.

더 나아가 자신의 권리라고 착각한다.

정말 '못 배워 먹은 행동'이라고 생각한다.

예의 있어야 하는 이유

: 부자의 친절을 보고 배워라

외국에 살면서 현지인과 문화 때문에 충격을 받았던 적이 있었던 반면, 외국에 온 한국인 때문에 충격적인 경우도 많았다. 비단 동남아뿐 아니라 어디를 가든 기본예절이고 당연한 것인데, 그걸 모르고 굳이 외국에서까지 상대방 면전에서 욕하는, 기본도 안 된 한국인을 너무 많이 봤다.

동남아 사람들은 피부도 까맣고 행동도 느릿느릿해서 한국인의 기준에서 보면 마음에 안 들고 못마땅한 것들이 보일 것이다. 그렇다고 해서 "너 뚱뚱하다!" "너 냄새난다!" 등의 개인의 외모 지적과 피부 색깔 품평은 물론 "동남아 영어 발음 별로다!" "못사는 나라인 줄 알았는데 잘 사네?" 등의 한 국가에 대한 광범위적 비난, 그리고 국민의 95%가 이슬람교도인 인도네시아 사람은 이슬람 교리에 따라 돼지고기는 먹지 않는데 굳이 "너 삼겹살 못 먹지? 얼마나 맛있는데!" 등의 종교 차별적인 발언을 서슴없이 한다. 한국인보다 동남아인의 수준이 낮다고 생각하기 때문에 자연스럽게 저지르는 무례라고 생각한다. 상상을 초월하는 몰상식한 말과 행동을 하는 한국인을 남녀노소 가리지 않고 정말 많이 봤다.

2019년에는 한 해에만 대만 현직 총통님(대만의 대통령. 국가의 1인자를 한국은 대통령, 중국은 주석, 일본은 총리, 대만은 총통이라고 한다)과 악수를 2번 했다. 한국 대통령도 실제로 본 적이 없는데 대만에서는 무려 2번이나 악수를 했다. 2019년 7월엔 다니던 회사가 주목받는 벤처 기업에 선정되어 총통님이 예방하셔서 간담회, 사인회, 사진 촬영을 했다.

그리고 3월엔 유니세프, 라이온스 클럽 같은 국제 봉사단체의 아태 지역 회의가 타이베이에서 개최되었고, 한국지구 총재님과 한국 대표단의 방문에 수행 통역 아르바이트를 했다. 차이잉원 대만 총통님, 커원저 타이베이 시장님도 회원이라 기조연설을 하셨고 각 국가별 대표단과 인사하실 때 나도 악수를 했다.

회의 발표 내용 중 이전 대만 총통이 소개되었는데 마잉주 전(前) 총통의 사진이 회의장의 큰 스크린에 표시되었다. 한국지구 총재님이 "쟤가 누군지 알아?"라고 물어서 국가의 총통에게 '쟤'라고 칭하는 게 당황스러웠지만, "마잉주"라고 답했다. 그런데 "쟤, 천수이벤이야! 너 그것도 몰라? 에이, 대만에 오래 살았다면서 이름도 몰라?"라며 비난하셨다. "마잉주 맞아요. 저는 마잉주가 현역 총통으로 재임할 때에도 대만에 살아서 TV로 매일 봤어요"라고 답하며 잘못된 정보를 정정하였지만, 그것도 모르냐며 비난을 멈추지 않으셨다. 그리고 "어른이 말씀하시는데 어디서 또박또박 말대꾸를 해!"라며 윽박도 지르셨고, 급기야 행사 기간 내내 나에게 "야!"라고 손짓하며 부르셨다.

이름을 부르거나, 또는 성을 넣어 서 선생, 직업을 활용한 통역사님 등의 호칭이 있는데, "야"라니. 검색창에 한 번만 쳐보면 알 텐데. 대만까지 오신 분이 사전 조사도 안 하고 온 것은 물론, 예의도 없다. 나이 드립이 왜 나오냐. 여기서 끝이 아니었다. 저녁 만찬에서는 아태지역 국가 대표단들과 함께 참석했는데, 한국지구 총재님이 피부색이 어두운 국가 대표단을 손가락으로 가리키며 "쟤 암내 심하다"며 코를 막으셨다. 하대하고 무시하는 대상이 나이, 직업, 인종 상관없이 무차별 폭격이다.

한국어로 말하면 못 알아들으니 괜찮다고? 천만의 말씀. 직감이라는 것이 있다. 한국어를 하나도 모르는 외국인이라도 직감적으로 자기를 욕하는 것을 알아듣는다. 그리고 설령 상대방이 못 알아듣는다고 면전에서 욕하는 것은 정말 못 배워 먹은 행동이다. 그렇게 살지 마시라. 이런 말과 행동을 한마디로 인종차별이라고 한다. 인종차별은 교육 수준을 알아보는 척도 중의 하나이다. 못 배운 티를 열심히 내고 살지 마라.

가끔 길을 가다 보면 한국인에 대한 호기심과 친밀감을 드러내는 현지인분들이 있다. 아는 한국 연예인 이름, 아이돌 그룹 이름을 말하기도 하고, 한국어로 "안녕하세요, 감사합니다" 등의 인사를 하는 경우도 있다. 이때 일부 한국인들이 현지인의 어눌하고 부정확한 한국어 발음을 똑같이 흉내 내며 비꼬기도 한다. 현지인의 관심과 호의를 이렇게 눈앞에서 무시하는 무례한 일이 너무 많다.

그리고 상대방에게 무엇을 부탁하거나, 심지어 내 돈을 내고 구입하는 경우에도 쉽고 짧고 간단한 "Please~"로 시작하고 "Thank you."라고 말을 끝내자. 아무리 영어를 못해도 이 두 단어는 할 수 있을 것이다. 이 두 단어가 없으면 상대방에게 명령을 한 셈이나 다름없다. 상대방은 나의 부하직원이 아니다. 또는 현지어로 '감사합니다'를 뜻하는 말은 간단한 상식이니 배워두자. 감사를 표하여 기본 예의를 지키자. 내가 표현한 예의와 존중은 결국 나에게 돌아온다. 어디서든지 예의를 지키고 상대방을 존중하자. 물론 상대방이 예의 있을 때 한정이다.

인성의 기본을 갖춰야 그다음의 인격을 쌓아 올릴 수 있다. 예의는 성공과 부를 일구는 데 꼭 필요한 요소다. 우연의 일치인지 내가 여태 가본 여러 모임 중에 부자, 투자자들의 모임이 제일 예의 바르고 친절하고 배려가 깊다. 부자들 중에 무례한 사람은 거의 없다.

부자들은 항상 여유롭고 고민도 없을까?
착각하지 마시기를.
내가 본 부자들은 항상 공부하고
창의적이고 생산적인 생각을 하고 도전한다.

그리고 부자와 빈자의 결정적인 차이는

몸에 밴 친절과 실행력이다.

생각이 꽉 막힌 사람들

: 유연한 사고를 해야 하는 이유

누가 여행이든 휴가든 외국에 다녀왔다고 하면 제일 많이 하는 질문은 "거기 어때요?"일 것이다.

해외에서 오래 살아본 사람은 많다. 그러나 대부분 한 국가에서 학업, 취업 등의 이유로 오래 거주한 경우가 대부분이다. 나처럼 여러 나라에서 오래 산 사람은 많지 않은 것 같다. 심지어 한국인들이 다른 나라에 비해 잘 가지 않는 인도네시아라니. 신기한 이력의 소유자이다. 그래서 많은 분들이 "인도네시아는 어때요?" 또는 "인도네시아가 더 좋았어요? 대만이 더 좋았어요?"라며 물어본다.

내가 아무리 객관적으로 말하려고 해도 백과사전을 보며 그대로 읽는 것이 아닌 이상, 내 나름의 주관과 생각이 더해질 수밖에 없다. 나는 자카르타에 있었는데, 인도네시아에 자카르타만 있는 것도 아니고 큰 땅덩어리만큼 지역마다 완전히 다른 생활양식이 존재한다. 내가 보고 들고 느낀 것이 정답도 아니고 전형적인 모습도 아니다. 이런 사례도 있다 정도로 해석해야 하는 게 맞다.

얼마 전 대만으로 여행을 다녀온 분이 보바티를 너무 맛있게 먹었다며 나에게 보바티를 먹어봤냐고 물으셨다. 보바티가 뭔지 모른다고 답하자 어떻게 그 유명한 것을 모를 수 있냐며 사진을 보여주셨다. 영어로는 '버블 밀크티', 대만어로는 '쩐주나이차'라고 하는 그것이었다. 타피오카 펄과 우유와 티를 섞어 만든, 한국에서도 유명한 그 대만 음료 맞다. 전분을 굴려 까만 동그란 떡 식감으로 만든 타피오카 펄 중에 크기가 큰 것을 대만에서 '보바'라고 하기도 한다. 티는 마시는 차를 뜻하는 영어 Tea였다. 그렇게 대만어와 영어를 합친 정체불명의 혼종의 이름으로 말해 놓고선 그걸 모른다고 정색하셨던 것이다.

한참 후에 알았는데 미국 서부지역에서 그 음료를 '보바티'라고 한단다. 미국 서부지역에서의 명칭이 무엇이든 내가 미국을 갔다 온 것도 아닌데 대만 이야기를 하면서 미국 이름을 말하면 알겠냐. 더 이야기를 나누며 나의 현지 경험을 알려주려다가도 어차피 말해봤자 자기 주장만 할 거고 입만 아프겠지라는 생각이 들어서 대화를 그만두었다. 현지 생활 경험이 흔한 것도 아니고 어디 가서 이런 귀한 이야기 못 들을 텐데 자기 복을 자기 발로 걷어찬 셈이다.

그래서 나름 방어하기 위해 보편적인 답변을 한다. "대만 어때요?"라고 물으면 질문자가 대만을 안 가봤다는 전제하에 한국인이라면 누구나 가진 편견으로 흔히 예상 가능한 수준에서 가볍게 답변을 한다. "너무 더워요."라고. 대만은 실제로 너무 덥다. 그런데 12월, 1, 2월은 매일 비가 내리고 습하고 으슬으슬 춥다. 너무 추워서 대만에서 패딩을 샀다고 지인에게 말하니 "뻥치지 마."라고 다그치기도 했다. 대만이 사시사철 더운 나라라는 편견을 가진 사람이 많다. 그래서 질문자가 본인이 알고 있는 지식과 다른 답변이 돌아와도 받아들일 열린 마음을 갖고 물어본 것인지, 아니면 답변자를 이상한 사람으로 몰아갈 여지가 있는지 미리 판단하고 답변의 수위를 조절하게 되었다.

밀양이 삶의 새로운 터전이 되길 바라며 밀양 지역으로 이사를 오게 된 전도연이 밀양 토박이 송강호에게 "밀양은 어떤 곳이에요?"라고 묻자 "사람 사는 데가 다 똑같지예."라고 답하는 이창동 감독의 영화 〈밀양〉의 유명한 대사가 있다. 오래전 이 영화를 보고 인생사 다 똑같다는 생각이 들었다. 여러 나라에서 살다 보니 정말 이 말이 더 크게 와닿았다. 언어가 다르고 모습이 달라도 사람이 살아가는 인생의 모습은 별반 차이가 없는 것 같다. 오히려 개인의 특성에 기반하여 각 사람의 모습이 차이가 있다고 본다.

지금도 누구에게든 "저는 동남아에서 오래 살다 왔다."라고 소개하면, 거기 어떻냐는 질문을 하신다. "직접 가서 보세요."라고 답하고 싶은 심정이다. 유연한 사고를 하는 오픈 마인드인 사람은 방문 전에 철저히 사전 조사를 하는 것은 물론 현지에서도 통념을 넘는 새로운 정보를 받아들일 것이다. 반면에 생각이 닫힌 사람은 이런 답변에 성의 없다고 욕할 수도 있다. 아는 만큼 보이는 것이고 유연해야 받아들일 수 있는 것이다.

유연한 사고를 하면 답변해주는 사람도
더 열심히 더 많은 정보를 알려줄 것이다.
그러나 한정된 정보만 답변을 듣는 이유는,
질문자가 답변을 받아들일 그릇이 아니라고
상대방이 생각하기 때문이다.

해외 이민을 4번이나 갔더니

: 강제 미니멀 라이프

이민을 참 많이도 갔다. 한국에서 출발하여 인도네시아 자카르타, 싱가포르 그리고 대만 타이베이에 갔다가 한국으로 돌아오기까지 해외 이민을 무려 4번이나 갔다. 원래 물건을 잘 못 버린다. 당장 쓸데가 없어도 언젠간 한 번쯤 쓰겠지 하며 쌓아 놓는 편이다. 물건을 꺼내고 난 포장박스, 케이스 등 별로 가치가 없는 물건도 버리지 않고 집 한편에 놔둔다. 한국에서 살다 인도네시아로 이민을 갈 때 모든 짐을 처분하느라 마음이 너무 아팠다. 자주 쓰지는 않았어도 오래 집에 놔뒀던 정이 있는데, 더는 함께할 수가 없어 물건과 작별을 고하느라 많이 울기도 했다.

이민은 이사와 차원이 다르다. 해외로 물건을 보내는 방법은 직접 사람이 핸드 캐리 하거나 수화물로 비행기에 싣기 또는 선편이나 항공편의 EMS, DHL로 보내는 방법 등이 있다. 국내 택배와 가격의 단위 자체가 다르다. 국내 택배는 20kg까지 1박스당 4,000원으로도 보낼 수 있다. 전화 한 통이면 택배기사님이 우리 집 현관까지 픽업하러 오신다. 물건의 무게를 느낄 틈도 없다. 그러나 해외 국가에 따라 다른데 아시아권은 1kg당 1만 원 이상이다. 이것저것 담다 보면 배송비만 수십만 원이다. 단기 여행이나 유학이 아니라 이민이기에 한국에서의 모든 생활을 멈추고 남김없이 정리하여 버리거나 외국으로 가져간다. 내 인생의 짐이 그렇게 많은 줄 처음 알았다. 짐을 포장해도 끝도 없이 나온다. 이거 다 외국에 가져가려니 배송비만 수백만 원의 짐이다. 충격이다.

물건에 정을 두니 차마 버리지 못하겠더라. 며칠을 망설이다가 '비싼 항공 운임비를 지불할 가치가 있는가?'라는 기준으로 해당하지 않는 것은 가차 없이 버렸다. 물건에 대한 애정, 추억 같은 감정적인 요소를 기준으로 잡으면 마음이 아파 짐을 꾸릴 수가 없다. 금전적인 기준, 즉 숫자로 판단하여 해외에 가져갈 짐을 쌌다.

짧은 인생에 추억은 어찌나 많던지, 끝도 없이 나오는 기념패, 상장, 사진, 엽서 등 금전적인 가치는 산정이 불가능하지만 추억이 진하게 묻은 물건들이 많았다. 특히 종이 형태의 서류나 기념품 같은 것은 공간도 많이 차지하고, 종이가 특히 무겁다. 다시 구매할 수도 없고, 어디서 구할 수도 없는 거라 버리지도 못했다. 그런데 놔둔다고 해서 다시 쓸 기회도 없다. 깊숙이 넣어뒀다가 2~3년에 한 번씩 들춰보는데, 그것도 이사하기 전에 짐 정리할 때만 보게 된다. 보고 싶어서 보는 것도 아니고 정리하려고 타의에 의해 보는 거니 이게 정녕 의미가 있는 건가 싶었다.

이럴 땐 사진을 찍거나 스캔하여 디지털 형태로 추려 보관했다. 물건은 항상 꺼내 볼 수 없지만, 디지털화하여 온라인 웹하드에 보관하면 언제든지 쉽게 꺼내 볼 수 있으니 그 추억을 더 간편하게 간직할 수 있는 방법이라고 애써 위안하면서. 또는 물품을 맡겨주는 창고 보관업체에 맡기거나. 그런 유료 업체에 맡길 정도가 아닌 것 같으면 딱 그 정도 값어치인 것이다. 그리고 일단 버리고 나니 뭘 버렸는지 생각도 안 났다. 뇌에서 무의식적으로 지워버린 것일 수도 있다. 그 물건을 다시 찾지도 않았고 필요도 없었다.

오지 산골로 가는 것도 아니고, 내가 갈 인도네시아 자카르타에도 대형 슈퍼가 있고 백화점도 있다. 가기 전에 인터넷 검색을 하니 의류, 양말, 수건 같은 천으로 만든 직물 제품은 한국에서 사는 게 월등히 질이 좋다고 한다. 이런 정보를 아는데 안 가지고 갈 수는 없어 이고 지고 들고 가는데 너무 무겁더라.

개똥도 약에 쓰려면 없다는 말이 맞다. 물건의 홍수 속에서 어디에 놔뒀는지 찾지도 못한다. 같은 기능을 하는 물건을 여러 개씩 쟁여 두는 맥시멀리스트도 바다 건너 이민을 가게 되면 강제적으로 일시적 미니멀리스트가 될 기회가 된다. 물건 다이어트를 한 번쯤은 할 만하다. 인생의 짐을 홀가분하게 던질 수 있는 기회다. 다만 나는 너무 많이 물건

다이어트를 해서 인생에 기름이 끼지 않아 피폐해지긴 하더라.

지나고 나서 돌이켜보니 언젠가 한 번쯤은 쓰겠지라는 생각으로 모아둔 물건을 썼던 적은 거의 없었던 것 같다. 아니 아예 없었던 것 같다.

우리 집 월세 비싼데,

이 좁은 비싼 방을 차지하는

가치 없는 물건들이 월세에 한몫한다.

당장 버린다.

'다음에 필요하면 다시 사야지.'라는 생각으로.

그리고 다시는 필요하지 않았고

다시 샀던 적은 없기에

이젠 잘 버린다.

한국인의 인맥 유효기간

: 2년도 길다

대만 타이베이 시내에 있는 한 대학병원에 며칠 입원했던 적이 있다. 워낙 급박한 상황이라 미처 몰랐는데 병원 안에서는 카톡이 안 되었다. 지인이 나에게 카톡을 보내면 상대방 화면에는 작성한 메시지가 찍히면서 노란색 숫자 1이 뜨지만, 나에게는 그 카톡이 도착하지 않았고 심지어 보냈다는 것을 알 수가 없었다. 그러니 당연히 온 줄 몰라서 답장도 못 했다.

카톡을 보냈는데 받지는 못한 상황을 이해할 수 있는 사람이 과연 몇이나 될까? 아마 대부분 카톡을 씹혔다고 생각할 것이다. 내가 있는 외국이 인터넷이나 와이파이가 없는 나라도 아니고 오지도 아니고 인터넷 팡팡 터지는 시내라는 것을 지인들이 안다. 갑자기 병원 신세를 지게 되었기에 지인들에게 미리 알릴 틈이 없었다. 왜 그 병원 안에서 카톡이 안 되었는지 아직도 이유를 모르지만 아무튼 안 되었다.

그리고 카톡은 한국에서는 매우 보편적이지만, 한국을 제외한 대부분의 나라에서는 사용하지 않는 서비스이다. 내가 있었던 대만도 마찬가지이다. 대만에서는 라인을 주로 쓴다. 대만에 있는 한국인만 카톡을 쓴다. 대만 지인들, 회사 동료들과는 라인으로 연락을 주고받기에 며칠 동안 카톡이 하나도 오지 않았는데도 카톡 메시지가 안 온다는 것을 깨달을 틈도 없었다.

퇴원을 하고 병원 건물 밖으로 나와 보니 그제야 수백 개의 카톡 메시지들이 우르르 한꺼번에 밀려들었다. '왜 연락이 안 돼?'라며 답장을 재촉하는 메시지부터, 심지어는 '읽씹하지마'(읽기만 하고 답장 안 하는 것을 하지 마) 등의 무서운 경고와 함께 며칠 동안 이미 연락이 안 돼서 혼자서 셀프 작별을 고하며 떠나버린 인연도 있었다. 이렇게 인간관계가 인스턴트처럼 금방 타오르고 빨리 식어버리는 것인가 싶어서 허탈하기도 했다. 인맥이 며칠 만에 끊겨버리는 극단적인 사례였다. 나 이제 퇴원해서 몸이 아직 아픈데 마음이 갑자기 아파졌다.

이 외에도 인터넷이 느린 인도네시아에 가면서도 크게 인맥이 우수수 떨어져 나갔다. 인도네시아는 인터넷이 매우 느리다. 상상을 초월할 정도로 심하게 느리다. 인도네시아를 한 번도 안 가본 사람도 느리다고는 추측할 수 있다. 그런데 얼마나 느린지는 모르겠지. 또는 발리 등의 글로벌 유명 여행지에 가본 사람은 "내가 인도네시아 가봤는데 인터넷

빠르던데?"라며 본인이 고작 며칠 가본 관광지가 마치 인도네시아 전국의 공통인 양 떠들어대기도 한다.

2012년 인도네시아 자카르타 시내에 있었는데 인터넷이 너무 느려서 네이버 메인 페이지를 켜는 데만 3분 이상 걸렸다. 위에서부터 가로로 한 줄 한 줄씩 뜬다. 십수 년을 매일 보던 네이버 첫 화면에 그렇게 플래시와 이미지가 많은 줄 그때 처음 알았다. 3분 동안 한 화면을 불러오고 있다 보면 텍스트가 아닌 이미지 형태는 모두 불러오기 실패가 나서 엑스박스(x)로 뜬다. 이 이야기를 한국 친구에게 하면 거짓말하지 말라며 안 믿는다. 본인이 아는 것이 전부가 아닌데. 이렇게 불신이 여러 번 쌓이다 보면 인맥 물갈이가 자동으로 된다. 카톡과 네이버는 한국 서비스라 한국용인데 해외 상황이 한국과 똑같을 거라 믿는 사람들이 많다.

한국에서 학교를 다니고, 직장을 다니고, 여러 대외 활동들을 하며 쌓은 곳곳의 친구, 지인, 팀원 등의 인맥들의 유효기간은 2년인 것 같다. 한국을 떠난 지 2년이 지나니 이상하게도 인맥이 다 잘려져 나가버렸다. 왜 하필 2년일까 곰곰이 생각해 본 적이 있다. 아마도 내 또래들은 군대 복무 기간이 2년이기 때문인 것 같다. 군대에서 휴대폰 사용이 불가능하던 시절에 정말 인내심 강한 사람의 경우, 친구가 군대에 있는 2년 동안은 기다려 준 경험이 있다. 제대 후 2년 만에 다시 만난 경험이 있어서 아마도 한국 사회에 암묵적으로 2년 정도는 연락이 없어도 기다려 줄 수 있는 최대의 시간인 것 같다.

그런데 그 이상의 시간은 이미 한계를 넘어서는 것 같다. 나의 경우 그보다 훨씬 오래 외국에서 연락이 끊긴 상태로 있었기에 대부분의 인맥이 다 끊겼다. 몇 년 만에 연락한 사람의 경우, 이미 폰 번호나 카톡이 변경되어서 연락이 닿지 않거나, 또는 "누구세요?"라며 나를 못 알아보는 경우도 있었다. 친구가 다 없어져서 난 왜 이렇게 친구가 없을까 안타까워했던 적이 많았다. 그런데 생각해보니 연락이 안 된다고 투덜대는 친구는, 친구의 생활을 존중하지 않는 사람일 뿐이다

평생 친구라는 건 없다. 사람은 어느 시점까지 함께했다 발걸음이 달라지면 멀어질 수 있는 거다. 평생 친구, 몇 년 우정, 이런 숫자에 연연할 필요가 없다. 노력하지 않아도 함께 걸을 수 있는 만큼만 같이 가면 된다. 같은 추억과 감정을 교류하는 심리적 거리감이 중요하다. 어릴 때 친구도 오랜만에 만나면 그 공백 기간으로 인해 잘 모르는 사람이 된다. 현재의 가치관이나 삶의 지향점이 안 맞으면 안 보게 된다.

그리고 인맥 넓히느라 시간 많이 쓰지 말자. 사람은 다 이기적이라 서로에게 도움이 된다면 알아서 도와준다. 스스로 실력을 키우고 내가 커지면 나의 도움을 받으러 알아서 찾아온다.

그럼에도 불구하고 남을 사람은 남더라. 몇 년의 시간을 지나 아주 오랜만에 연락을 해도 반가워하고, 마치 어제 연락을 주고받았던 것처

럼 대화가 이어지며 날 대해주는 고마운 사람들이 있다. 만날 사람은 다시 만나게 된다.

평생 친구가 2~3명만 있어도
성공한 인생이라고 한다.
난 성공했다.
내 친구가 되어준 고맙고 소중한 사람들,
평생의 인연이니 내가 잘해야지.

언어는 사고를 지배한다

: 나만 너무 자주 감사해

그 나라의 언어를 쓰면 사고도 그 나라 식으로 변한다. '감사합니다'는 대만어(중국어)로 '셰셰'라고 한다. 한국어 '감사합니다'에 비해서 음절이 짧고 발음도 쉽다. 그래서인지 아니면 감사를 자주 표현하는 국민성 때문인지 대만에서는 말끝마다 "셰셰"를 붙이는 것 같다. 처음엔 그게 뭐가 고마울까 의문이 들었는데, 어느새 나도 아무것도 아닌 일조차 "셰셰"라고 말을 하고 있더라.

대만에서는 사람이 붐비는 곳에서 "뿌하오이쓰 지에궈 이시아 셰셰"를 외치며 주위 사람과 부딪히지 않게 조심히 지나간다. "실례합니다. 잠시 지나갈게요. 감사합니다."라는 뜻인데 단어가 한국어보다 간단하고 쉬운 발음이라 이 긴 의미의 말을 생략하지 않고 일일이 나열해서 말하는 것 같다. 참고로 대만에서 타인과 몸이나 가방이 부딪히면 굉장히 큰 실례이다. 인파가 붐비는 출근길 지하철, 좁은 엘리베이터 안에서도 마찬가지이다. 몸을 구부리든 움츠리든 가던 길을 멈추든 알아서 피해야 한다. 지나가는 행인의 어깨를 치는 소위 '어깨빵'이란 있을 수 없다. 대만인은 그런 행동을 하지 않는다.

대만에서 처음 콘서트를 갔을 때, 콘서트가 끝나고 수천 명이 동시에 나가는 행렬 속에서 단 한 번도 부딪히지 않아 충격을 받았던 적이 있다. 반면 한국에서는 콘서트 도중 서로 밀치고 부딪혀서 사람이 인파에 깔려서 사고가 나기도 한다.

한국에서는 이럴 때 "지나갈게요!" 정도로 하지 않았을까. 앞뒤에 인사말이나 감사를 붙이면 말이 길어지니 지나가겠다는 핵심 되는 말을 못 들을 수가 있다. 한국에서는 많은 사람들이 '감사합니다'라는 말을 자주 하지 않는 것 같다. 대만에서 말끝마다 '셰셰'가 입에 붙어 온 나는 엄청 자주하는데. 나만 감사를 자주 표현하는 사람인 것 같다.

회사에서 업무를 할 때도 마찬가지이다. 상대방에게 묻거나 요청하거나 등의 이유로 내가 먼저 말을 걸었다면 끝맺음에 꼭 "감사합니다" 인사로 끝나야 한다. 상대방이 답해준 정보에 대해 감사함이나 고마움을 가져야 한다. 그리고 실제로 감사한 마음을 가지건 말건 상관없이 상대방의 시간에 내가 비집고 들어갔기 때문에 그 깨트림에 대해서도 감사하다고 말로 표현해야 한다고 생각한다. 직급이나 나이가 더 높고 낮고, 많고 적고 상관없이.

그런데 한국 회사 또는 비즈니스 관계에서 대화 후에 그냥 "넵!" 또는 "알겠습니다"를 마지막 멘트로 끝나는 대화가 많다. "감사합니다" 또는 "고맙습니다"라고 결코 말하지 않는 한국인이 너무 많다. 내가 답을 안 해줬다면 말을 걸어온 상대방이 불편하거나 고생했을 텐데 나에게 감사하지 않은가? 왜 감사하다고 인사를 안 하지?

"넵"은 단순히 Yes의 의미이고, "알겠습니다"는 I see 또는 I got it일 뿐이다. 어디에도 Thank you의 의미는 없다.

감사하다고 왜 말을 안 하는지 이유를 모르겠다.
상대방에게 답변을 맡겨 놓은 것도 아니며,
상대방은 답을 해줘야 할 의무도 없다.
그런데도 굳이 시간을 들여
수고로움을 감수하고 답변을 해줬으면
당연히 감사해야 한다.
업무를 같이 하는 사이라도 기본 예의는 지키자.

이민 준비 꿀팁

: 이민 가려고 준비하는 지인들의 공통 질문

❶ 휴대폰은 어떻게 해? 정지?

인증용으로 꼭 필요하다. 각종 사이트 로그인, 은행업무 등 SMS 문자로 인증번호를 받아야 해서 본인 명의의 한국 휴대폰 번호가 꼭 필요하다. 무약정, 유심비 무료, 가입비 무료, 유심 무료 배송 등의 파격적인 혜택으로 무료로 사용할 수 있는 알뜰폰도 있다. 기본료가 0원이거나 월 1,000원 미만의 저렴한 요금제도 많다. 정지하지 말고 기본료가 저렴한 알뜰폰으로 번호이동을 해놓고 가자.

❷ 전입신고

정부24 홈페이지에서도 가능하다. 부모님 댁, 본가, 친척집 등에 전입신고를 해놓자. 전세나 월세로 살던 경우에 전입신고를 옮겨 놓지 않으면 본인 연락이 안 되어 거주불명으로 등록되는 사례가 종종 있다.

❸ 건강보험

해외에 한 달 이상 체류 시 출국일 다음 날로 급여 정지 처리되며 건강보험료가 면제된다. 별다른 정지 신청을 할 필요는 없다. 건강관리보험공단에서 자동으로 해외 출국 여부를 확인하여 정지시켜준다. 가끔 시스템 반영이 지연되어 출국 직후에 보험료가 부과되기도 하는데, 소급하여 반환해달라고 요청하면 돌려준다.

매월 1일에 한국에 있나 없나를 기준으로 부과된다. 한국에 방문할 때 한 달 이내 체류라면 계속 보험료 면제이다. 한 달 이상 체류라면 매월 1일이 포함된 만큼 지역가입자 보험료가 청구된다.

❹ 신용카드

쓰지 않더라도 일단 만들자. 스스로 소비 절제를 할 수 있다면. 해외 이민, 즉 한국에서 무직이 되는 순간 카드 발급이 거절된다. 연회비를 아까워하지 말고 만들자. 초년도 연회비는 반환 신청 시 제작 비용, 배송 비용 등 일부 금액만 차감하고 돌려준다. 2년도부터 한 번도 카드를 안 썼다면 연회비 전액을 반환 신청할 수 있다.

토스 앱에서 캐시백을 많이 주는 카드 위주로 모든 카드사 카드를 전부 다 만들기를 추천한다. 적당히 쓰면 신용점수에도 좋다.

❺ 마이너스 통장(마통)

무조건 최대한도로 많이 만들자. 안 쓰면 0원이다. 스스로 소비 절제를 할 수 있다면. 1금융권 여러 은행을 돌아다니면서 최대한 한도를 더 달라고 해서 뽑아 놓자. 퇴사하는 순간 안 만들어준다. 참고로 기간은 1년인데 퇴사하면 연장이 안 되고, 상환 요청이 들어오는 경우도 있으니 퇴사 전 상환에 대비를 하자. 마통 안 만드는 직장인이 제일 이해가 안 된다.

❻ 인감증명서와 위임장

제목으로 위임장이라 쓰고 인감도장 찍은 A4 용지와 인감증명서를 발급해서 서울에 있는 젊은 사람에게 맡겨라. 인감증명서는 유효기간이 한 달이라 쓸 일이 별로 없겠지만. 살다 보면 위임장과 인감증명서를 주고 대리인에게 부탁할 일이 있다. 늙거나 거동 불편한 사람 말고, 지방에 있는 사람 말고. 서울에 대사관, 여행사 등에서 공증, 번역, 인증, 민원 등 서류 업무를 할 일이 많다.

❼ 국제운전면허증

운전 안 하더라도 만들어가자. 신분증 2개를 제시하라고 할 때(여권만으로 부족한 경우) 쓰일 수도 있다. 시간이 부족해 준비 못 했다면 한국 운전면허증이라도 가져가자. 그리고 한국 주민등록증은 필수로 가져가자. 사진이 부착된 국가가 발급한 공식 신분증이라 영어 표기가 없더라도 쓸데가 많다.

❽ 이삿짐을 옮기는 방법

택배로 보낸다. 인터넷 또는 앱에서 집하 신청하면 택배기사가 와서 포장된 박스를 가져간다. 포장이사 할 것이 아니면 일반이사보다는 이게 저렴하다. 큰 박스는 아파트 재활용 쓰레기장에서 줍거나 우체국에서 박스를 판매한다. 제일 큰 6호 박스는 3,000원 정도 한다.

❾ 당부의 말

외국 갈 때 아파트 사 놓고 가라. 거주하던 아파트를 팔고 가지 마라. 관리가 어렵다, 한국과 연락하기 어렵다, 다시는 한국으로 안 돌아올 거니까 등의 이유로 보유한 모든 부동산을 매도하고 가기도 하는데 뜯어말린다. 최소한 본인이 살 집 하나는 꼭 남기고 전세를 주고 가자.

외국으로 이민 갈 때 큰돈이 필요해도 일단 집을 전세를 놓고 전세보증금으로 외국에 가면 된다. 사람 일은 어떻게 될지 아무도 모르는 것이고, 아무리 굳은 결심을 하고 노력을 해도 본인의 의지와 상관없이 외부적인 요인으로 인해 한국으로 다시 돌아올 수밖에 없는 일이 생기기도 한다.

인플레이션으로 인해 부동산은 장기적 우상향 그래프를 그린다. 10년 이상 보유한다면 아무리 금융 위기가 와도 10년 전의 금액보다 비싸질 것이다. 그리고 한번 매도한 부동산은 절대 그만한 부동산을 다시 매수하지 못한다는 것이 나의 지론이다.

4장

나의
마인드 단련

나의 열혈 팬은 나

: 나는 나를 너무 좋아해

정말 특이하게 남들 다 하는 고민을 별로 안 한 인생인 것 같다. 10대에는 학업 성적과 진로, 20대에는 다이어트와 연애, 30대에는 결혼과 육아 등의 보편적인 고민을 해본 적도 없고 필요성도 못 느낀 것 같다. 이것만으로도 축복받은 인생이라고 생각한다. 적당히 공부를 잘했고, 적당히 생겨 먹었다. 아니, 내가 나의 내면과 외면의 모습에 만족했다고하는 게 더 맞는 말이겠다. 지금도 만족한다. 그래서 막 변해야겠다는생각을 안 해봤다.

사람들의 공통적인 고민이라 그 어려움을 개선하기 위한 보조 서비스나 상품이 무수히 많다. 마치 매체와 마케팅이 부추긴 느낌도 든다. 무수히 쏟아지는 자기계발서, 유튜브를 보면 '청년이여 자신감을 가져라', '셀프 리더십을 가져라' 등 끊임없이 채찍질하고 앞으로 나아가길

격려하는 콘텐츠가 인기를 끌고 있다. 마치 가만히 있으면 안 된다, 현실에 안주하는 건 잘못되었다는 느낌이 들기도 한다. 나는 지금의 내 모습이 좋은데, 물론 부족한 부분이 있어도 이런 모습의 내가 나는 좋은데 취향을 박탈당한 듯하다.

나는 나를 너무 좋아한다. BTS가 'Love yourself'라는 메시지를 대중에 전달하기 훨씬 이전부터 이미 몸소 실천하고 있었다. 또한 2021년 말 데뷔한 걸그룹 아이브(IVE)가 '그 눈에 비친 나를 사랑하게 됐거든' 등의 가사를 부르며 나르시시즘을 노래한다. 기존까지 대중가요는 네가 좋다, 네가 싫다, 네가 그립다 등 타인에 대한 감정이라면, 아이브는 나를 사랑하는 나에 대한 이야기를 꾸준히 노래하고 있다. 내가 나에게 관심을 두는 콘셉트가 인기를 끄는 현실에서 나처럼 생각하는 동지들이 많아진 느낌이라 든든하다.

원래 엄청 하얗고 깨끗한 피부였는데, 더운 날씨인 동남아에 가자마자 바싹 타서 까만 피부가 되었다. 한국에 온 지 몇 년이 되어도 회복이 안 되는 건 세월이 흐른 노화 탓으로 돌려본다. 동남아는 잘못이 없다.
점점 나이가 들면서 얼굴과 목부터 주름이 나타난다. 새치라고 우길 수 없는 흰머리가 매우 많아져 처음 보는 사람들은 나를 실제보다 5~10살 정도 많게 생각하는 경우가 잦아지고 있다.
주름과 새치가 많아져도 괜찮다. 자연스러운 것이다. 매일 더 나아지는 내가 제법 마음에 들어서 하루하루가 기대된다.

40대 후반부터는 본인이 살아온 인생이
얼굴에 나타난다고 들었다.
미래의 난 어떤 모습일까.
무엇을 사랑하게 될까.
나의 40대, 50대 그리고 그 이후가
매우 기대된다.

욕의 맛

: 무례한 질문에 응수

직장생활 15년 차다. 그동안 지원했던 대부분의 회사에서 이 질문을 받았다.

"법학과 나오셨는데 왜 이 직종에 지원했어요?"

나라를 막론하고 무슨 회사든 면접관이 누구든 공통된 질문이다. 비단 나만의 상황은 아닐 것이다. 대학졸업예정자, 취업 준비생은 물론 이직을 준비하는 구직자라면 이 질문을 많이 들었을 것이다. 심지어 게임 회사 경력이 10년 넘어가도 이 질문을 받는다. 나는 안다. 내가 면접관보다 게임회사 경력이 더 길다는 것을.

2021년 12월 31일, 게임업계에 처음으로 만 60세 정년퇴직자가 탄생했다. 업계 최초이자 유일한 분이다. 게임업계 종사자가 많은데 그중 유일하다니 대단하신 분이다. 그만큼 정년퇴직이라는 것이 사실상 불가능하거나 어려울 정도로 여타 업계와 비교해 수명이 짧은 편이기에 게임업계 15년 경력은 짧은 것이 아니다.

이 정도 업계에 있었으면 지인을 통해서 면접관이 누구인지 면접 전에 대강은 알 수 있다. 사회 초년생도 아니고 동일 업계 경력이 10년이 훨씬 넘었는데, 졸업한 지 십수 년 된 대학교 전공을 언급하며 "그래서 게임은 잘 모르시겠네요"라고 운운하는 것은 지원자 이력서를 안 보고 면접에 들어온 면접관의 불성실한 태도의 증거이다.

그때마다 '그럼 너는 게임학과 나왔냐?', 인사팀 면접에서는 '그럼 너는 인사학과 나왔냐?'라고 반문하고 싶은 심정이다. 나는 안다. 이 면접관은 게임학과 나온 것도 아니고 인사학과 나온 것도 아니라는 것을. 그러나 면접이니 비즈니스적인 예의를 차리기 위해, 상대가 듣고 싶은 답변을 하고 웃으며 면접을 마무리한다.

외국인으로 오래 살다 보니 똑같은 질문을 너무 많이 들었다. 그 질문을 하는 사람은 여러 명이지만, 대답을 하는 나는 한 명이다. 한국에서는 '민증 깐다'라는 말이 평범할 정도로 서로 이름을 모르는 사이에서도 나이를 묻는 경우도 있지만, 대만에서는 나이를 물어보면 안 된다. 매우 큰 실례이다. 직장 동료든 친구든 이웃이든 누구에게든 똑같다. 그런데 외국인인 나에겐 나이를 묻는 무례한 사람이 많았다.

외국인이니 "여기에 언제 왔어요?", "왜 이 나라에 왔어요?", "영어 할 줄 아세요?", "왜 한국에서 안 살아요?" 등 개인의 신상을 묻는 신상 털기

호구조사를 너무 많이 받았다.

　외국인이라는 이유 하나만으로 정도가 지나친 무례한 질문도 많이 받는다. "몇 살이에요?", "왜 아직도 결혼 안 했어요?" 등 이런 질문을 자국민들끼리는 무례해서 피하는 질문이지만, 난 외국인이기에 스스럼없이 호기심으로 초면에 물어본다. 이럴 때는 대충 짧게 답하고 "당신은요?"라고 되받아친다. 영어로는 "And you?" 대만어로는 "니너?"이다. 아주 마법의 단어이다.

　"몇 살이에요?"

　"25살요. 당신은요?"(Yes 또는 No로 답이 안 되는 질문에는 대충 아무거나 답하고 끊는다.)

　"애는 낳았어요?"

　"아니요. 당신은요?"

　잘 아는 사이도 아니고, 무려 초면에 하는 질문이라니! 국적이 어디든, 지금 내가 서 있는 이 땅이 어디든 상관없다. 제발 예의를 지키자.

　스몰 토크를 넘은 이런 인신공격 같은 무례한 질문을 받을 때 제일 좋은 방법은 미러링이더라. 듣는 상대방이 불쾌한지 모르고 아무 생각 없이 무례한 질문을 하는 경우도 많다. 그래서 그 말을 그대로 일깨워준다. 질문받은 그대로 나도 똑같이 질문한다. 눈에는 눈, 이에는 이. 절대

불변의 진리다. 맞은 만큼 때린다. 무례함에 대해 역공격을 꼭 하자. 나 자신을 지켜내는 행위이다. 욕하는 것에 민감해할 필요가 없다. 결국 욕은 누구나 먹고 돌아가면서 먹고 또 먹은 만큼 찰지게 해대는 맛 아니 겠는가.

또한 '눈에는 눈, 이에는 이'를 한마디로 맞받아치는 방법이 있다. 어 디서든 공통적으로 사용 가능한 쉬운 한마디. "다시 말씀해보세요." 상 대가 방금 한 말을 자각하게 하는 방법이다. "뭐라고요? 방금 뭐라고 하 셨어요? 다시 말씀해보세요." 등으로 변형할 수 있다.

반대의 경우도 마찬가지이다. 상대가 스님이라고 정성스럽게 합장 인사를 하니 나도 정성스럽게 합장 인사를 하게 된다. 상대가 목례를 하 니 나도 부지불식간에 목례를 한다.

나는 상대의 거울이다.
상대로부터 원하는 것이 있으면
내가 먼저 해라.

질문에 모두 답할 필요는 없다

: 무례한 사람을 다루는 법

답하는 기계도 아니고, 답해주는 대가로 돈을 받은 것도 아니다. 질문으로 가장하거나 걱정, 위로, 조언 등 다양한 형태로 둔갑하여 비난과 모욕이 쏟아지는 경우도 있다. 질문 형식으로 오는 모욕에 답해주지 마라. 걱정의 형태로 오는 모욕에도 마찬가지이다. 세상에 못되고 이상한 사람 참 많다. 순수하지 못한 의도인 질문에 답하지 말자.

질문에는 질문으로 맞받아치는 것도 좋다. 일을 협상할 때도 마찬가지이다. "이거 언제까지 돼?"라는 질문에 먼저 날짜를 말하지 마라. "너는 언제까지 필요한데?"라고 돌려치자.

불편한 것은 불편하다고 말해야 한다. 불편하지만 아무 행동도 취하지 않고 가만히 있거나, 또는 소심하게 행동하면 상대방은 그런 반응이 신나서 더 불편한 상황을 자꾸 만든다. 당당하게 자기 목소리를 내자.

그래도 된다. 그래도 큰일은 일어나지 않지만, 적어도 '명시적인 거절·거부 의사에도 불구하고 피해를 주는 무례한 인간'이란 칭호를 달아줄 수 있다.

물컵을 엎을 자신이 없으면 상수도를 터트리자. 스케일이 작으면 나만의 문제이지만, 스케일이 커지면 책임이 모호해지고 조직의 문제가 된다. 혼자서 상황을 타개할 능력이 없거나 그럴 상황이 아니라면 주변에 나와 비슷한 상황인 사람은 없는지 동지를 찾아 나서자.

또한 내가 아는 것이 있어도 조언을 가장한 충고나 경고를 하지 말자. 《논어》에서도 공자의 제자 자유(子遊)가 말했다. "직언과 충고를 하면 봉변을 당한다. 그리고 관계가 소원해진다." 시대와 장소를 초월하여 지금까지 전해 내려오는 오래된 정답이다. 정말 알고 싶어서 질문하는 사람은 충분히 사전 조사를 하는 등 올바른 질문자의 자세로 질문한다. 대충한 질문인데 열심히 고급 정보를 알려줄 필요도 없고 그래서도 안 된다. 충고가 되는 순간 꼰대라고 욕한다.

착한 사람이 될 필요가 없다. 착한 사람이 되려고 노력하지 마라. 착한 척하지 마라. 거절해도 된다. 남 눈치 보지 마라. 남에게 피해만 안 준다면 조금은 이기적이어도 괜찮다.

내가 뭘 하든 누구든 흉을 본다. 빨리하면 빨리했다고 욕하고, 늦게 하면 늦게 했다고 욕한다. 애초에 욕하려고 마음을 먹은 사람이기 때문에 어느 장단에 춤을 춰야 하나 고민할 필요가 없다.

남들은 나를 오해할 자유가 있고,
나는 해명할 의무가 없다.

최고의 다이어트

: 마음고생

해외에서 사는 동안 매일 마음에 상처가 많이 났다. 마음고생을 매우 심하게 했고 지금도 하고 있다. 마음고생으로 빠진 살은 요요도 없다. 가끔 스트레스를 폭식으로 해소하는 경우가 있는데 그 고비만 넘기면 요요 현상 없는 완벽한 다이어트가 된다. 다이어트 보조제, 닭가슴살 등의 식단이나 PT, 헬스 등의 운동도 전혀 없이 마음고생만으로 저체중이 되었다. 얼굴부터 아주 홀쭉하게 빠져서 살 빠진 효과가 더 커 보인다. 눈밑에 진한 다크서클은 덤이다.

각종 문화 차이는 물론 한국을 싫어하고 적대시하는 험한 문화 때문에 가만히 앉아 있어도 지나가면서 손가락질하며 "한국으로 꺼져!"를 외치는 현지인이 많아 숨 쉬고 있는 것 자체가 고통의 연속이었다.

십수 년 전만 해도 대만이 한국보다 잘살았다고 한다. 그런데 한국이 급속도로 성장하여 현재는 역전을 했다. 그게 못마땅해 여전히 한국을 못사는 나라라고 무시하고 한국인을 비난하며 비하하는 혐한 문화가 대만인 중장년층 중 일부 사람들에게 퍼져 있다.

그런데 사람 면전에 대고 "넌 왜 여기에 왔니? 한국이 못사니까 온 거지? 한국으로 꺼져!" 등의 무례한 말을 하며 삿대질하는 대만 어르신을 몇 번 만난 적이 있다. 그런 '이지매'를 당하고 나면 정이 뚝 떨어진다. 잘못한 것 아무것도 없는데 그저 한국인이라는 이유 하나만으로 오늘 처음 만난 사람이 초면에 욕하며 삿대질한다.

늙은 사람만 이런 것이 아니다. 다행히 젊은 사람들은 K-POP과 K-드라마의 영향으로 인해 한국과 한국 연예인에 대한 호감도가 높다. 그러나 일부 젊은 사람들도 한국 문화콘텐츠에 관심이 없거나, 또는 일본을 좋아하는 사람들은 한국과 한국인을 싫어한다. 각종 별것도 아닌 걸로 일일이 트집을 잡는다. 같은 회사에서 일하는 동료 직원들에게서 들었던 말 중에 제일 황당했던 건 "김치 좀 만들어 와봐." 그리고 "넌 왜 소주를 안 먹어? 한국인 아냐?"였다.

이 말을 했을 상황상, 한국인은 김치를 끼니마다 먹고 소주를 매일 마신다고 생각하기에 나온 비하 멘트였다. 내가 왜 음식을 해서 너에게 가져다 바쳐야 하는지 황당했다. 이런 비하를 하는데는 아무런 생각 없이 그저 아무 말이나 하는 게 목적이므로, 나도 군이 따지며 생각하지 않고

'눈에는 눈, 이에는 이' 전법으로 똑같이 미러링해준다.

나는 분명하게 말한다. "내가 너보다 대만 정부에 낸 세금이 훨씬 많다. 그리고 내가 너보다 타이베이에 오래 살았다."

이런 사람들은 논리적인 비판이 아니라 그저 비난을 목적으로 하기 때문에 나도 비난을 해준다. 그래도 난 팩트를 읊어준다. 대만인 직원들 중 과반수 이상은 타이베이 출신이 아니었다. 지방에서 대학을 졸업하고 온 사람이 많다. 수도권에 우수한 대학들이 몰려 있는 한국과 달리 대만은 전국에 퍼져 있다. 그래서 타이베이 생활은 대학 졸업 후부터 하게 되는데, 이런 비난은 사회경험이 별로 없고 직장 경력이 짧은 사람들이 한다. 그래서 내가 그들보다 타이베이에서 훨씬 더 오래 산 것은 사실이다.

또한 나는 외국인이며, 외국인은 세율이 현지인보다 훨씬 높다. 또한 나는 직급이 높고 경력이 많으니 월급이 많다. 그래서 그들과 그들 가족이 평생 낸 세금을 모두 합쳐도 내가 대만에서 몇 년 일하면서 낸 세금보다 훨씬 적은 것이 사실이다. 그러나 아무리 멘탈이 강하다고 한들 이런 말을 듣고 나면 마음에 손상이 간다. 살이 안 빠질 수가 없다. 그 후 몇 년이 지났는데 요요도 없다.

좋은 건가? 안 좋은 건가? 다이어트하느라 굶고 운동해가며 노력해도 실패해서 고생하는 사람이 정말 많은데.

몸이 고생하는 건 아니니

좋은 건가 싶다가도,

마음고생을 깊고 오래 해오고 있으니

매한가지다.

칭찬하기 스킬

: 감사합니다 말 한마디의 힘

은행에 가서 창구에 10분 이상 앉아 있었으면 반드시 하는 일이 있다. 은행 홈페이지나 앱에서 고객의 소리에 칭찬하기를 꼭 접수한다. 요즘은 대부분의 은행 업무를 인터넷 뱅킹이나 모바일 뱅킹으로 처리할 수 있다. 반면에 본인이 지점에 직접 방문해야 하는 일이라면 인터넷 뱅킹에서는 처리할 수 없는 복잡한 업무라서 시간이 오래 소요된다. 그래서 나는 은행을 갔다오면 꼭 칭찬 글을 올린다.

내 업무를 처리해주시는 은행 창구 직원의 성함과 직급이 창구마다 표시되어 있다. 이것을 적어와서 은행 앱에서 'ㅇㅇ지점 박ㅇㅇ 대리님 칭찬합니다'라는 제목으로 글을 올린다. 칭찬하는 방법은 구체적으로 적는 것이 좋다. 언제 무슨 지점에서 박 대리님을 통해 무슨 업무를 하였고, 이 직원분이 어떻게 처리를 해줘서 어떻게 되었고 그래서 나는 어떤 생각이 들었다 등의 내용으로 매우 구체적으로 쓴다.

은행뿐만 아니라 다른 업종도 마찬가지이다. 서비스 품질을 중요하게 생각하는 모든 업종에 공통된다. 영업직, 판매 업무를 해본 분들은 알 것이다. 실적은 당연히 중요하고, CS, VOC(고객의 소리, Voice of Customer)가 생각보다 중요하다는 것을. 은행 직원도 마찬가지이다. 그 직원의 개인 성과와 실적에 도움이 되기도 하고 그 지점 전체에도 도움이 되는 경우도 있다고 들었다.

몇 년 전 지점에 방문하여 카드를 신청했고 발급된 카드를 수령하러 1주일 후 그 지점에 다시 들렀을 때, 1주일 전 카드 신청을 접수해 주었던 그 직원이 "칭찬해주셔서 우리 부모님이 정말 좋아하셨어요."라며 기뻐하던 모습은 오래도록 기억에 남아있다. 은행은 막상 딱딱하고 오차 없이 딱 부러지는 이미지이지만, 이렇게 따뜻하고 미소 짓는 사람의 얼굴로 기억되는 곳으로 만들어나가는 나만의 방법이다. 단순히 말로만 고맙습니다, 감사합니다 인사에 그치지 않고 좀 더 적극적으로 감사한 마음을 표현한다.

그리고 은행 직원마다 고유의 코드번호가 있다. 은행의 각종 특판 상품을 인터넷이나 앱에서 가입할 때 그 직원의 코드번호를 입력하는 것도 잊지 말자. 실적에 조금이나마 도움이 된다고 한다.

은행뿐만이 아니다. 매사에 감사한 마음을 갖고 살자. 종교인, 신앙

인이 아니더라도 상관없다. 나에게, 상대방에게 감사해하자. 그리고 감
사하다고 표현을 하자.

어렵지 않다.
"감사합니다"라는 말 한마디면 된다.

그러면 안 되었는데

: 철저히 계산하고 시뮬레이션 해보기

"정말 열심히 살았어요."라는 말을 훈장처럼 생각하는 사람들이 많다. 열심히 일하는 것, 일단 실행하는 것은 물론 중요하다. 그러나 현 상황에 대한 점검과 방향 설정 없이 무작정 돌진하는 것은 가끔 쓸데없기도 하다. 오히려 에너지를 낭비하는 일이다.

그저 열심히 살았다. 그렇게 하면 되는 줄 알았다. 매일 아침 일찍 일어나 문 닫히는 지하철 2호선에 뛰어드는 나비처럼 처절하게 온종일 열심히 일하면 되는 줄 알았다. 아니, 다른 생각을 못 해봤다. 그 방향이 맞는지 틀렸는지 점검을 해볼 생각을 못 해봤다. 몰랐으니까. 내 주위에 선배, 아는 언니, 오빠들이 많아도 누구도 알려주지 않았고, 나 스스로도 발견하지 못했으니까.

그저 열심히만 살면 평생 그렇게 월급 노예로 살게 된다는 것을 직장

생활 10년 만에서야 알게 되었다. 뉴스와 신문에서 매일 금리가 어떻고, 부동산이 어떻고, 환율이 어떻고 떠들어도 내 이야기는 아니겠지 치부하면서 그저 넘겼다. 1면에 헤드라인으로 나올 땐 알아봤어야 하는데, 수년을 떠들어도 남의 이야기인 줄 알았다.

물에서 빠져나오려고 열심히 발버둥 치면 그럴수록 더 깊이 가라앉는다. 그럴 때 힘을 빼고 가만히 있으면 자연히 위로 올라온다. 이걸 몰라서 허우적거리며 물에서 빠져나오기 위해 안간힘을 다해 발버둥을 쳤다.

'내가 지금 무엇을 해야 하는가?'에 대해 항상 생각해봐야 한다. 차분히 목표와 현 상태를 점검하며 진지하게 생각과 고민을 해보아야 했는데, 그저 매일 눈앞에 닥친 일을 쳐내느라 진을 뺐다.

'내가 열심히 연습하면 EPL(잉글랜드 프리미어 리그) 선수가 될 수 있다.' 또는 '열심히 몇 달 공부해서 책을 몇 회독 했으니 합격할 것이다.' 식의 이상한 믿음을 가진 분들이 있다. 물리적인 시간을 많이 집어넣었다는 자위행위이다. 그리고 누구나 다 열심히 한다. 나 혼자만 열심히 하는 것이 아니다. 잘해야 한다. 잘.

땀의 대가, 노동의 대가를 운운하는 것이 제일 나쁜 것이라고 생각한다. 한국 교육에서 많이 들어서 세뇌가 되어 괴리감을 느낄 수도 있다.

투자는 무조건 나쁘며 투자자는 투기꾼으로 생각하는 사람이 있다는 것이 통탄스럽다. 과거의 나도 한때 이런 사상을 갖고 있었지만 더이상은 아니다. 투자가 얼마나 힘든데, 투자 잘못하면 망한다.

과거의 어린 나를 붙잡고 늘어져서 "너 그렇게 경제와 재테크에 아무 관심 없이 살면 안 된다."고 아무도 이 한마디를 해주지 않았다. 내 주위에 어떤 어른들이 있었나 회고하며 스쳐 지나가는 인연들을 떠올려 보기도 했지만, 결국 남 탓할 것이 못 된다. 내가 주위 선배들에게 더 열심히 묻고 배우지 않은 잘못이 있거나 또는 주위의 어른들이 꼭 경제 지식이 많거나 재테크 경험이 많은 것도 아니다. 내 인생은 내가 책임져야 한다.

다들 비슷한 고민을 안고 살지만 고민조차 하지 않고 사는 삶은 비극이 된다. 그래서 주위의 후배들에게 나서서 알려주고 있다. 지금 당장은 이해를 못 해도 먼 훗날 10년 후에 되돌아봤을 때 그때 그 언니가 또는 선배가 "청약통장 일단 만들고 재테크 시작하라."는 말을 했다고 떠올릴 수 있다면 이 글을 쓰는 소기의 목적은 달성한 셈이다. 처음엔 아무것도 아닌 거 같지만 시간이 흐를수록 격차는 산술급수가 아닌 기하급수로 벌어진다. 나의 현재 상황에서 어떻게 하면 좀 더 효율적인 방향으로 갈지 스스로 고민을 해보자.

내가 설정한 목표에 도달할 수 있는지

철저히 계산해보고

시뮬레이션을 해보자.

만약 목표에 갈 수 없다면

수정한 목표를 받아들이거나,

그 방법을 달리해야 하니까.

그렇게 열심히 안 해도 된다

: 일단 시작하라

그냥 하면 된다. 한다, 해본다에 중점을 두고 일단 시작해라. 생각보다 많은 사람들이 그렇게 열심히 안 한다. 잘하는 것도 아니다. 시늉 좀 하다가 그만둔다. 남의 떡이 더 커 보이고, 남의 밝은 면만 드러나니까 '남들은 편하게, 쉽게 쉽게 잘 되던데'라고 생각하겠지만, 그것은 사실이 아닐 거다.

놓지 않고 꾸준히 하는 사람이 끝내 성공하는 경우를 많이 봤다. 계속 쉬지 않거나 강박을 가지고 하지 말자. 쉽게 지친다. 어렵게 보이더라도 한번 도전해 볼 수 있는 용기를 내자. 인생 길다. 길게 보자. 완벽해지는 건 나중에 하면 된다. 첫술에 배부를 수 없다.

인터넷에서 유명한 사진이 있다. 미국 국가대표 수영선수 마이클 펠프스의 "오늘이 무슨 요일인지도 몰라요. 날짜도 모르고요. 전 그냥 수

영만 해요.", 피겨 스케이팅 김연아 선수는 "무슨 생각하면서 스트레칭을 하세요?"라는 기자의 질문에 "무슨 생각을 해… 그냥 하는 거지."라는 답변. 한 분야의 최고들의 생각을 단적으로 알 수 있다.

소녀시대 〈The Boys〉 노래를 참 좋아한다. 2011년에 발매된 정규 3집 앨범 타이틀곡이다. (작곡 Teddy Riley, DOM, 김태성, Richard Garcia/작사 유영진). SM엔터테인먼트에서 발매되는 가수의 정규 3집 타이틀곡은 차별화된 콘셉트와 역대급으로 퀄리티가 높은 공통점이 있는데 이 곡도 마찬가지이다. 가사 한마디 한마디가 던지는 메시지가 강렬하다. 가사는 '겁이 나서 시작조차 안 해 봤다면 그댄 투덜대지 마라 좀! 주저하면 기회는 모두 너를 비켜 가 가슴 펴고 나와 봐라 좀!'으로 시작한다. 확 와닿지 않는가? 수백 번 본 뮤직비디오를 보면 아직도 가슴이 마구 뛴다.

가사를 3번 반복해서
소리 내어 입으로 말하며 읽어보자.
당장 자리를 박차고 나가
뭐라도 해야 할 것만 같은
동기를 심어준다.

돌진하는 행동 대장

: 강력한 동기를 바탕으로 정확한 목표를 향해

실행을 결정 짓는 요소는 동기이다. 그저 해야겠다는 단순한 생각으로는 실행으로 이어지지 않는다. 강력한 동기가 있어야 한다. 동기는 사람마다 다르다. 개인적인 경험과 처한 상황과 성격이 다르기 때문에 다를 수밖에 없다.

나의 경우를 예로 들면 인도네시아어 학습을 하게 된 이유가 분노였다. '외국인인 나의 코를 베어 가려는 게 너무 괘씸해서', '사기당하지 않으려고' 공부를 하게 되었다. 동기와 목표가 정확했다.

하나의 언어를 학습한다는 것은 학습 분량이 매우 많기에 굉장히 긴 시간이 필요하다. 소요 기간이 길어지다 보면 방해꾼이 늘어난다. 불금(불타는 금요일)이니까 퇴근 후 핫플레이스에 놀러 가자고 꼬시는 동료들, 주말에 영화 보러 가자는 친구들 등 공부 말고 재밌는 것들이 매우 많고 유혹은 강렬하다. 그런데도 너무나 강력한 동기와 정확한 목표가 있었기 때문에 죽기 살기로 공부했고 결국 '단기 어학 학습'이라는 목표에 도달했다.

유명한 자기계발서와 인기 유튜브를 많이 봤는데 공통적으로 실천을 중요시한다. 예를 들어 "재테크하려면 지금부터 책 10권 읽으세요.", "부자 되려면 당장 내일부터 아침 일찍 일어나세요." 등 액션을 필요로 한다. 책을 읽어도, 블로그에서 좋은 정보를 알게 되어도 '실천해야지' 또는 '해봐야지'라고 생각만 하지 막상 하는 사람은 거의 없다. 유명한 유튜버들이 알려주는 것은 좋은 정보가 맞고, 올바른 길을 알려주는 것이 맞다. 그런데 다들 부자가 못 되는 이유는 막상 실천을 안 하기 때문이다.

몇 년 전 인기 TV 프로그램 〈냉장고를 부탁해〉에서 김성주 MC가 "자신만의 레시피는 비밀인데 그렇게 방송에서 다 공개해도 되느냐?"고 걱정을 하자, 이연복 셰프는 "사실 이렇게 말을 해줘도 게으른 사람은 따라 하지 않는다. 하는 사람만 한다."고 대가의 자신감을 보였다. 대부분 따라 하지 못하니 손해는 안 보는 계산일 수도 있겠다는 생각이 들었다. 오히려 이연복 셰프의 레시피에는 특별한 비법 양념장이 들어간다며, 레시피 좋다고 소문이 더 날 것이다. 실제로 잘은 못해도 어설프게나마 따라 하는 사람조차 거의 없다고 한다.

어떻게 하면 실천할 수 있을까?

나만의 동기를 찾아라. 강한 동기여야 한다. 꼭 좋은 감정, 선한 의도에서 비롯되지 않아도 된다. 나처럼 타오르는 미칠 듯한 뜨거운 분노여도 된다. 이런 분노에서 행한 게 언어 학습이었다. 분노를 바탕으로 타인에게 피해를 주거나 사회에 해악을 끼치는 행동을 하는 게 아니라면 상관없다. '어떤 것이 날 참을 수 없게 만드는가?' 생각해보라. 뭘 원하든 실현되게 만들어 줄 것이다.

동기는 누가 시킨다고 생기는 것도 아니고, 다른 누군가가 알려주거나 지식으로 습득할 수 있는 성질의 것이 아니다. 내 안에서 스스로 태어난 마음이어야 강력하다. 각자 목표가 다르기 때문에 동기도 다를 수밖에 없다.

정확한 목표가 있어야 한다. 목표를 잡는다고 하면 숫자로 잡는 것이 좋은데 처음부터 그렇게 구체적으로 잡기 어려울 것이다. 나처럼 '사기당하지 않으려고'라는 추상적인 목표여도 좋다.

보통 어학 학습의 목표는 매일 단어 20개씩 외우기, 문제집 5장 풀기 같은 형태로 잡는 경우를 많이 보았다. 목표만 봐도 재미없고, 시작도 하기 전에 지칠 것 같은 목표이다. 자신에게 제일 강력한 동기를 주는 형태라면 숫자가 없고 구체적이지 않아도 상관없다.

"쇠뿔도 단김에 빼라."라는 말이 있다. 하고자 마음먹었다면, 해야겠다는 생각이 들었다면 망설이지 말고 지금 행동해라.

성취하고 싶다면

목표가 크더라도 라운드 별로 쪼개서

짧은 기간에 수행할 수 있도록

잘게 조각을 내면

진척도가 눈에 보여서 더 흥미가 생긴다.

고민 줄이는 방법

: *고민 고민 하지 마*

집 인테리어 공사를 한다고 가정해보자. 하나부터 열까지 고민과 선택의 연속이다. 도배 벽지, 장판, 문, 몰딩 등 부위별로 색깔과 무늬, 재질 등 모든 것을 일일이 골라야 한다. 손잡이만 해도, 예를 들어 검은색을 고른다면 그 안에서 유광, 무광, 반무광의 광택 종류는 물론, 모양도 다른 수백 종이 있다. 인테리어뿐이겠냐. 아침마다 오늘 무슨 옷 입지부터 시작해서 우리는 매일 크고 작은 선택을 해야 한다.

선택지가 여러 개 있으면 더 고민이 많다. 이걸 할까, 저걸 할까, 이걸 선택하면 저것을 못 하는 기회비용은 얼마나 될까 등 복에 겨운 고민인데 막상 닥치면 심각하다. 나에게 단 한 가지 방법만 존재했다면 선택할 필요가 없으니 고민이 없지만, 내 능력이 좋아 2가지 이상의 선택지가 존재한다면 복이 재앙으로 둔갑하기도 한다. 쌓이고 쌓여 스트레스의 주범이 된다.

고민을 줄이는 방법은 '결정 내리기'이다. 결정을 못 내려서 고민을 하는 것인데 뚱딴지같은 소리냐고 하겠지만, 일단 결정을 내려라. 고민을 하는 이유는 1도 손해를 보지 않고 조금이라도 더 나은 것을 택하기 위해서이다. 그런데 고민하는 에너지와 시간까지 고려한다면 큰 그림에서 보면 고민을 하는 것이 손해이니, 뭐를 택하든 빨리 결정을 내려라.

고민하게 만드는 내게 주어진 선택지는 따져보면 서로 별로 차이가 없다. 그러니까 고민을 하지. 차이가 크게 있으면 고민하지 않고 주저 없이 골랐겠지. 고민을 유보하지 마라. 머리만 아프다. 결론은 똑같은데. 돌이켜봐도 처음에 골랐던 게 제일 좋은 경우가 많았다. 빨리 판단하여 결정을 내리자.

기업의 대표님이나 C레벨분들, 이사님들께 메일을 보내면 답장이 바로 오는 경우가 많다. 제일 바쁘신 분들인데 답장은 제일 빨리 온다. 밤낮 주말 가리지 않고 수시로 메일을 체크하시는 것은 물론, 의사 판단을 빨리 내리신다. 스스로 결정을 내릴 권한이 있어서일 뿐만 아니라, 그 자리에 오기까지 무수한 선택과 고민을 거쳐오신 관록이 있기 때문이다. 만약 바로바로 결론을 내고 쳐내지 않으면, 나의 판단을 기다리는 부하 직원들이 모두 나만 바라보며 대기하는 상황이 된다.

C레벨뿐만 아니라, 직원들도 고민을 길게 하며 깔아뭉개면 일이 안 된다. 만약 나의 능력 밖의 일이 주어진다면, 마감 기한을 정하고 그때까지 도전해보겠다고 일정을 잡은 후 최선을 다해 노력해보고, 그 일정까지 못 해내면 상사에게 현황을 보고하며 업무 조정을 요청하는 등의 액션을 취해야 한다. 도전해 보는 것은 좋지만 기한 없이 또는 사전 약속된 기한을 넘기면서까지 시간을 지연시켜 가며 개인의 성취를 위해 노력하면 안 된다. 사전 협의된 일정은 팀과 회사와의 약속이다. 나 하나 때문에 팀의 전체 일정이 지연된다. 깔끔하게 포기하고, 내가 못 하는 일도 있다는 것을 인정하고, 다른 사람에게 일을 넘기는 것도 일 잘하는 방법 중의 하나이다.

역설적이게도 고민을 줄이는 방법은
'결정 내리기'이다.
설령 선택 잘못해서 조금 손해 봐도 괜찮다.
스트레스 안 받는 게 더 낫다.

사기만 피해도 중간 이상은 간다

: 급할수록 돌아가라

세상은 넓고 사기꾼은 많다. 다양한 이름과 얼굴로 모습을 바꿔가며 시대를 막론하고 사기가 판친다. 단기간에 빠른 고수익을 노리며 달려드는 개미 투자자들을 유인해 급상승할 종목을 찍어준다는 주식 리딩방, 작전 세력의 주가 조작, 시세를 조종하는 코인으로 유혹하며 소위 '치고 빠진다.'

사기가 아니라고 해도 성공 확률이 극도로 낮아서, 계약금을 넣고 나면 밤에 잠을 이루지 못하는 투자 건들도 넘쳐난다. 수십 년간의 긴 호흡이 필요하며 진행 과정에서 무산되는 경우가 많아 원수에게만 추천한다는 지역주택조합을 권유하기도 한다. 또는 방3, 화장실2에 신축 빌라, 약국 또는 프랜차이즈 카페 임차가 확정된 신도시 상가 분양 등 고수익을 제시하였으나 실현이 거의 불가능한 사기와 다름없는 투자 매물로 1대1로 유인하는 경우도 많다.

이 사기꾼들은 대중들의 조급한 심리를 자극해 고수익과 빠른 수익 실현으로 유혹하며 낚는다. 연이율 7% 이상의 수익을 낸다고 하는 건 모두 사기라고 보면 된다. 사기를 당하면 내 인생이 흔들리고 무너지는 것은 물론 가족의 인생까지 휘청이게 된다.

나에게 어느 부동산이 좋냐고, 뭘 사면 되냐고 단도직입적으로 정답을 묻는 사람들이 있다. 전체적인 방향이나 트렌드를 건너뛰고 오직 곧바로 정답만을 찾는 사람들. 그러다 사기당하기 딱 쉽다.

또한 아무리 좋은 투자 건이 있어 추천을 해줘도 이게 좋은 것인지 안 좋은 것인지 스스로 판단할 능력이 갖춰져 있지 않다면 막상 불안해서 망설이게 된다. 눈앞에 기회가 왔는데도 '줘도 못 먹는' 상황이다.

급할수록 돌아가라고 했다. 조급할수록 더 공부하고 놓친 것은 없는지 점검을 해보자. 서두르면 오히려 더 실수한다. 남의 시선과 기준을 의식하는 순간 내가 가진 것에 대한 시야가 흐려진다. 남들과 비교하면서 뒤처진 자신의 상황을 비관하는데 그러지 않았으면 좋겠다.

특히 손실을 복구하고 만회하려 할 때 더 조급해진다. 잃은 것이 생각나서 기존보다 더 과감한 승부처에 던져 변동성이 더 큰 상품을 찾게 된다. 하이 리스크 하이 리턴은, 하이 리스크 로 리턴(High risk, Low return)과 같은 확률인데, 왜 하이 리턴이 될 거라 생각하지?

출근이나 약속에 늦어서 뛸 때,

꼭 서두르다가 사고가 나거나 다친다.

결국 더 늦게 도착한다.

애초에 늦지 않게 일찍, 미리미리 출발하자.

내 안전을 지키는 일이다.

5장

34세에
재테크 시작

회사 가기 싫어

: 일은 좋아하지만

정말 회사 가기 싫다. 지금 이 글을 쓰는 와중에도 내일 회사 가기 싫다. 30년 넘게 열심히 살아온 내가 뭐가 부족해서 뭐를 잘못해서 무슨 벌을 받는 건지 싶다. 그 정도로 회사 가는 건 큰 고통이다. 회사 가는 것이 싫은 이유는 셀 수도 없이 많다.

그래서 내 나름대로 극복하고자 내가 할 수 있는 최선의 조치를 하였다. 출퇴근길의 교통지옥을 피하기 위해 비싼 월세를 지불하고 회사 근처 도보 10분 거리에 살고 있다. 또한 오전 9시까지 출근인데 8시 40분부터 회사 사옥 엘리베이터가 붐비기 때문에 아예 30분 일찍 출근한다.

싫은 것을 피하기 위해서 나에게 이 정도 시간과 비용은 기꺼이 감수할 가치가 있다. 코로나가 없던 시절에도 대만에서는 '사회적 거리두기'가 기본이라 인파가 몰려도 서로 몸이 부딪히지 않는다. 질서 정연하게 알아서 서로 피한다. 한국에서 출퇴근길 러시아워에 지하철에 구 겨져 숨 참고 타다가, 대만에 가니 천국이었다. 다시는 출퇴근 시간에 한국 대중교통은 못 타겠더라.

보고를 위한 보고서를 만들라고 괴롭히는 직장 상사, 이해할 수 없 는 프로세스 시스템 등 회사 가기 싫은 이유는 끝도 없이 많으니 생략 하자.

회사를 정말 좋아하기도 했다. 이전에 다닌 회사는, 회사를 너무 좋 아해서 코로나가 심할 때 1년 넘게 5일 전일 풀 재택근무제였는데도 종종 출근하여 업무를 처리했다. 복지가 좋기로 유명한 회사였고, 실 제 직원의 입장에서 복지가 좋은 것이 체감되었다. 그리고 나의 업무 성과 실적도 굉장히 잘 나와서 인사평가도 최고 등급 고과를 받는 등 나도 내 업무에 만족하고, 회사도 나의 업무 실적에 만족한 것 같다.

그런데 회사는 가기 싫은데 일은 재밌다. 일이 재밌으니 15년 동안 같은 일을 하고 있다. 딜레마가 아닐 수 없다. 재택근무가 좋은데, 코 로나가 끝나가는 것은 좋지만 재택근무가 없어지거나 줄어드는 것은 싫다. 정말 다행히 팀장님이 배려해 주셔서 출근과 재택근무를 병행하 며 업무를 하고 있다.

'그렇게 싫으면 퇴사하면 되잖아'라는 생각이 들지만 막상 그럴 수 없는 현실이라 힘들다. 또한 '주 5일 풀 재택근무하는 회사로 이직하면 되잖아'라는 생각이 들지만 이직이 쉽지는 않다. 일은 하기 싫고 돈은 있어야겠고. 역시 돈이 문제다. 당장 다음 달부터 월급이 끊기면 막막하다. 그동안 모아 놓은 월급이 바닥나는 순간부터 굶게 된다. '아껴 쓴다면 몇 달간 버틸 수 있을까?'를 진지하게 계산해보며 파이어족들의 성공사례를 찾아 네이버와 유튜브를 기웃기웃하게 된다.

매월 돌아오는 25일마다 따박따박 들어오는 월급의 달콤함을 내 발로 박차고 나오기엔 월급은 따뜻하다. 그리고 난 절실하다. 융자와 이자라는 이름의 두 여자가 매달 내 월급을 기다리고 있다. 다행히 아직은 회사가 나의 지식과 스킬을 필요로 한다. 아직은 난 쓸모가 있다. 쓸모 있을 때 월급을 뽑아내는 것도 하나의 방식이다.

ESTJ는 워커홀릭으로 유명하다. 책임감과 의리로 체계적으로 완벽하고 고집스럽고 정확하게 일한다. 전형적인 ESTJ인 내가 이렇다.

언제까지 회사를 가야 할까, 왜 난 회사를 가는 걸까. 이 회사는 왜 이렇게 힘든 걸까. 답은 아직 찾지 못했다. 언제쯤 유토피아 같은 이상적인 회사와 업무를 만날 수 있을지 모르겠다. 존재하기는 하는지 모르겠다. 아니면 내 성격 때문에 유토피아에서 없는 일도 만들어서 하고 있을지도 모를 일이다. 생각해보니 유토피아에서 일하겠다는 것만 봐도 ESTJ이다.

아, 내일

회사 가기 싫다.

당신의 수저 색은?

: 여자들이여 돈을 밝혀라

월급만으로는 살 수 없다. 작고 귀여운 근로소득을 모아서는 집을 살 수가 없다. 언제까지 2년마다 이사 다니면서 살 텐가. 내 집이 있으면 좋겠다는 막연한 상상의 행복회로는, 배우자 없이 혼자 사는 1인 가정의 경제와 살림을 챙겨야 하니 더 많은 공부가 필요하다는 결론에 다다른다.

나의 주거와 심신의 안정을 위해, 비혼이니까 더 집이 필요하다. 집을 사고 나서 느낀 점은, 내가 나로 사는 자신감은 내 집의 등기권리증(집문서)에서 나온다는 것이다.

집을 사려면 혼자 힘으로 모을 수 없는 아주 큰 돈이 필요하다. 그래서 가족의 지원의 정도를 구분 짓는 수저색을 생각해보게 된다.

수저 색깔을 구분 짓는 기준은 사람마다 다른데 나는 이렇게 기준을 잡는다.

등록금이 사립대학교보다 저렴한 국립대학교에, 이과보다 저렴한 문과를 졸업했다. 등록금이 저렴하여 대학을 졸업했을 때 학자금 대출이나 빚 없이 사회생활을 시작할 수 있었다. 이런 면에서 나는 은수저인 것 같다. 운이 좋게도 반지하, 옥탑방, 단칸방에서는 살아보지 않았다. 그리고 큰 아파트에 살거나 패밀리 레스토랑에서 외식하는 친구가 조금은 부러웠던 어린이였다. TV 드라마나 영화를 통해 간접으로 이해하는 현실이기에 넓은 마음으로 다양한 의견을 들어보고자 노력한다 해도 직접 체험한 것과 차이는 존재한다. 적당히 평범하다. 애매한 것이라고는 하지 말자. 적당한 것이다.

은수저를 독에 담그면 검게 변한다. 즉 어느 무리에 속하는지에 따라 확 달라지기도 한다. 자신이 속한 주위 소속 집단이 독성이라면 독성이 없는 곳으로 이동하려고 발버둥 쳐야 한다. 이렇게 은수저는 노력하지 않으면 흑(黑)수저가 되는 애매한 위치에 있어서 부단한 노력과 정진만이 살길이라고 생각한다.

특히 남자들이 돈 밝히는 것의 반만이라도 여자들이 돈을 밝혔으면 한다. 특히 2030 MZ세대 여자들에게 제발 지금 재테크 시작하라고 말해주고 싶다. 갓생(부지런하게 생산적인 일과로 사는 삶), 사랑, 우정, 가족, 꿈도 중요한 거 알지만 그만큼 돈도 밝히고 추구해야 한다. 남자들의 담배 타임에 가보면, ○○주식 하한가 찍어서 계좌가 온통 파랗다, 무슨 코인이 얼마 돌파했다, 어느 지역 아파트에 저렴한 급매 나왔다 등 재테크 이야기를 많이 한다.

반면에 여자들의 티타임에 가보면 어린이집 일정, 시댁 생신 선물 뭐할지, 새로 생긴 가로수길 맛집 품평, 주말 여행지 같은 이야기가 이어진다. 소비만 했지 생산적인 활동을 한 게 없으니 할 말이 없다. 자신의 인생이 재미없으면 남 사는 얘기 가지고 놀게 된다. 그래서 대화 소재에 본인이 없다. 철저하게 본인이 지워지고, 본인을 제외한 가족을 위해 살아간다. 잊지 마라. 우리는 자본주의 시스템에 살고 있다.

그리고 잘 몰라서 또는 겁이 나서 투자하지 않는다는 핑계를 자랑스럽게 훈장처럼 말하는 사람이 너무 많다. 모르면 공부를 해야지. 모르니까 겁이 나는 거다. 무식이 너무 당당해서 당황스럽기도 하다. 태어날 때부터 지식을 갖고 태어나는 것도 아니고, 주변에서 재테크 알려주는 사람도 없을 거다. 그럼 평생 모를 텐데 영원히 몰라서 하지 않는다고 할 텐가. 물론 모르는 것은 하지 않아야 하지만, 모르는 분야는 공부를 해보고 나서 내가 할 수 있을지 없을지 나름 판단을 내려야지. 그게 아니라 '내가 모르는 분야니까 이건 무조건 나쁘고 위험한 거야.'라고 사고하는 방식이야말로 정말 위험하다.

각자의 수저 색깔은 다르다. 수저는 이미 결정되었고 그 수저 색을 바꾸기 위한 노력은 각자의 손에 달려있다. "빈손으로 태어나는 것은 어쩔 수 없지만, 죽을 때 빈손으로 죽는 것은 잘못이다."라는 말이 있다. 수저에 금빛을 칠하기 위해 산전, 수전, 공중전을 총망라하며 국내는 물론 동남아에서도 고군분투하며 노력한 나의 경험을 바탕으로, 여기서부터는 여러분의 수저 색깔을 바꾸는데 조금이나마 도움이 될 알찬 이야기를 풀어보려고 한다.

좋아하는 게 무엇인지 자꾸 말해야 한다.
누가 듣나 싶어도 자꾸 말하면,
좋은 것이 나에게 온다.
돈을 가까이에 두고
돈 밝히고 돈을 좋아하자.
돈 좋아한다고 말하라.
돈이 따라온다.

종잣돈 모으기의 절대 진리

: 돈 안 쓰기

가장 쉽고 안전한 재테크 방법이다. 일단 돈을 안 쓴다. 사지도 않고 먹지도 않는다. 돈을 '아낀다'가 아니라 '안 쓴다'에 초점을 둔다. 요즘 무지출 챌린지가 화제를 모으고 있다. 일정 기간 동안 돈을 전혀 쓰지 않는 생활 방식을 뜻한다. 이 돈은 회사에서 힘들게 일해서 어렵게 번 돈이다. 늦게까지 야근해가며, 직장 상사에게서 별별 소리 들어가면서 번 돈이라 쓰기가 아깝다. 어느 직업이든 돈 버는 것은 힘들다.

그리고 구두쇠는 아니지만 절약 정신이 어릴 때부터 습관적으로 몸에 배어 있었던 것 같다. 일단 물건을 사면 끝까지 다 쓴다. 재테크를 하기도 전인 사회초년생 시절에도 월급의 95%를 저금했다. 월세, 생활비, 식비, 교통비 등은 최대한 아끼면 충분히 생활이 가능하다. 진짜 돈을 모으고 싶다면, 나도 모르게 줄줄 새어 나가는 돈을 절실하게 막아야지.

소비 패턴이 변화하면 생활의 양상에 직접적인 변화를 가져온다. 무심코 야식으로 배달시켜 먹던 피자와 당장 작별하는 것이다. 소비 패턴의 변화를 위해 큰 결심이 필요하다. 소비를 서서히 줄이면 변화한 태가 안 난다. 마치 담배 끊겠다고 하는 것처럼.

금연에 성공한 사람들이 흔하지 않은데, 그분들의 말을 종합해보면 어느 날 갑자기 큰 결심으로 한 방에 끊었다고 한다. 서서히 조금씩 양을 줄이겠다고 한 사람 중에 흡연에 성공한 사람은 아직 보지 못했다. 담배는 몸에 해로우니까 끊는 것이고, 피자는 몸에 그리 해로운 건 아니니까 담배 끊는 것과 피자 끊는 것은 다르다고 생각하나? 스스로의 힘으로 컨트롤이 안 되는 강력한 유혹이라는 측면에서는 똑같다.

평생 배달 앱은 설치해 본 적조차 없다. 배달 앱의 경쟁이 심하니 신규회원 대상의 파격적인 이벤트를 많이 한다. 다들 워낙 배달 음식을 많이 시켜 먹으니 아마 신규회원이 더는 남아있지 않을 것 같은데 나 같은 미래의 잠재 신규회원이 아직 남아있나 보다. 자동차가 없다. 운전면허증조차 없다. 택시는 타지 않는다. 알게 모르게 통장 잔고를 위협하는 주범이다. 버스와 지하철을 이용한다. 외식하지 않는다. 술, 담배, 커피를 안 하니 고정적으로 돈 쓸 일이 별로 없다. 편의점은 안 간다. 미리 인터넷으로 구입해 두면 편의점보다 훨씬 저렴하게 살 수 있다. 배송도 빨라서 주문하고 하루 이틀 정도면 택배가 온다.

다이어트를 해본 적이 없다. 나는 나의 외형을 좋아하고 또한 마음고생을 워낙 많이 해서 의도적으로 살을 뺄 필요가 없는 몸이 되었다. 그런데 돌아오는 대출 이자 납기일에 아무리 시뮬레이션을 해도 돈이 조금 부족한 적이 있었다. 신용카드로 구입하면 한 달 뒤에 카드 대금을 납부하니 시간차가 있는데 그때 하필 세금 내느라 카드 한도를 다 썼다. 카드사에 특별 한도 상향 요청을 해서 특별 한도까지 다 썼다. 먹을 돈이 없어서, 먹을 게 없어서 카드 한도가 풀릴 때까지 며칠 동안 식빵 한 봉지로 버티다가 굶었던 적도 있다. 굶었으면 굶었지 대출 이자 연체는 한 번도 해본 적이 없다. 당연한 것이다. 나를 믿고 돈을 빌려준 금융기관에 대한 신의이자 하늘이 두 쪽 나도 절대 깨서는 안 되는 중요한 약속이고, 나 자신의 신용점수를 위한 일이기도 하다. 돈이 없어서 끼니를 굶으면 살이 찔 수가 없다.

지금도 쓸데없는 데 돈 쓰는 것을 싫어한다. 내 돈뿐만 아니라 타인의 돈도 소중하기에 남이 쓰는 것도 싫어한다. 회사에서 승진했다고, 상 받았다고 회식 한 턱 쏘겠다고 하는 팀 동료가 있길래 개인 돈 쓰지 말라고, 회사 돈으로 회식하면 된다고 말하기도 했다. 직장인 월급은 어차피 다 고만고만하다.

이렇게 아끼는 나도, 친구를 만나면 아낌없이 돈을 쓴다. 날 만나는 데 시간을 써준 사람에 대한 예의이다. 그리고 내가 좋아하는 것이나 취미 활동, 책, 음반, 미술관/음악회/콘서트 티켓, 아이돌 굿즈 구입하는 데는 아낌없이 쓴다. "하늘 아래 같은 콘서트는 없다"는 개그우먼 고(故) 박지선의 명언이 있다. 콘서트의 모든 회차를 다 간다는 뜻의 '올콘(All concert)'은 진리이다. 수십 년째 덕질 인생에 한 번 지나간 굿즈를 다시 만날 기회는 돌아오지 않더라.

그러나 욜로(YOLO: You Only Live Once)하다가 골로 간다는 말이 있다. 부자 흉내 내며 흥청망청 돈을 쓰는 플렉스(flex)는 절대 금물이다.

플렉스는 한국어로 과소비이다. 플렉스는 마음의 짐을 덜어주며 형편에 맞지 않는 과소비를 할 수 있게 정당성을 부여하기 위한 MZ세대 대상의 마케팅 용어일 뿐이다. 많은 MZ세대는 과소비하면서 과소비인 줄 모른다. 사실 가진 돈이 제일 없고 미래가 어두운 게 젊은 MZ세대인데, 윗세대보다 돈 쓰는 것에 겁이 없는 것 같다. SNS 때문에 끝없는 보여주기식 소비를 조장하고 부추기는 사회가 되었다. 대표적인 과소비로 헬스 PT, 보디 프로필 사진이 있다. 전문가도 아니고 일반인이 이게 왜 필요한가?

플렉스를 하는 주요 심리 기제가 '이거 푼돈 모아 봤자 어차피 부자 못 되고, 어차피 집도 못 사, 열심히 모아도 푼돈이라서'라는 마인드인 경우가 많다.

그리고 투자를 하면서도 한 번에 손실이 크게 나는 경우가 있다. 그

동안 정말 열심히 공부하고 알뜰살뜰 살면서 아껴 쓰고 해 봤자 이런 큰 손실이 한 방에 나버리면 현타(현실자각타임)가 크게 온다. 그동안 열심히 살아온 시간이 다 부질없게 느껴진다.

플렉스를 하면 안 되는 이유는 그 흥청망청하는 삶은 영원히 지속될 수가 없기 때문이다. 며칠뿐이지 오랜 시간 지속할 수가 없고 결국 플렉스가 아닌 삶으로 돌아오게 되는데, 그러면 플렉스를 하지 않았던 때보다 훨씬 더 큰 갭을 느껴 마음속의 공허함은 더 커진다. 견딜 수가 없을 정도로 몰려온다.

투자도 마찬가지다. 잃지 않는 투자를 해야 하는 이유가, 손실이 한 번 나버리면 "에휴, 이거 해서 뭐하나, 손실 난 게 커서 메꿔지지도 않는데" 등 손해 때문에 깊은 시름에 잠겨 성장 동력을 잃어버리게 된다.

돈을 아끼지만 그러나 너무 구차하거나 처절하게 아끼지는 않는다. 부동산이 오르거나 내리거나 하면 한 방에 그동안 아껴서 세이브한 것들이 몇 배로 커버되거나, 반대로 아낀 노력이 허무하게 잃기도 한다. 부동산 시세 변화는 내가 컨트롤 할 수 없는 영역이니 어쩔 수 없다. 내버려 두는 수밖에.

돈이란 있다가도 없는 것이고,
없다가도 있는 것이다.

가계부를 왜 써?

: 월급의 90% 이상 저축하는 비결

소비를 전격 분석해보자. 내 소비 패턴은 거의 매달 똑같다. 그래서 가계부를 쓸 일이 없다.

- 교통비: 없다. 출퇴근 도보 10분 거리에 산다. 가끔 대출받으러 은행 갈 때 대중교통 월 5,000원. 집에 있는 것을 좋아해서 멀리 돌아다니지 않음. 택시 안 탐.
- 자동차: 없다. 그래서 자동차 할부, 유류비, 유지비, 자동차 보험료와 세금이 없다.
- 월세와 관리비(전기 및 수도 요금 합산): 100만 원.
- 공과금: 가스비 월 2,000원.
- 식비: 맛있는 회사 구내식당이 무료였고 탕비실에 간식이 가득했던 전 회사, 나이가 들어서 그런지 먹는 양이 적어짐. 최대 월 3만 원.
- 외식 및 커피: 안 함.

- 통신비: 통신사 직원이라 무제한 공짜. 심지어 휴대폰도 회사에서 지급됨. 추가로 기본료 0원에 무료통화 100분, 데이터 1GB, 문자 50건 무료 제공하는 알뜰폰 병행해서 이용 중.
- 보험: 누수 보험 2개 합쳐 월 2만 원.
- 쇼핑 및 선물: 최대 월 5만 원. 중국 타오바오에서 해외 직구하면 종류가 훨씬 다양한데 심지어 저렴함. 부동산 중개업소에 인사하러 갈 때 빵이나 음료 등 간단한 선물, 친구 및 지인들에게 선물.
- 취미, 도서, 음반, 미술관과 음악회 티켓, 경조사 겸 예비비: 월 3만 원 정도. 콘서트 공연은 1년에 1~2번 가는데 코로나로 인해 최근 2년간 공연이나 지인들의 결혼식이 없어서 지출이 없었음.
- 배달: 안 함. 어플조차 설치 안 함. 1인분은 주문 안 되는 경우가 많고, 배달 최저 금액 맞추느라 3~4인분 시키고 냉장고에 넣어두면 며칠 후 음식물 쓰레기가 됨.
- 연금: 안 함. 월급에서 의무적으로 나가는 국민연금뿐.

월 110만 원 정도 쓴다. 보다시피 월세 주거비에 매우 편향된 소비 패턴이다. 소비로 인한 즐거움은 없어서 이런 패턴으로 몇 년째 살고 있다. 소비로 인한 즐거움으로 살면 평생 일을 해야 한다. 다행이다.

월급의 10% 이하만 생활비로 쓰고 나머지 90%는 저축하거나 대출 이자를 내거나 세금을 낸다. 저축은 보통 통장에 저축이 아니라 마이너스 통장에 넣어둔다.

이렇게 살아보니 생활이 단순해지고 쓸데없는 데 시간과 에너지를 안 써서 너무 좋다.

온전히 중요한 곳에 집중해서
내 시간을 누릴 수 있는 장점이 있다.
단점은 없는 것 같다.

외국인 노동자가 코인 하는 이유

: 월급을 고국에 송금

한국에 비트코인 열풍이 불기 전, 나는 비교적 일찍 가상화폐를 접했던 편이다. 외국의 현지 회사에서 근무를 하니 월급도 현지 돈으로 받는다. 일단 외국 돈이며, 매달 꾸준하게 수령하는 월급이라 금액도 큰 편이다. 이것을 한국으로 송금하는 방법은 여러 가지가 있다. 전통적인 방식인 은행을 이용하는 것도 있고, 일부 사설 환전소에서 송금 대행 서비스를 하기도 한다. 또는 지인들끼리 실시간 은행 고시 환율로 교환한다.

전통적이고 안전한 방법일수록 방법이 복잡하고 수수료가 비싸고 시간이 오래 걸린다. 각자의 취향에 따라 선택하면 된다.

21세기 정보화 시대답게, 몇 년 전에 가상화폐가 널리 알려져서 가상화폐 거래소를 통해 실물화폐를 가상화폐로 교환하여 가상화폐를 보내고 다시 실물화폐로 교환하는 방법으로 송금하기도 한다. 한국에도 빗

썸, 업비트 등 원화 거래가 가능한 가상화폐거래소가 있는 것처럼 대만에도 다양한 대만달러 거래가 가능한 거래소가 있다. 여권과 거류증(외국인등록증 같은 것)과 의료보험카드로 KYC 인증(본인인증)을 받고 송금 수수료가 저렴한 코인을 대량으로 매수하여 한국 업비트의 코인 지갑으로 송금하여 원화로 인출했다.

제일 안전하지 않은 방법이므로 속도가 빠르고 수수료가 싸다. 심지어 '김치 프리미엄'이라고 해서 같은 코인을 같은 개수를 구입할 때 해외 거래소가 한국거래소보다 저렴해서 한국으로 보내면 이 차액만으로도 수익이 쏠쏠했다.

단순히 인터넷에서 정보를 찾아보는 것과 내 돈을 직접 태워 놓고 하는 공부는 차원이 다르다. 월급이 달린 일이었고, 또한 종잣돈 규모 자체가 크니 작은 0.1% 등락에도 손익 차이가 크니 더 관심 있게 볼 수밖에 없었다.

가상화폐 투자를 권장하는 글이 아니다. 오히려 지금은 매우 반대한다. 주변에 코인 투자하다 망한 사례를 많이 봐서 하지 말라고 말린다.

안전한 방법만 고집했더라면 은행 영업시간에 지점에 방문해서 SWIFT 코드를 적어 해외 송금 신청을 하고 해외 중계은행을 거쳐 3~4일 걸려 한국의 은행으로 송금받고 있었겠지. 그 번거로운 절차와 적지 않은 송금 수수료를 감당해가면서. 몇 년 치 월급을 계속해서 그랬겠

지. 생각만 해도 아깝다. 그래서 내 돈을 지키려면 넓은 마음과 유연한
태도로 가능성을 열어놓아야 한다.

새로운 문물을 만났다면

일단 시도를 해보자.

쉽지 않지만 그만큼 새로운 세상이 열린다.

찍어 먹어봐야 맛을 알 수 있다.

나도 주식 망한 이야기

: 95%는 주식을 해도 연간 2,000만 원을 못 번다

애매하게 알면 하지 말자. 개미 투자자가 돈을 벌도록 기관 투자자가 놔 두지를 않는다. 이 사실을 깨닫기까지 1억 이상의 손실이 났다. 너무 많 이 까먹었는데, 손실 1억까지만 카운트를 하고 그 이상은 정신 건강을 위해 카운트도 하지 않았다.

처음엔 '나도 주식이나 한번 해볼까?' 하며 가볍게 시작했다. 아무런 준비나 공부도 없이. 이 돈으로 아파트를 사기엔 턱없이 부족하다. 인 터넷에서 주식 투자해서 용돈 벌기 등 각종 대박 난 이야기들을 많이 들으니 나도 욕심이 났다. "나라고 안 되겠냐" 하면서. 시스템이 매우 편리해서 휴대폰 앱에서도 MTS 주식 거래를 할 수 있다. 틈틈이 언제 어디서든 쉽게 거래를 할 수 있었고, 떨어지거나 오르거나 수시로 알 림이 와서 더 몰두하게 되었다.

물가 상승률에 비해 은행이 워낙 저금리이니 은행 예금, 적금에 넣어두면 그게 더 손실이라는 생각에 '큰 욕심 부리지 말고 은행 이자만 넘겨보자'라는 나름의 원대한 목표를 가지고. 결과는 은행 이자는커녕 투자한 원금도 많이 날렸다. 수익률보다는 안전이 우선이기에, 유명한 우량주, 배당주 위주로 했다. 배당을 많이 준다고 안전하기로 유명한 고배당주 주식들이 몇몇 있다. 그런 고배당주로만 해도 원금을 까먹는 그야말로 '똥손'이었다.

일단 한국에 전혀 관심이 없었다. 외국에서 살고 있으니 내가 살고 있는 그 나라에 관심을 갖기에도 벅차다는 핑계가 있었다. 그래서 한국 뉴스는 전혀 보지 않았고 시장이 어떻게 돌아가는지 무관심한 채 주식을 했다. 나 스스로에게 양심이 없었다.

초보가 미국 주식도 했다. 한국이었으면 미국 주식 장 열리는 시간과의 시차 때문에 밤에 잠이 와서 어려웠을 텐데, 동남아라서 그래도 한국보다 1시간 일찍 장이 열려서 비교적 초롱초롱한 눈으로 주식을 할 수 있다는 장점이 있다며, 동남아 있을 때는 '역시 미국 주식을 해야지'라는 이상한 마인드가 있었다. 미국 주식은 심지어 매달 월 배당을 하는 주식도 많았다. 그리고 이름만 대면 누구나 아는 너무 유명한 기업들도 매우 많아 왠지 모를 친숙함을 느꼈다. '맥도날드 햄버거 먹지 말고 맥도날드 주식을 사자'라는 생각에 한 달 동안 간식을 끊고 맥도날드 주식을 사기도 했다. 스타벅스 커피였으면 1주일만 커피 대신 물 마시고 주식 샀을 텐데, 맥도날드는 빅맥 세트를 한 달 동안 안 먹어야 주식을 살 수 있는 단가였는데 그걸 해내서 '역시 나는 절제력이 최고' 라는 생각도 들었다.

내가 그 기업의 이름을 안다고 해서 주식 투자에 성공하는 것이 아니다. 한국 주식도 모르는데 미국 주식을 알 리가 없다. 주식에 맛들이 면 재산을 다 잃어도 끝이 안 난다고 들었다. 본인만 망하는 게 아니라 결국 가족, 주변 친척, 지인들에게서도 돈을 빌려서 주식 투자를 하게 되는데 그것마저도 다 잃고 한강으로 가는 사람을 인터넷에서 여러 번 보았다. 그 돈으로 부동산을 일찍 샀었더라면 지금쯤이면 아주 성장을 했었을 텐데. 인생 수업료라고 하기엔 너무 큰 금액을 주식 투자로 잃 었다.

주식 투자, 주식 배당금 등으로 금융 소득이 연간 2,000만 원 이상이 면 양도소득세를 낸다. 정부 정책으로 통계를 내는 그 기준이 연 소득 2,000만 원이다. 2020년 6월 기준, 연간 2,000만 원이 넘는 양도차익 을 올린 과세 대상자는 전체 주식 투자자 600만 명 가운데 상위 5%인 30만 명 정도라는 기획재정부의 공식 발표가 있었다. 즉, 나머지 95% 사람은 주식을 해도 연간 2,000만 원을 못 번다.

연 소득 2,000만 원이면 월 소득 170만 원이 안 된다. 월 170만 원이면 최저시급보다 적은 금액이다. 절대다수가 주식으로 돈을 못 번다.

왜 주식을 공부한 적도 없는 내가

돈을 벌 거라고 생각했을까?

난 당연히 주식으로 돈을 못 버는 95%일 텐데.

건방진 생각이다.

핑계는 언제나 그럴싸하다

: 한국에 관심을 끊은 잃어버린 10년

나에겐 "외국 나와서까지 왜 한국 일을 걱정해"라는 강력한 핑계가 있었다. 지금 당장 코앞에 닥친 외국에서의 하루하루도 살아나가기 벅차다. 그 나라도 그 나라의 경제, 사회, 문화가 있고, 외국인으로의 나의 삶도 있다. 그렇다. 난 외국인으로서 최선을 다해 살기 위해 한국에 아예 관심을 껐다.

그 대가는 혹독했다. 부동산은 연일 신고가 행진이었고, 코스피, 주가는 말할 것도 없이 상승했다. 서울에서 회사를 다닐 때 마음속에 점 찍어 두었던 집 근처 아파트의 가격이 2배가 되어 있었다. 이 아파트뿐만 아니라 대부분의 아파트가 마찬가지였다. 마음속에 점찍어 두었는데 이젠 마음에서 떠나보내 줘야 할 것만 같다.

서울에 출장을 가서 버스를 타고 가다 보면 차창 밖으로 무수히 많은 집이 있다. 저 많은 집들 중에 왜 내 집 하나가 없을까? 난 정말 열심히 살았는데 왜? 내가 뭘 잘못했길래?

만약 한국에 있었다면 또래들끼리 재테크 이야기도 하고 관심을 가졌을지도 모르는데, 외국에 있으니 외국인으로서의 생존에 급급하여 장기적인 인생 그림을 그릴 생각조차 못 했다. 한국에 있었다면 회사 동료나 지인, 선배들로부터 "나 이번에 결혼하면서 어디에 집 마련했어" 등의 이야기를 전해 들었을 수도 있었을 텐데, 그랬다면 그 동네는 어떤지, 집 사기 위해 어떤 과정이 필요했는지 이야기를 들어보기나 했을 텐데, 외국인인 나에게 그런 깊은 이야기를 하는 사람은 없었던 것이다.

월급을 차곡차곡 모아서는 닿을 수 없다. 월급을 몇 년 동안 모아도 그사이 아파트 시세는 더 멀리 달아나버린다. 직장 생활을 시작한 지 10년 만에 현실을 깨달았다. 한국에 관심을 끊은 기간 동안 일어난 현실에 이제서야 직면했다.

그때 그 아파트 참 마음에 들었는데.
그래서 난 뭘 해야 할까?
뭔가 일이 일어났다는 것은 알고,

액션을 취해야 한다는 것도 느낌이 왔지만,

그래서 뭘 해야 하는지를 몰랐다.

어느 날 홀린 듯이

: 의식주를 고민하다

2019년 4월이었다. 그 당시 서울에 무슨 아파트가 역대급 청약을 앞두고 있었다. 한국에서 며칠간 출장 오신 분들이 그 청약 이야기를 하는 것을 듣고 그런 것이 있다는 것을 알게 되었다. 출장 와서도 하는 이야기가 고작 청약이라니. 나 같으면 대만 명소, 맛집 이야기나 했을 텐데. 평소 같았으면 그냥 흘려들었을 텐데 뭐에 홀린 듯 그 아파트 이름을 네이버에 검색해보았다. 왜 역대급 대박인지에 대한 설명과 함께, 앞으로의 밝은 아파트 투자 전망과 미래를 찬양하는 글들이 많았다. 도대체 부동산이 뭐길래, 아파트 투자가 뭐길래 왜 이렇게 다들 난리일까 곰곰이 생각해봤다. 돌이켜보면 한국에서 살 때 뉴스 1면에 부동산 시장 전망 내용이 자주 나왔던 것 같은데 왜 나는 쳐다보지도 않고 나랑 상관없다며 그냥 휙 넘겼을까 하는 생각이 들었다.

의식주. 사람이 사는 데 꼭 필요한 3가지이다.

의! 지금 내 옷장을 열면 옷이 있고,

식! 밥이야 사 먹으면 되고,

주… 주?

주거에 대해서는 단 한 번도 생각해보지 않았다. '다음 달 월세 낼 돈만 있으면 되지. 월급 받으니까 문제없지. 작은 집에서 아껴서 살지'라는 안일한 생각으로 살아왔던 것이다. 내가 죽을 때까지 평생 일을 할 수 있는 것도 아니다. 늙으면? 아프면? 그에 대한 고민이나 대처가 전혀 없었다.

머리를 한 대 크게 맞은 것 같았다. 그때부터 급하게 공부를 시작했다. 그래서 어떻게 하면 집을 살 수 있는가에 대해서 3달간 완전 집중하여 연구를 했다. 그때쯤이면 한국 다녀오겠다고 회사에 1주일 연차를 낼 수 있을 것 같아서 공부 기한을 그렇게 잡았다. '이렇게 공부했으면 서울대 수석 입학했을 듯'이라는 자세로 진짜 열심히 공부했다. 이미 인도네시아에서 분노의 어학 학습으로 3개월 만에 언어 하나를 독파한 전력이 있는 나를 믿고 공부했다.

내가 현재 가진 돈으로는 서울에 작고 오래된 집 하나 살 수가 없었다. 그럼 어디서 돈을 구하나? 네이버에 찾아보니, 은행 대출이라는 방법이 있구나! 그런데 고금리 대출 잘못 받아서 또는 보증 잘못 서서 망한 사례를 많이 들어서 대출에 거부감이 있었다. 그렇지만 이 방법 말고는 다른 대안이 없어서 어쩔 수 없이 대출을 받는 것으로 노선을 정했다.

그런데 나는 외국에서 일하고 있으니 한국에서는 소득도 없고, 4대 보험을 내지 않는 백수인 셈이다. 한국의 시중 은행에서 대출을 받으려면 소득 또는 소득에 준하는 자료가 있어야 대부계에서 심사를 하는데 제출할 서류가 전혀 없다. 소득을 추정할 만한 자료조차 전혀 없다. 백수에게 누가 뭘 믿고 대출을 해 주리오.

또한 추심이 어려울 위험이 있어서 대출 거절을 당하기도 했다. 지난 수년간 한국에 한 번도 입국하지 않았고 한국에 안 와도 사는 데 지장이 없는 사람이란 것을 은행이 알 수 있으니, 혹시라도 내가 돈을 안 갚고 외국에 있으면 사실상 추심이 불가능하다고 한다. 은행이 나에게 대출을 해준다면, 내가 한국에 들어오지 않는 이상 은행은 돈 떼일 위험이 있는 셈이라 거절당했다.

그래서 인터넷에서 대출상담사 수백 명께 연락을 드려 도움을 청했다. 외국에서 일하는 직장인인데, 서울 아파트를 사고 싶은데 어떻게 하면 대출을 받을 수 있을지 조언을 구했다. 통상적인 케이스를 벗어나는 사례인지라 대부분 방법이 없다고 하셨는데, 대출상담사 딱 한 분이 한번 해보자며 적극적으로 도와주셨다. 남들이 다 안 된다고 기

피할 때 날 위해 기꺼이 도전해 주셨다. 영문으로 재직증명서, 대만 국세청 신고내역, 통장사본 등의 자료를 대사관에서 공증을 받아서 제출해보자고 하셨다. 대만과 한국은 미수교국이라 대만에는 한국 대사관이 없다. 타이베이 대표부 오피스만 있다. 대표부에 공증 신청을 하면 미얀마 대사관에서 공증을 받아 준다. 이 공증 서류를 받아들고 1주일 회사 연차를 내고 서울행 비행기에 올랐다.

1주일 간 어떤 일이 펼쳐질까?

갑자기 불어온 바람에 인생이 바뀌기도 한다.

가보지 않아 알 수 없는 길이라도

나를 믿기에

일단 간다.

1주일 만에 집 사기

: 집 사러 한국 갑니다

시간이 1주일밖에 없다. 1주일 동안 비행기 타고 서울 가서 동네 둘러보고, 집 여러 개 시간 맞춰서 구경하고, 집주인 모셔 놓고 계약서 쓰고, 은행 가서 대출 자서하고, 타이베이로 돌아가기까지 1주일의 시간이 있다. 정말 촉박한 시간이었다.

미리 동네를 몇 개 골라 놓았다. 이 동네 또는 저 동네에서 제일 작은 평수 아파트를 사야지라고 골랐는데, 마침 그때가 8월 초 여름 휴가 기간이라 어느 지역 전체 부동산이 다 같이 1주일간 문을 닫은 지역도 있었다. 그래서 아예 그 동네는 전혀 집을 보지 못했다. 그 동네 집을 사고 싶었는데 구경조차 못 했다.

한여름 8월에 온종일 부동산 중개업소에 약속을 잡고 몰아서 집을 여러 개 보니 너무 힘들었다. 처음 가보는 동네라서 전혀 모르기도 하고, 여러 집을 한꺼번에 보니 뒤죽박죽 머릿속이 헷갈리기도 하고. 집집마다 다른 컨디션과 가격에 뭐가 더 좋은지 판단하는 게 처음이라 어려웠다. 진짜 머리가 터질 거 같은데, 비행기표 스케줄 압박 때문에 심적으로 너무 부담되었다.

우여곡절 끝에 드디어 집을 골랐다. 적당한 시세 가격의 적당하게 이쁜 집이었다. 비행기 탄 지 3일 만에. 집주인의 계좌를 받아 가계약금 500만 원을 넣었다. 이 와중에 TV에서는 부동산 매수 시 대출 규제 정책이 발표될 전망이라는 뉴스가 나왔다. 혹시 대출 안 나올까 봐 걱정되어 다음날 정부에서 정책 발표하는 것을 보고 나서 계약서 쓰자고 날짜를 잡고, 정부가 정책 발표한 그날 밤에 집주인 모서 놓고 계약금 넣고 계약서를 썼다.

8월 첫째 주 여름 휴가 기간이었기 때문에 집주인 부부 내외도 역시 해외 휴가를 가 계셨다. 나의 귀국 비행기 스케줄 때문에 집주인의 귀국을 기다릴 수가 없었다. 그래서 집주인의 친동생이 집주인의 주민등록증 원본, 인감도장 포함 모든 서류를 다 가지고 오셨다. 스페인에서 여행 중이신 집주인과 화상 통화를 하면서 계약서를 쓰고 계약금을 입금했다.

바로 다음 날 아침, 은행에 달려가서 대출 자서도 했다. 무사히 대출이 나온다는 사실이 너무 신났다. 한국 분들이 대만에 오시면 기념 선물로 꼭 사가는 단짠단짠의 대명사인 미미 누가 크래커, 달콤한 파인애플 과육이 씹히는 매력 만점의 케이크인 썬메리 펑리수 등 대만 유명 기념품을 바리바리 싸 들고 한국에 왔다. 계약한 부동산 중개업자, 대출상담사, 그리고 대출한 은행에 달달한 대만 기념품을 선물로 드렸다. 지금 생각하면 '누가 은행에 대출받으러 가는데 선물 들고 가지?'라는 생각이 들기도 하는데, 처음 집 사는 부린이의 따뜻한 감사 표시로 생각하니 나 스스로가 참 귀여운 것 같다. 그 대출상담사님이 너무 감사해서 요즘도 종종 연락드린다. 얼마 전에 연락드리니 강릉에서 펜션을 하고 있다며 휴가 때 놀러 오라고 하셨다.

만약 나에게 주어진 시간이 넉넉했거나, 내가 서울에 살아서 퇴근 후 또는 하루 연차 내고 언제든지 집을 구경할 수 있는 위치에 있었다면 과연 집을 샀을까? 아마 못 샀을 것 같다. 집이 한두 푼도 아니고 그렇게 비싼 것을 심사숙고 없이 1주일 만에 질러버릴 수 있지 않았을 것 같다. 아마 '서울에 이 집만 있는 것도 아니고 더 좋은 집이 더 저렴한 가격에 나온 것도 있지 않을까?'라는 강력한 핑계를 대며 미뤘을 것 같다.

나에게 애초에 주어진 물리적인 시간이 1주일밖에 없다는 사실이 엄청난 심리적 부담으로 작용했고, 만약 1주일 안에 못 사면 직장인이 다시 1주일 휴가받는 것은 쉽지 않으니 영영 못 살 것 같다는 생각이 들었다. 그랬기에 과감하게 질러버릴 수 있었다.

집 사고 은행 가서 대출 자서하고 나니, 귀국까지 딱 하루 시간이 남았다. 친한 언니에게 집 샀다고 계약서가 든 파일을 들고 자랑하러 갔다. 오랜만에 언니 얼굴을 보자마자 "언니, 나 집 샀어!" 하고 마음에서 우러나오는 사자후를 지르니, 나보고 "미친 실행력"이라고 하더라. 잘했다, 잘 샀다고 하더라.

티셔츠 한 장 사는데도
가격 비교하다 보면 2주 넘게 걸리는데
집은 1주일 만에 샀다.

대출 사고

: 부동산 소장님 왈, "중개업 20년 중 역대급 사건"

우여곡절 끝에 집을 샀다. 계약금을 넣고, 중도금도 넣고 몇 달 뒤 잔금을 치르는 날이 되었다. 기존에 살던 전세 세입자가 이사 나가고, 동시에 나와 계약한 새로운 월세 세입자가 입주할 예정이었다. 월세 세입자를 구해달라고 부동산 중개업소에 집을 내어놓고 세입자를 구했다. 그런데 내가 대만에 있으니 친한 언니가 나 대신 대리인으로 계약을 체결했다. 그렇게 월세 계약을 체결했다. 내가 임대인이 되다니 신기했다. 평생 월세, 전세에만 살았는데 어느 날 갑자기 집주인이 된 내가 대견했다. 등기부등본 갑구에 소유주에 내 이름이 있었다. 임대차계약서에 임대인 칸에 내 이름이 적혀 있었다. 모든 것이 처음이다.

잔금을 치르는 날, 매도인 측 부동산 중개업소에서 매도인, 매도인의 부동산 중개업자, 우리 측 부동산 중개업자, 그리고 나까지 4명이

262

모였다. 선수금관리비를 정산하고, 취득세는 신용카드로 6개월 무이자로 납부하려고 카드사 고객센터에 연락하여 특별 한도 승인을 받아 놓았다. 법무사가 발행해 온 취득세 고지서에 기재되어 있는 코드로 서울시 앱에서 납부만 하면 된다. 그리고 이제 난 대출 실행만 하면 된다. 몇 달 전에 미미 누가 크래커를 들고 방문하여 자서를 했던 그 은행에서 말이다.

그때 마침 은행에서 전화가 왔다. 어떤 사람이 전입신고가 되어 있는데 김○○ 씨 이름을 말하며 이 사람 누구냐고 묻는다. 오늘 들어올 세입자였다. 대출 실행하고 난 다음 오후에 전입신고를 하기로 사전에 양쪽 부동산과 세입자에게도 설명이 되어 있었는데, 세입자가 이사하느라 정신이 없어 깜빡 잊고 잔금을 치르기도 전에 이미 습관적으로 전입신고부터 했던 거였다. 아직 월세 임대차계약 잔금도 치르지 않았는데 전입신고부터 먼저 한 게 너무 황당했다.

이 임차인이 계약한 월세는 보증금 2,000만 원이다. 당시 기준으로 서울 지역 주택 최우선 변제금이 4,300만 원인데, 세입자는 뭐가 그리 급했을까. 집에 문제가 생겨 최악의 경우 경매로 넘어가도 보증금 4,300만 원까지는 최우선으로 돌려받는다. 2,000만 원은 4,300만 원보다 적으니, 법적으로 보증금 2,000만 원 전액을 최우선으로 보장받는다. 이 금액은 지역마다 다르고 시기마다 다르다. 이미 사건은 터졌고 이제 수습만이 남았다.

은행에서는 이 대출 상품이 공실이어야 실행이 가능하니 세입자가 다시 원래 주소든 다른 주소로 전입신고를 하여 이 집을 공실로 만들어 달라고 요청했다. 세입자는 급히 원래 살던 동네의 주민센터로 가서 기존 주소로 전입신고를 하려고 했는데 전입신고가 하루에 2번은 안 된다고 한다. 아……

그래서 대출 실행 조건 충족이 안 되어서 대출 실행을 못 했다. 그래서 매매 잔금도 치르지 못했다. 사전에 협의가 된 것을 실수이든 고의이든 깨트린 세입자의 전입신고 순서라는 한 번의 실수가 불러온 파장은 실로 컸다. 내가 매매 잔금을 해야 매도인이 그 돈을 받아 기존에 살던 세입자에게 전세보증금을 돌려주고 이사를 나갈 수 있다.

나, 매도인, 기존 세입자, 그리고 새로운 세입자까지 이렇게 네 집이 난리가 났다. 그리고 3곳의 부동산 중개업소도 난리가 났다. 매도인의 부동산, 나의 부동산, 그리고 새로운 세입자의 부동산. 이 동네에서 각각 20년 넘게 부동산 중개업소를 운영한 사람들인데 이런 케이스는 처음 본다고 입을 모아 말했다.

매도인은 다음날 자신이 있는 곳까지 오던지 하라며, 시간 낭비를 했다고 엄청 화를 내며 매도 서류를 챙겨서 돌아갔다. 사과드렸다. 세입자가 잘못했건 어쨌든 매도인 스케줄이 꼬인 것이니 죄송했다.

이제 문제는 기존에 살던 세입자였다. 전세보증금을 돌려받아야 이사를 나가는데, 이미 이삿짐을 다 빼서 트럭에 실었는데 보증금을 돌려받지 못했다. 기존 세입자가 이사 갈 새로운 집에 잔금을 못했으니 문을 열어주지 않아, 이삿짐 트럭, 사다리차 등이 모두 짐을 실은 채 대기 중이라고 빨리 보증금 돌려 달라고 나에게 재촉한다. 기존 세입자를 내보내는 것은 매도인이 처리해야지. 그런데 매도인은 이 모든 사건이 나 때문에 일어난 일이라고 항의하며 이미 떠나버렸다. 할 수 없이 내가 처리를 해야 하는데 억 소리 나는 전세보증금을 어디서 갑자기 구한단 말인가.

발을 동동 구르는데 정말 다행히 매도인 측 부동산 사장님이 마이너스 통장에서 빌려주셨다. 하늘에서 천사가 내려온 거라면 이 상황일 것이다. 그리고 다음 날 무사히 은행 대출을 실행한 후 잔금을 치른 후에 갚았다. 사장님께 고맙다고 인사하며 이자를 드렸다.

오늘 이사 나간 기존 세입자의 짐을 실은 이삿짐 트럭과 사다리차는 그렇게 몇 시간을 기다리고 마침내 잔금을 하고 새로운 집에 들어갔다. 그 차 대기 비용을 다 내가 내어드렸다.

사건이 일단락되어 한숨을 돌리며 집으로 가보았다. 현관문 앞에 갓 뜯은 새하얀 굵은 소금 1kg 봉지와 함께 소금이 뿌려져 있었다. 입주 청소업체에서 열심히 청소 중이었다. 새로운 집에서 아무쪼록 잘 사시기를 바라며 돌아왔다.

다음날 매도인을 뵙기 위해 잔금을 치르러 쌍문동으로 가기로 했다. 아침에 일어나니 간밤에 우리 측 부동산 중개업자의 문자가 와 있었다. 몇 년 전에 뇌수술을 했었는데 어제 대출 사고 때문에 머리가 너무 아파서 오늘 병원에 가봐야 될 거 같아 잔금 하러 못 갈 수도 있을 것 같다고 했다. 쌍문동으로 출발하려고 할 때쯤, 부동산 사장님이 정말 다행히 약을 먹고 차도가 있어서 잔금 하러 쌍문동에 가는 길이라고 연락이 왔다.

1시간 걸려 쌍문동으로 갔다. 처음 가봤다. 매도인은 쌍문동의 대형병원에서 일하는 분이었다. 매도인 한 분을 뵙기 위해 우리 측 부동산 중개업자, 매도인 측 부동산 중개업자, 그리고 법무사와 나, 총 4명이 쌍문동으로 갔다. 매도인 부동산 중개업자는 잘 걷지도 못하는 80대 노인이시다. 언덕길을 따라 병원 건물로 올라가는데 힘들어하셨다. 병원 휴게실에 모여 다행히 무사히 잔금을 했고 법무사도 등기 서류를 받아 등기소로 갔다. 이렇게 마무리되었다. 부동산 사장님 두 분과 같이 지하철을 타고 돌아오는데 너무 힘드니까 아무 생각이 안 나더라. 부동산 잔금 한번 하기 이렇게 어렵다.

세입자가 전입신고를 미리 해서

266

여러 명이 고생했다.

나비의 날갯짓이 태풍을 일으킬 만큼

나비효과는 무섭다.

매운맛 첫 세입자

: 입장도, 퇴장도 역대급 진상

매수 계약할 때도 참 힘들게 했고, 잔금도 참 힘들었다. 이사 들어올 때
도 난리였는데, 거주하면서 더 난리였다. 세입자가 월세를 안 낸다. 몇
달이고 연체했다. 연체를 처음 시작할 무렵 그때가 마침 코로나가 막 터
졌을 때였다.

　월세 밀리고도 당당함은 밀리지 않았다. 월세를 내달라고 연락하면
코로나 때문에 어렵다고 핑계를 대다가, 나중에는 집에 전등이 안 들
어온다는 등 녹물이 나와서 피부가 뒤집어졌다는 등 각종 트집을 잡으
며 월세를 일부만 내기도 했다. 30년 된 복도식 아파트이지만 10평대
집에 수천만 원의 인테리어 공사 비용을 써서 특올수리 상태인 집이
다. 소중한 내 집에 각종 트집을 잡아 불평불만을 쏟아내며 월세를 안
내서 황당했다. 트집을 잡으려면 이사 들어오기 전에 하던가, 아니면
이 집 말고 다른 집에 계약했어야지.

전등이 안 들어온다고 문자를 여러 번 반말로 보내서 황당했다. 나보다 나이가 3살 더 많은 청년이었는데, 나를 아줌마라고 부르면서 왜 반말이지? 나이가 많아서 반말을 하는 건가? 나이에 상관없이 정상적인 사회인이라면 반말을 하면 안 되지. 반말할 만큼 친한 사이도 아니고. 문자 보낼 때마다 반말이라 황당해서 나도 반말을 할까, 아니면 반말을 하지 말라고 할까 고민하던 때, 그때부터 연락이 끊겼다. 세입자는 혼자 사는 남자였는데 연락이 안 돼서 혹시 큰일이라도 생긴 건가 걱정도 되었다. 나중에 알게 됐지만 내가 너무 착한가 보다. '세입자에게 무슨 사정이 있겠지'라고 생각하며 믿고 기다린 건 너무 순진했다.

월세도 몇 달 동안 안 내고 연락이 끊겨 월세 내달라고 내용증명과 보통우편을 같이 보냈더니 반송되어 돌아왔다. 그래서 어쩔 수 없이 법적 절차를 밟아야 했다. 스트레스를 엄청 받았다. 연락이 안 되는데 어떻게 해야 하는지 몰랐고, 월셋집에 살면서 월세 안 내는 사람의 심리가 이해가 안 되었다.

집주인이라고 무조건 다 부자가 아니다. 월세 받아서 대출 이자 내는 등 자금 계획이 짜여 있다. 그런데 월세가 말도 없이 안 들어오면 갑자기 자금 융통에 차질이 생긴다. 혹시라도 입금이 늦을 것 같으면 며칠 정도 늦겠다는 말이라도 미리 해주면 좋을 텐데. 그럼 다른 데서 돈을 구해서 막는 게 가능할 수도 있을 텐데. 방법을 찾을 시간조차 주지 않고 말도 없이 입금을 안 하면 어쩌자는 거지. 임대인의 사정을 고려해달라고 하는 게 아니다. 월셋집에 살면 월세 내는 약속은 지켜라.

결국 인터넷 전자소송 홈페이지에서 점유이전금지가처분을 신청했다. 요즘은 시대가 좋아져서 군이 법원에 가지 않고도 인터넷으로 할수 있다. 승인이 나면 강제집행 신청서를 법원 집행관 사무실에 접수한다. 우편 접수도 가능하다. 사전에 신청인과 약속한 날짜에 법원에서 집행관과 열쇠공이 강제로 문을 따고 집 안에 들어가 거실이나 TV옆 등 잘 보이는 곳에 A4 용지 2장을 붙인다. 이 부동산의 점유를 타인에게 이전하면 안 되고, 이 문서를 임의로 떼면 안 된다고 적혀 있다.

강제 개문을 할 때는 성인 2명의 참관인이 필요하다. 아시는 지인분들이 와 주셨다. 열쇠공이 문을 따고 들어가니 세입자가 집 안에 있었다. 놀랐는지 이게 뭐하는 짓이냐, 왜 월세를 내야 하냐 등 이상한 소리를 했다.

며칠 후 연락이 끊겼던 세입자로부터 드디어 연락이 왔다. 이사를하겠다고. 부동산 중개업자에게 연락해서 새로운 세입자를 구해달라고 의뢰했다.

2달 후 이사 나가는 날이 되었다. 부동산 중개업소에서 정산하는데, 그동안 전등이 안 들어와서 불편했으니 월세를 일부만 낸 달의 나머지월세는 죽어도 못 내겠단다. 나가는 당일에 새로운 세입자가 들어오기로 되어 있어서 내보내는 것이 중요하니 일단 이사를 가라고 했다. 월세를 안 내는 정말 진상 세입자였다.

세입자는 가려 받아야 한다.
아무나 받으면 안 된다.
계약하기 전에 따지는 게 많다면
절대 받지 마라.
이사 나가는 날까지도 진상이다.

그래서 뭘 사면 되는데?

: 인서울 2호선 내 아파트

무엇을 사야 하나? 팔리기 쉬운 것을 사야 한다. 아직 사지도 않았는데 팔리기를 고민한다고? 너무 앞서 나가는 소리처럼 들리겠지만, 이게 정답이다. 매수 전에 매도 전략을 짜야 한다. 설령 팔지 않더라도 내가 팔고 싶을 때 팔 수 있을 만한 것을 사야 한다.

정답을 알려준다. 인서울 2호선 내 아파트. 내가 인터넷 카페, 블로그, 유튜브, 책을 독파하며 몇 달 동안 공부를 했는데 한 줄로 요약하자면 이렇다.

부동산 대가도 아닌 나에게 이런 질문을 할 정도면 부동산을 전혀 모르는 소위 '부린이'일 것이다. 부린이가 지푸라기 잡는 심정으로 물어본다면 안전한 것을 추천해야 한다. 시장과 경제가 안 좋아서 가격이 내려도 좀 천천히 그리고 덜 내리는 것으로. 아파트가 여러 채 있고 땅도 제법 가지고 있는 분이 나에게 이런 질문을 하지는 않을 것이다. 부동산 투자가 처음이라는 전제로 답을 하자면 정답은 인서울 2호선 내 아파트이다.

한 단어씩 끊어서 보자.

우선 첫 번째 조건은 서울이다. 수도권 아니다. 경기, 인천 아니고 서울에 있는 아파트를 사야 한다. 자신이 거주하고 있는 지역과 상관없다. 서울과 먼 지역에 살아도, 서울에 아무런 연고가 없어도, 안전한 투자가 목적이라면 서울에 있는 아파트를 사야 한다.

다산 정약용은 유배지에서 두 아들에게 이런 편지를 썼다고 한다. 한양에서 몇십 리만 멀어져도 원시 사회라며 어떻게든 한양 근처에 살면서 문화의 안목을 잃지 말아야 한다고. 두 아들에게 서울의 10리 안에서만 살아야 한다며 인서울을 강조했다. 뜬금없는 조선 시대 이야기가 아니라 한양의 중요성은 지금까지 변함없다.

그리고 많이 들어본 단어일 텐데, 서울 외곽 지역에 있는 행정구역의 앞 글자를 딴 '노도강'과 '금관구' 그리고 은평구는 나는 서울이라고 생각하지 않는다. 그리고 2번째 조건에서도 확실하게 배제된다.

2번째 조건은 지하철 2호선 내이다. 서울 지하철 2호선은 순환이라 막힌 타원형으로 그려진다. 지선은 제외한다. 그 막힌 타원 안쪽에 위치한 것을 사야 한다. 첫 번째 조건의 노도강, 금관구 지역은 지하철 2호선의 바깥에 있다. 이 지역은 시장이 안 좋을 때 다른 지역보다 시세가 먼저 내려간다.

3번째 조건은 아파트이다. 빌라, 오피스텔, 단독주택, 생활형 숙박시설 아니고 아파트이다. 왜 아파트여야 할까? 그 이유는 빌라보다는 아파트에 살고 싶어 하는 수요가 많기 때문이다. 그리고 투자는 결국 환금성이다. 내가 원할 때 쉽게 돈으로 바꿀 수 있느냐, 쉽게 팔리느냐가 핵심이다. 아파트가 아닌 부동산은 매도가 쉽지 않다. 매도를 하려면 상황에 따라 가격을 매우 많이 낮춰야 한다. 돈이 조금 부족하다고 해도 아파트를 닮은 아파텔, 오피스텔, 빌라를 사면 안 된다. 팔고 싶어도 안 팔린다. 내가 들어가서 거주할지라도 매수하지 말고 월세로 거주하면 된다. 특히 신축 빌라는 절대 매수해서도 안 되고 전세로 들어가도 안 된다. 안 팔리고, 깡통 전세와 전세 사기의 주범이다. 명심하자. 무조건 아파트다.

재개발이나 재건축을 위한 빌라는 비쌀 뿐만 아니라 옥석 가리기가 어렵다. 신축으로 거듭날지 여부가 불투명한 것은 물론 재개발이나 재건축이 되더라도 10년 이상 걸린다.

그리고 월세 받으려고 빌라 경매 낙찰받지 마라. 월세 몇 년 치 모아봤자 얼마 안 된다. 그 시간에 아파트는 더 많이 오른다. 즉, 젊은 MZ 세대들은 시세차익 전략으로 가야 한다. 임대 수익형 부동산은 더 나이가 들고 나서 해라.

이 3가지 조건을 모두 충족하는 매물은 반드시 비싸다. 좋기 때문에 비싸다. 나에게 좋은 것은 남들에게도 좋은 것이다. 이것이 수요와 공급으로 결정되는 시장경제의 논리다. 수요가 있는데 서울에 추가 공급이 없으므로 가격이 올라가는 것은 당연하다.

2호선 밖에 위치한 강남, 수서, 강동 등 일부 지역은 위의 공식에 해당하지 않으니 사면 안 되냐고 반문하실 수도 있는데, 그 지역 부동산을 살 수 있는 분들은 굳이 남의 조언이 필요 없다. 레벨이 다른 금액대를 자랑하는 동네다.

내가 가진 돈의 액수에 맞는 것을 찾다 보면 30년 정도 된 구축 아파트일 것이다. 브랜드도 없고, 뷰도 별로이고, 커뮤니티 시설도 없고, 지하 주차장도 없고, 초등학교를 품은 아파트도 아니고. 대단지가 아닌 나홀로 아파트이거나 언덕 위에 있거나 등 불편한 요소들이 많을 것이다. 당연하다. 이런 단점들이 없다면, 있는 집보다 매매가가 수천만 원 높다.

객관적인 부분뿐만 아니라 그 물건만 가지고 있는 특성, 예를 들면 내부 인테리어가 전혀 안 된 기본 상태이거나, 현재 거주자의 이사 기간이 많이 남아 내가 이사를 들어갈 수 없거나, 또는 현재 거주자가 월세로 살고 있어서 매수 시 투입되는 금액이 크거나 등 다양한 단점이 존재한다. 이런 단점들이 없다면, 있는 집보다 매매가가 수천만 원 높다.

'지금 당장의 기쁨과 욜로를 포기하고, 이 비싼 가격을 주고 썩은 30년 된 구축 아파트를 사야 해?'라는 생각이 들 것이다. 그 돈이면 나의 수십 년 치 월급인데, 직장 상사에게 험한 소리 들어가면서 힘들게 모은 월급을 수십 년 모아 고작 이런 썩고 낡은 콘크리트 덩어리라니 허탈할 것이다.

그러나 실거주 한 채는 필수이다. 시장이 어렵고, 경제가 어려워도 내가 깔고 앉을 내 집 한 채는 필수이다. 실거주 한 채는 투자가 아니다. 중립이다. 반면에 무주택자는 집값 하락에 베팅한 풋옵션을 매수한 것과 마찬가지다. 특히 거주하던 집의 가격이 떨어질 것 같아 팔고 무주택자가 되는 사람은 진정한 강심장인 것 같다. 도박하지 마라. 카지노만 도박이 아니라 이게 진짜 도박이다.

첫 집을 살 때는 영끌이 필수다. 주변에 집 산 사람들의 이야기를 들어보면, 진짜 영끌이다. 다들 돈이 없다. 있는 거 없는 거 전부 다 끌어모으고 모아서 사는 거다. 돈 많아서 집 사는 게 아니다. 가족에게서 빌린 돈, 신용대출, 마이너스 통장, 생애최초주택매수 대출 등 영혼까지 끌어모아서 내가 가진 돈에서 제일 비싼 것을 사자. 비싼 것이 비싼 데는 이유가 있다. 좋으니까 비싸다. 좋은 것을 싸게 살 행운은 나에게까지 오지 않는다. 내가 그렇게 시장을 잘 아는가? 부동산 중개업자가 나랑 친해서 좋은 매물을 나에게 줄까? 아닐 거다.

그리고 내가 좋아하는 동네 같은 개인적인 취향은 잠시 넣어두자. 향후 내가 이 아파트를 팔 때 미래의 매수인이 좋아할 만한 아파트를 사야 한다.

매수는 기술이고

매도는 예술이라고 한다.

매수도 어렵지만

매도는 훨씬 더 어렵다.

살 때는 이거 안 되면 저거 사면 되지만

팔고 싶을 때 안 팔리면 가정이 무너진다.

그래서 아무거나 사면 안 되고

살 때 잘 사야 한다.

그래서 언제 사면 되는데?

: 오늘

인서울 2호선 내 아파트가 영원불변의 절대 진리는 아니다. 몇 년 전만 해도 이 3가지 조건을 충족하는, 초보자가 첫 진입하기에 저렴한 아파트가 많았는데, 해가 갈수록 팍팍 없어진다. 금액이 너무 많이 올라버려 영끌을 해도 부족한 상황이다. 시간이 갈수록 더 많이 없어질 것이다. 명심하자. 서울 아파트는 오늘이 제일 싸다. 언제 사냐고? 오늘이 제일 싸니까 오늘!

지금 집값이 너무 올랐으니 내리면 사겠다고? 과연 그 타이밍을 잘 맞출 수 있을까? 부동산 시장에 항상 관심을 두고 집값을 조사할 수 있을까? 바닥인지 아닌지 과연 알 수 있을까? 그때가 된다면 그 기회가 나에게 돌아올까? 모두 아니다. 다른 사람들이 먼저 매물을 가로채 갈 것이다.

그리고 막상 집값이 내릴 땐, 신문에서 경제 위기니 부동산 폭락이니 떠들 텐데 그런 기사들을 보고서 과연 몇억이나 하는 아파트를 살 수 있을까? 그렇게 강심장인가? 사면 남들이 미쳤다고 하거나 안쓰럽다고 할 텐데 두렵지 않은가?

내 아파트값의 하락은 내가 산 가격도 아니고 내가 부르는 호가도 아니고, 우리 아파트에서 제일 빚 많은, 영끌해서 매수한 사람의 이자 지불 능력에 달렸다. 이런 다소 황당한 이유로 값이 내리기에 내가 컨트롤 할 수도 없다. 그래서 영끌을 해서 매수한 사람이 접근하기 어려운, 그중에서 제일 비싼 것을 사야 한다.

막상 부동산을 사고 나면 집값이 내릴 수도 있다. 그래서 내리더라도 덜 내릴, 그리고 다른 지역보다 회복이 쉬운 것을 사야 하는 것이다. 그게 바로 인서울 2호선 내 아파트이다. 이 조건에 맞는 부동산은 집값이 내려도 일시적인 조정을 받은 후 다시 올라간다. 역사가 말해준다. 서울 집값은 항상 비쌌으며 월급을 모아서는 살 수 없는 금액이었다. 옛날에도 그랬고 지금도 그렇고 앞으로도 그럴 것이다. 역사와 데이터를 무시하고, 부동산 가격 내릴 때 사겠다 또는 월급 모아서 집 사겠다 등 틀린 생각을 하는 사람이 많다. 무식하면 공부해라.

가끔 청약 당첨을 기다린다며 무주택을 유지하는 경우도 있다. 청약 경쟁률이 수천 대 1, 수만 대 1인데 당첨될 것 같은가? 그렇게 운이 좋은가? 청약 당첨보다 로또 당첨이 더 빠를 수 있다. 그리고 이렇게 말하는 사람 중에 청약홈 사이트에 자주 접속해서 청약 접수하는 사람을 본 적이 없다. 매수를 위해 적극적으로 고민하거나 노력할 생각은 없고, 그런데 뭔가 하긴 해야 할 것 같으니 괜히 청약되기를 기다린다며 핑계를 둘러댄다.

오늘 근처 부동산 중개업소에 들어가 보자. 주변에 커피숍, 편의점보다 더 널리고 널린 게 부동산 중개업소다. 상가 건물 1층에 있어서 은행보다 더 들어가기가 쉽다. 들어가면 에어컨도 빵빵하고 쾌적하고 믹스 커피도 한 잔 내어 준다. 집 보러 왔다고 하면 설명도 잘해준다. 이 동네 아파트는 얼마 하는지, 입주 가능한 매물은 몇 개인지, 매매가 전세가 갭은 얼마인지 금액과 개수라도 물어봐라. 생각보다 비싸고, 생각보다 내가 살 수 있는 매물이 별로 없을 것이다. 현실을 직시할 수 있는 쉽고 좋은 기회이다. 또한 지금 사지 않더라도 이렇게 한 발 내딛는 시도가 필요하다.

우리의 인생은 길고, 매수가 끝이 아니다. 매수하고 나면 시장이 흔들리고, 금리가 상승하는 등 패닉이 오는 경우가 많다. 당장 이번 달 대출 이자를 내야 하는데 금리가 올라서 이자가 비싸졌다. 대비를 미리 해 두어야 한다. 몇 달 치 이자 낼 돈은 현찰로 갖고 있어야 마음의 안정이 될 것이다.

그리고 시장 상황이 안 좋아도, 떠나지 말고 주시하고 관찰하고 있

어야 한다. 그래야 하락기에서 상승기로 전환될 때를 포착하여 매수를
할 수 있다.

오늘 못 한 사람은

내일도 못 한다.

바빠서, 피곤해서…

전부 다 핑계다.

6장

집 사러
귀국

돈이 없다고?

: 반성하고 핑계 대지 말고 사업자 대출을 받자

열심히 살았는데 돈이 없다. 모든 사람들이 다 이렇다. 나만 그런 게 아니다. 핑계 대지 말고 방법을 찾아 나서야 한다. 나의 경우, 대출을 받아 돈을 확보하는 방법으로 하려고 했다. 그런데 한국에 소득이 아예 없어서 대출이 안 되었고, 남들이 다 대출 안 된다고 할 때 적극적으로 시도하고 방법을 찾아주는 대출 선생님을 운 좋게 만났고 덕분에 대출을 받을 수 있었다.

내 집 마련을 위해 나라에서 대출해주는 보금자리론 등 다양한 정책 대출 상품이 있다. 나라에서 하는 거라 다른 대출 상품에 비해 이율도 저렴한 편이다. 다만 이 상품을 적용받으려면 매매가 상한선이 있고, LTV니 DSR이니 제한이 있어서 대출 한도가 생각보다 적게 나온다. 정부 정책이 변경되어 70~80% 정도 나오는 경우도 있는데 개인의 연봉

등을 따져봐야 한다. 이 모든 제약을 뚫는 유일한 방법이 있다.

요즘은 많이 제한되었지만 사업자 대출이라는 상품이 아직 있다. 지역농협, 신협, 새마을금고 등 2금융권에서 주로 취급하는 상품이다. 사업자등록증만 있으면 주택담보로 대출을 받을 수 있다. 인터넷 국세청 홈택스에서 직장인이든 주부든 누구든 사업자등록증을 만들 수 있다. 다만, 공무원은 본인이 사업자등록을 하지 말고 가족 명의로 만들자.

여기서 말하는 사업자는 웬만한 사업자면 가능하다. 주로 도매 및 소매, 인터넷으로 물건을 파는 전자상거래업과 통신판매업, 유튜버들이 주로 하는 미디어 콘텐츠 창작자 업종을 많이 선택한다.

사업자대출 상품을 취급하는 은행마다 규정이 다르니 은행에 물어보자. 사업자등록증에 임대사업자 등 부동산 관련 업종이 포함되어 있으면, 사업자대출 대상이 아닌 경우가 있으니 미리 확인해야 한다. 실제 사업을 하지 않아도 무방하다. 홈택스 사이트에서도 사업자등록 신청이 가능하며, 세무서에 가면 즉시 발급해준다.

물론 2금융이니 1금융보다 금리가 높다. 불안하지 않냐고? 대출금을 받는 사람이 왜 불안한가? 돈 빌려주는 은행이 불안해야지. 또한 정부에서 개인 총부채원리금상환비율(DSR) 규제 정책으로 인해 그리 무서워하지 않아도 된다. 상환 능력이 없다고 판단되면 은행이 대출을 해주지 않는다. 상환 능력이 있는 만큼만 대출이 나온다. 대출받기도 전에 지레 겁먹지 말자.

　2금융권이라면 일단 질색하는 사람도 있는데 이해가 안 된다. 새
마을금고, 농축협(지역농협), 신협 등 2금융권은 1금융권보다 금리가
0.2~0.5% 정도 높다. 금리가 조금 높은 대신 한도를 훨씬 많이 준다.
대출은 한도 많이 나오는 게 최고다. 금리 0.5% 비싸다고 이자가 부담
되어 대출 안 받겠다는 사람도 있는데 왜 그럴까. IMF 때는 은행 예금
금리가 10~20%였다. 지금 은행 대출 금리가 아무리 올라봤자 한 자리
대이다. 구더기 무서워 장 못 담글 필요는 없다.

　2금융권에서 대출받으면 신용점수가 많이 떨어진다 등의 핑계가 너
무 많다. 1금융권에서 대출받는 것보다 신용점수가 조금 더 떨어지는
것은 사실이다. 그런데 1금융권엔 사업자 대출이 없고, 그래서 대출 한
도가 40% 이하다. 돈 없어서 대출받는 사람들이 한도 조금만 받고 싶은
건가?
　신용점수가 떨어지면 그게 뭐 어때서. 또 다른 아파트를 대출받아 바
로 이어서 살 것도 아니면서. 시간이 지나면 점점 신용점수는 올라간다.

　개인의 신용도 등에 따라 다른데 사업자 대출은 매매가의 80% 한도
로 대출을 받을 수 있다. 나머지 20% 돈이 없다고? 반성하고 편의점 알
바든 투잡이든 배달이든 뛰어서 만들어야지. 우선 소비부터 줄이고.

투자를 하려고 할 때 가로막는 것들이 매우 많을 것이다. 시간이 없다는 둥, 그 상품을 잘 모른다는 둥, 그 지역은 싫다는 둥, 개인적인 핑계는 물론, 금리가 오르고, 환율도 오르고, 그 지역 신규 입주 물량, 각종 정부 규제까지 외부적인 요인의 핑계 등 끝도 없다. 남들이 안 된다고 할 때 다른 방법을 찾아내는 기지를 발휘해야 한다.

최대한 쥐어짜고 틈새를 공략해야 한다.
개인별로 처한 상황이 모두 다르므로
나에게 최적화된 방법은 나만 알 수 있다.
발상을 전환해보자.

돈이 많으면 집을 살 수 있을까?

: 주저하는 사람 뼈 때리는 팩트

집을 사는데 돈이 필요하다. 그리고 집을 사는데 실행력도 필요하다. 만약 돈이 없으면 대출받으면 된다. 그러나 실행력이 없으면 답이 없다. 고민만 하다가 집 놓친다. 집을 보고 와서 생각 좀 해본다며 시간을 끌면 이미 그 집은 다른 사람과 거래가 되는 경우가 많다. 집 한 번 보고 와서 다른 동네도 가볼까, 다른 집도 구경이나 해볼까? 이러고 있으면 이미 늦었다. 지역마다 다르고 시기마다 다르지만 대부분 집 보고 온 지 몇 시간 내에 살지 말지 결론을 내려야 한다. 내일은 이 집이 이미 없다. 내 눈에 좋은 집은 남들 눈에도 좋다. 좋은 물건을 만나면 빠른 판단력과 결단력으로 실행해야 한다. 그래서 보지도 않고 일단 가계약금부터 넣어 먼저 잡는 사람이 임자다.

집 하나 사는 것은 정말 종합 비즈니스 기술의 결정체이다. 충분한

돈만 있다고 살 수 있는 게 아니다. 집을 사려면, 마음에 드는 매물이 내가 돈이 있는 시점에 내 눈앞에 나타나야 하고, 다른 사람이 계약금 넣어 낚아채 가기 전에 결정을 내릴 순발력과 결단력을 겸비해야 하며, 지역 분석, 부위별 인테리어, 부동산 사장님과 매도인과 임차인 등 사람 대하기 및 협상 스킬을 갖추는 것은 물론, 세금과 대출까지 모든 조건이 착착 맞아떨어져야 집 하나 살 수 있다. 그렇게 집 사고 나면 끝이 아니다. 누수, 임차료 연체, 명도, 세금, 대출 상환 등 이 모든 지식을 다 갖추어야 내 집을 지켜낼 수 있다.

집을 사기도 전에 이미 질리는가? 설마 돈만 있으면 집을 살 수 있다고 착각한 건가? 내가 공부할 자신은 없고, 그러니 이 모든 과정을 거쳐 집 산 사람을 비난하는 거다.

역설적이게도 이런 사람들이 부자 되고 싶다고 열심히 외친다. 말로만. 자신이 노력할 생각은 없고 모든 것을 수저 색깔 운운하며 수저 탓으로 돌리면서. 심보가 아주 고약하다. 공부는 안 하면서, 누가 집 샀다고 하면 이런 사람들이 제일 배가 아파 죽으려고 한다.

집 보러 갈 때 자금 계획을 짜 놓고 가자. 얼마의 금액을 언제까지 끌어올 수 있는지 알아야 감당 가능한 매매가인지 시뮬레이션이 가능하다. 또한 지역에 따라서 자금조달계획서, 증빙서류 제출이 필요한 경우도 있다. '인서울 2호선 내 아파트'는 이 2가지 문서 제출이 필요하다.

그래서 실전 경험이 중요하다. 평소에 꾸준히 물건을 탐색하여 이 조건의 아파트는 얼마의 금액이면 적당한가, 그리고 내가 그 금액을 납부할 수 있는가에 대해서 사전에 여러 번 실전처럼 시뮬레이션을 해보자. 기회는 본인이 시장에 발을 담그고 있어야 위기이거나 기회인 것을 안다. 당장 살 돈이 없더라도 남의 이야기처럼 뒷짐지고 관찰만 하지 말자. 그러면 시장의 흐름을 알 수가 없다.

대출을 받을 수 있는 능력이 되어 막상 대출을 받는다고 생각해보면, 어느 세월에 그 돈을 다 갚나 막막할 것이다. 주담대(주택담보대출) 5억 받는다고 치면, 금리 4.5% 35년 상환 기준, 월 납입금 236만 원이다. 연봉이 원천징수 세후 7,000만 원이라면 월급은 세후 480만 원이니까, 수입의 절반이 주담대 원리금 상환으로 나가는 셈이다. 나머지 244만 원으로 우리 식구 한 달 먹고 살기가 정말 빠듯할 거다. 월급이 이보다 적으면 더 막막할 것이고. 특히 금리가 올랐니, 물가가 올랐니 이런 기사가 나오면 불안하다. 젊은 날의 35년 인생을 저당 잡혔다고 생각하겠지.

그런데 생각해보면, 원금을 내가 왜 갚나? (대출 연체하라는 뜻이 아니다) 다음 사람이 갚는 거지. 대출은 내가 이자만 꼬박꼬박 내다가 내 물건을 받아 줄 다음 매수자가 매수하면서 대출을 상환하는 거다. 그래서 출구 전략 차원에서 내가 사고 싶은 아파트를 사면 안 되고, 남이 사고 싶은 아파트를 사야 한다.

가끔 최악의 상황을 가정해서 최악의 상황이 나에게 일어날 것으로 예상하고 실행을 하지 못하고 망설이는 사람도 있다. 일어날 확률이 매우 낮다는 걸 알면서, 군이 발생할 상황을 가정하고 미리 계획을 세운다는 명목하에 대비를 하거나 피하려고 계획을 짠다. 거의 일어나지 않을 확률의 상황까지 미리 걱정을 한답시고 좋은 투자처에 투자를 하지 않고 아까운 기회를 날린다. 이것은 안전한 투자가 아니라 무식한 거다. 기회를 떠먹여 줘도 받아먹지 못하는 무식.

무식은 본인만이 깨고 나올 수 있다. 옆에서 아무리 알려줘도 스스로 받아먹지를 못하면 말짱 도루묵이다. 담을 수 있는 그릇의 크기는 스스로의 노력으로만 바꿀 수 있다.

돌다리도 두드려보고 건너라는 말이 있지만
21세기 상황과 맞지 않는 것 같다.
나무 다리, 유리 다리는
두드려보고 건너야 하는 것이 맞지만,
돌다리까지 두드려보기에는
시간과 에너지가 아깝다.
돌다리인 것을 알면 두드리지 말고
지체없이 건너가야 한다.

내가 보이스피싱을 당하다니

: 계좌 개설 5년간 불가

사고는 어느 날 갑자기 찾아왔다. 대만 회사에서 받은 대만 돈 월급을 미처 다 환전하지 못하고 한국에 왔기에, 한국에서도 환전을 종종 했다. 대만에 있는 사람이 대만 돈이 필요할 때 나의 한국 계좌로 한국 돈을 주면, 실시간 은행 고시 환율로 환산하여 나는 대만 돈을 보내주었다. 사고가 나던 그날도 마찬가지로 이렇게 대만 돈 교환을 하자고 하는 분이 있어 하였는데, 나중에 알고 보니 나의 한국 우리은행 계좌에 입금된 돈이 보이스피싱 사기 피해금이었던 것이다. 그것도 모르고 나의 대만 계좌에서 대만 돈을 그 사람이 알려준 계좌로 입금했다.

30분 후 계좌가 정지되었다고 우리은행에서 문자가 왔다. 이게 무슨 일이지? 정말 눈앞이 캄캄하고 아무 생각이 나지 않았다. 계좌 정지가 뭐지? 한 번도 계좌 정지를 생각해본 적도 없어서 갑자기 이게 무슨 말인가 이해가 안 되었다. 1시간 후 다른 은행, 보험사 등에서도 모두 대포통장 명의인으로 사고 접수되어 계좌가 정지되었다고 문자가 수십 개 왔다.

그리고 나랑 대만 돈과 한국 돈을 서로 주고받고 교환하기로 한 그 대만인은 더 이상 연락이 되지 않았다. 그제야 사기당한 것을 알게 되었다. 내가 사기라니…. 똑똑하고 철두철미한 내가. 너무 놀라서 일단 전화를 들고 머리에 스치는 대로 112에 전화를 걸었다. 112 신고를 처음 해봤다. 전화벨이 한 번도 울리기 전에 즉시 휴대폰 안에서 "네. 말씀하세요."라는 경찰관의 목소리가 들렸다. 밤 11시였는데 순찰차가 3분 만에 우리 집에 왔고 진술서를 작성해서 경찰관에게 제출했다.

이렇게 계좌가 동결되었고, 2달간 은행 계좌가 모두 동결된 채 살았다. 2달로 끝이 아니다. 사건이 모두 종결된 지금도 현재 은행 거래가 제한되고 있다. 내가 피해자인데, 대만인 사기꾼에게 1차 피해를 당하고 계좌도 5년간 막혀 우리은행에 2차 피해를 당하고 있는 셈이다. 검찰에서 발급한, 내가 피해자라고 적힌 불기소 처분서를 제출했는데도 우리은행에서는 대포통장 명의인 등록 해제를 거절하고 있다.

금융감독원에 수차례 질의와 민원을 제기했지만 계좌 거래 제한 기간은 은행에서 자율적으로 정하는 영역이라 금감원에서 조치를 취할 부분이 없다고 답변을 받았다. 원래 1년의 제한이었는데 2020년부터 제도가 개선되어 상습성·고의성을 감안해 최장 3년으로 확대되었다고 한다. 규정이 최대 3년인데, 우리은행 내부 규정은 5년 거래 제한으로 두고 있다.

나는 상습성도 아닌 단 1회였고, 고의성도 아닌 모르고 당한 거라고 금융감독원과 우리은행 측에 항의했지만 돌아온 답변은 은행 거래 5년 제한이니 기다리라는 말뿐이었다.

사고 당한 사람에게 "조심 좀 하지"라고 말하지 마라. "그러게 왜 조심을 안 했어?"라는 비난인지, 아니면 위로랍시고 한 말인지는 모르겠지만, 마치 모든 게 내 탓인 것처럼 들린다. 나의 부주의로 인해서 사고가 발생했다는 말 같다. 위로받을 생각도 없었지만, 함부로 막말은 하면 안 되지.

사회생활을 하는 현대인이 계좌를 못 쓰니 '문명 세계에서 배척된 21세기의 자연인'인 것 같다. 너무 불편하다. 은행 업무를 보려면 매번 은행 지점에 영업 시간에 맞춰 방문을 해야 한다. 코로나 팬데믹 때는 단축 영업을 했다. 은행에 한 번 가려면 회사에 반차 또는 연차를 내야 하기에 직장을 다니는 나에겐 사실상 은행 거래가 어렵다.

지금도 계좌 개설은 아예 안 된다. 사고가 나기 전에 만들어 둔 계좌로만 살아야 한다.

대출, 안 된다. 대출하려면 대출금을 받을 계좌를 개설해야 하니까.

마이너스 통장도 안 된다. 이것도 계좌에 개설이 들어가야 하니까.

공모주 청약도 대부분 못한다. 요즘 다양한 증권사에서 공모주 청약을 많이 하는데 사고 전에 개설해두지 못한 증권사는 아예 못한다.

인터넷 뱅킹이나 모바일 뱅킹 등 비대면 업무는 웬만한 건 막혀서 안 된다. 굉장히 불편하다. 2년을 버틴 내가 대단한데 앞으로 3년쯤 더 남았는데 앞길이 막막하다.

사고는 한순간이다.

아무리 조심한다고 해도

사고와 사기꾼을 피할 수 없다.

이미 일어난 사고는

'이 또한 지나가리라'

라는 생각으로 버틴다.

청약 선당후곰? 절대로 하지 마라

: 무턱대고 생각없이 행동한 결과

'선당후곰'이라는 말이 있다. '선 당첨, 후 고민'을 줄인 말로 당첨될 것 생각하지 말고 일단 청약에 넣고 보라는 것이다. 당첨될 확률이 매우 낮으니, 당첨된 꿈에 부푼 행복회로는 나중에 돌리고 우선 열심히 응모하자는 것인데, 내가 이렇게 했다가 망했다. 마구잡이로 넣으면 안 된다.

미혼에 무자녀라서 청약 가점이 낮아서 설마 내가 당첨이 될 리 없다고 외치며, 그 아파트가 어디에 있는지, 얼마인지, 어떤 호재가 있는지 알려고 하지도 않았고 고민 없이 무턱대고 넣었다가 당첨이 되어버렸다. 정말 어디에 있는지도 모르는 곳에.

부랴부랴 인터넷 검색을 해보니 경쟁률이 2:1 수준이었다. 보통 청약은 경쟁률이 최소 백 단위 이상은 되던데 여기는 도대체 뭐길래 이런 신기한 숫자의 낮은 경쟁률이라니. 좋은 아파트는 역시 내가 당첨이 될 리가 없었다. 내가 당첨된 이 아파트는 도대체 어디에 있는 것이란 말인가. 네이버 지도를 켜서 보니 정말 알지도 못하는 어느 구석에 있었다. 그리고 당첨된 동호수도 표시되어 있는데 202호였다. 2층… 선호도가 낮아서 저렴한 저층이다.

고민할 필요도 없다. 계약을 포기한다. 당첨되었는데 계약을 포기하면 당첨된 청약 건에 따라 5년 또는 10년의 청약 제한이 걸린다. 난 5년 청약 제한에 걸렸다. 앞으로 5년간은 어떠한 아파트 청약도 못 한다. 아, 오피스텔 청약은 할 수 있다. 그렇지만 오피스텔은 아파트보다 공급량이 훨씬 적은걸.

나는 신혼부부 특공, 생애 최초 특공 등 각종 특별 공급에도 해당이 되지 않는다. 자녀가 없어서 가점이 애초에 낮다. 청약을 하려면 한국 내 거주일이 1년에 183일 이상 거주해야 거주자에 해당하여 유효한 청약이 되는데, 외국에서 살 때는 한국 거주자가 아니라서 애초에 청약을 할 수 없었다. 그리고 이렇게 아무 생각 없이 응모했던 청약이 내 발목을 잡을 줄이야. 앞으로 5년 내 청약할 좋은 아파트가 많은데….

나와 청약은 맞지 않았던 걸까. 인터넷에서 지나가다가 본 '선당후곰'이라는 말을 고민 없이 몸소 실천했던 내가 잘못한 걸까. 검토하지 않고 따지지 않고 실행만 앞섰던 내가 잘못한 걸까. 무수히 자책하며 후회

해도 결과는 변함이 없다. 청약 제한이 풀릴 때까지 앞으로 4년 더 남았
다. 참고 지내는 수밖에.

노력해도 내 능력으로 불가능한 것은

담담한 자세로 바라보고 싶지만,

너무 답답해서 그게 안 된다.

집 사려고 해외 이민 종료

: 인생 역대급 빼빼로데이

일단 1주택자가 되었다. 시간이 흐를수록 월급이 차곡차곡 모였고 그 다음 스텝을 고민하게 된다. '내가 가진 이 돈에서 대출을 조금만 더 받으면 저 아파트 살 수 있는데' 같은 아쉬움이 생겼다. 그런데 외국에서 일하면서 대출을 한 번 받아봐서 알지만 정말 어려웠다. '남들처럼 대출을 받으려면 남들처럼 한국에서 직장을 다녀야 하는구나'를 깨달은 순간, 곧바로 한국에 직장을 알아보고 서류전형과 면접전형을 거쳐 최종 합격하여 귀국했다.

동남아 순회공연 같은 10년간의 해외 이민 생활을 마치고 마침내 한국으로 귀국했다! 한국에서 회사를 다니니 한국에서 근로소득도 있고 4대 보험도 낸다. 이제 한국에서 백수가 아니므로 이론적으로 은행 대출도 가능하다.

아직도 생생하게 기억하는 신의 한 수 같은 역대급 하루가 있었으니 11월 11일 빼빼로데이였다. 회사 근처에 편의점이 없어서 편의점에 가려면 다리를 건너 10분 정도 걸어가야 한다. 동료분들께 선물할 빼빼로를 사러 편의점에 가는데 마침 가는 편의점 옆에 우리은행이 있었고 멀어서 여기까지 다시 오기 힘드니 간 김에 마이너스 통장도 뚫었다. 1억 이상 받았다. 이게 신의 한 수였다.

2일 후 11월 13일, 뉴스를 보는데 '마이너스 통장 포함 신용대출 1억 초과 받아서 집 사면 대출 회수'라는 기사를 발표했다. 11월 13일 발표하여 11월 30일부터 시행이었다. 와….

한마디로 '미친 타이밍'이다. 집 사려고 귀국을 하고 집 사려고 대출을 받았는데, 며칠만 늦었더라면 그 계획이 다 물거품이 될 뻔했다. 내가 컨트롤 할 수 없는 정부 정책 발표라는 외부적인 요인 때문에. 정부에서 대출 규제를 빡빡하게 할 시점인데 이렇게까지 할 줄은 예상하지 못했다.

자기 절제 없이 관리를 못 하면 마이너스 통장은 독이 된다. 그러나 나는 주말을 포함해 매일 아침 6시에 일어나는 등 자기관리를 정말 잘한다. '술, 담배, 커피를 하지 않는다'는 사실 하나로 주변에서 '자기관리 끝판왕'이라는 말을 많이 듣는다.

빼빼로 사러 갔다가 간 김에 뚫은 마이너스 통장이 이렇게 큰 힘이 될 줄은 전혀 몰랐다. 다른 대출 상품에 비해 이자가 높지만 지금도 매우 감사하게 이용하고 있다.

대출은 해줄 때 받아야 한다.
이자를 아까워하지 말고.

집 보지 않고 사기

: 보고 싶은데 세입자가 집을 안 보여준다

마이너스 통장도 있겠다, 이제 집을 사면 된다. 뭘 살까? 우선 대출받고 또 한 번의 영끌을 하여 살까 하는데, 지난번에 활용했던 매매사업자대 출 상품은 이제 막혀서 없어졌다. 다른 방법을 찾아보았으나, 대출 규제 가 심해져서 방법이 없다. 그래서 은행에서는 추가 대출이 안 되니 마이 너스 통장을 활용해서 집을 사는 수밖에 없었다. 회사에서 주택자금 대 출도 받았다. 회사 대출은 회사 기금에서 자체적으로 운용되는 거라 금 융권 대출과 관련이 없다.

오래 다닐 거니까 회사 근처에 집이 있으면 편하겠다는 생각이 들었 다. 회사를 기준으로 제일 가까이에 있는 아파트 중에서 이 돈으로 살 수 있는 금액대의 아파트와 평수를 골랐고 부동산 중개업소에 연락하 여 집을 보러 갔다. 그런데 현재 거주하는 세입자가 맞벌이 직장인이라 바쁘다, 코로나라서 안 된다 등의 핑계를 대며 집을 보여주지 않았다. 부동산 중개업자는 그래서 이 매물이 아직 계약되지 않고 남아있는 거라고 했다. 집을 보여줬다면 진즉에 벌써 팔렸겠지. 세입자가 집을 보여주지 않는 등 갑질로 인해 집주인에게 금전적인 큰 피해를 준다. 매매가가 낮춰지거나 또는 제때 매도가 안 돼서 자금 융통에 차질이 생기거나 세금을 더 물게 되거나. 심지어 그 집에서 몇 년 살면 내 집인 줄 착각하는 세입자도 있다. 그러면 안 되는데 이상하고 지나친 갑질은 끝도 없다.

인터넷에서 옷 하나 살 때도 리뷰를 꼼꼼하게 다 읽어보고, 사이트별로 가격 비교도 철저히 하고, 쿠폰 받고 적립금 모아 알뜰살뜰히 산다. 그런데 훨씬 비싼 집을 살 때는 집을 안 보고 사야 하는 걸까? 이 집 꼭 사겠다고, 공사 견적 뽑으려고 집 내부 수리 상태만 보고 바로 가계약금 입금하겠다고 말씀드렸다. 부동산 중개업자가 세입자를 며칠 더 회유를 해봤지만 세입자가 집을 안 보여준다고 하여, 결국 집을 못 본 채 가계약금을 입금했다.

며칠 후 매도인과 시간 약속을 하고 매도인의 부동산 중개업소에 모여서 계약금을 넣고 계약서를 썼다. 계약서를 쓰고 다음 주 주말에서야 이 집을 처음 볼 수 있었다. 부동산 중개업자가 "이 집이 이미 팔려서 이제 더는 집 보러 가는 사람이 없다. 처음이자 마지막으로 집 한 번만 보여달라"고 세입자에게 통사정을 해서 휴무 날인데도 세입자가 허락한 시간에 맞춰서 집을 보여주었던 것이다. 세입자는 집을 보여주기 싫어서 "집 팔린 거 확실하냐?"고 몇 번이나 확인하며 "계약서를 증거로 내놔라" 하여 부동산 중개업자가 어쩔 수 없이 매매계약서도 보여주었다고 한다.

어떤 상태인 줄도 모르고 집을 못 본 채 사는 것은 마치 복권을 긁는 기분이었다. 꽝일까? 5,000원이라도 당첨이 됐을까? 지금 거주하고 있는 신혼부부는 이 집에서 4년째 거주하고 있다고 한다. 세입자의 까탈스러움과 갑질에 부동산 중개업자는 단 1분의 시간만 허락을 받았다.

집을 빨리 1분 만에 후다닥 보고 나와야만 했다. 다행히 보통 평범한 상태였다. 대충 봤는데 도배, 장판만 새롭게 해도 깔끔해질 것 같아 그나마 다행이었다.

등기부등본을 보니 이 집의 역사가 보인다. 30년 전 매도인의 아버지가 최초로 수분양을 받았고, 이 집에서 쭉 거주하다가 아들인 매도인이 고등학생일 때 증여를 해주었다. 매도인은 이 집에서 대학까지 다녔다고 한다. 매도인이 나와 한 살 차이인데, 쭉 가지고 있다가 이제 매도를 한다고 한다. 증여라니…. 금수저였다. '이렇게 부의 대물림이 되는구나'를 몸소 깨달았다.

그리고 한 달 후 잔금을 했다. 은행 주택담보대출을 받을 것이 없으니 은행과 연락을 주고받을 것도 없어서 간편했다. 현재 거주하는 세입자의 전세 만기일이 아직 1년 남아서 이사 나가는 것도 이사 들어오는 것도 없으니 정말 간편했다. 이렇게 심플하게 집을 살 수도 있구나. 선수관리비 정산을 하고 등기를 할 차례다. 은행 대출이 필요한 매매계약 건이라면 법무사가 있어야 하지만, 이 건은 법무사가 필요가 없는 매우 심플한 건이라 내가 직접 셀프 등기를 했다.

소유권 이전 등기를 하려면 일명 '집문서'라고 불리는 등기권리증이 있어야 하는데, 매도인이 분실했다고 한다. 분실 시 법무사가 확인서를 쓰거나 아니면 매도인과 매수인이 같이 등기소에 방문하여 확인받는 방법이 있다. 마침 매도인 집이 등기소 바로 옆이라서 다 같이 등기소에 갔다. 매도인, 우리 측 부동산 중개업자, 그리고 나. 무사히 등기소에 접수한 후 인사하고 헤어졌다. 1주일 후에 등기우편으로 등기권리증이 왔다.

집, 또 샀다!

남의 집에 살면서
집주인 무시하고
심술부리는 세입자의 심리는 뭘까.
갑도 아닌데 왜 갑질일까.

진상 세입자의 갑질

: 이랬다 저랬다 변덕 부리면 어쩌라는 거야

집도 안 보여줘서 집주인이 집을 팔지도 못하게 적극적으로 막고, 팔린 후에도 집 팔린 거 맞냐고 증거 내놓으라고 했던 세입자. 집을 안 보여 줘서 부동산 중개업자가 통사정을 해서 겨우겨우 1분 만의 시간을 허락한 세입자. 여기까지 봤으면 세입자가 어떤 사람일지 대충 감이 온다. 고집이 엄청 세고 본인의 주장만 하며 갑질하는 이상하고 이기적인 사람이라는 느낌이 강하게 온다. 불길한 예감은 어째 틀리질 않는다.

매수 잔금을 한 지 한 달 후 누수가 일어났다. 세입자가 안 알려줘서 몰랐다. 매수계약을 했던 부동산 중개업자가 누수가 되었는데 잔금 한 지 한 달 만에 일어난 일이라 그냥 복비 깎아주는 셈 치고 공사 비용을 냈다고 한다. 알고는 있으라며 사건이 다 끝난 후 며칠 후에 알려주었다. 집주인인 나에게 아무도 알려주지 않아서 몰랐다. 어쨌든 부동산

306

중개업자가 다 처리했다고 하니 감사히 생각하고 넘어갔다.

　문제는 두 달 뒤에 또 누수가 일어났다. 매수 잔금을 한 지 석 달 된 시점이다. 역시 난 몰랐다. 세입자가 부동산 중개업자에게 누수가 되었다고만 간단히 말하고, 나에게는 누수가 된 사실조차 알려주지 않았다. 내가 모르는 사이에 부동산 중개업자가 견적을 받아 공사업체가 이미 누수 방지 공사를 마쳤다. 나보고 돈만 내면 된다고 그제야 연락이 왔다. 이미 사고 발생과 해결이 다 끝났던 시점이었다. 부동산 중개업자가 매도인에게 누수 공사 비용을 내라고 했는데, 매도인이 거절하며 소송을 하던지 마음대로 하라고 했단다. 부동산 매도 6개월 이내이니, 민법상 매도인의 하자담보책임에 근거하여 매도인이 수리를 부담하라고 주장할 수 있다. 그런데 세입자가 안 알려줘서 하자담보책임을 주장해보지도 못하고 어쩔 수 없이 내가 공사비용을 전액 냈다. 세입자가 나에게 알려만 주었더라면 적절하게 대처할 수 있었을 텐데 나에게 연락을 안 해주어 너무 황당했다. 그래서 그러지 말고, 앞으로 집에 누수든 무슨 일이 생기면 나에게 알려달라고 부탁했더니 알겠다고 답했다.

　그런데 그 이후에도 나에게 한 번도 알려주지 않았다. 부동산 중개업자도 연락받은 게 없다고 했다. 부동산 중개업자는 중개 거래가 완료되면 일이 다 끝난 거니까. 그다음부터는 세입자가 직접 문제를 처리해야지.

　누수로 인해 아랫집 베란다에 물이 샌다고 아랫집에서 우리 집에 올라와서 수리하라고 가을에도 겨울에도 몇 달에 걸쳐서 여러 번 세입자에게 말했다고 한다. 그런데 세입자는 단 한 번도 나에게 알려주지 않았다. 그걸 시간이 한참 지난 후 이사를 간 후에서야 알게 되었다. 누수 방지 공사를 하라고 이전 세입자에게 여러 번 항의했는데 왜 아직도 안 고치냐고 아랫집에서 올라와서 엄청 열변을 토하며 항의했다.

세입자를 상대로 이 부분은 소송이 진행 중이다. 법적 책임을 회피한 자는 법으로 대응한다. 집에 문제가 있다고 집주인에게 알려야 하는 의무가 세입자에게 있다. 도의적인 책임이나, 호의, 선의를 베푸는 수준이 아니라 법적으로 해야 할 의무가 있는데 안 한 것이다.

그리고 몇 달 후 대망의 사건이 터졌다. 세입자가 새 아파트 청약에 당첨되어 1년 2개월 후인 아파트 입주 날짜에 맞춰야 해서, 3주 후에 이사를 가겠다고 했다. 전세 만기까지 아직 석 달이 남은 시점이다. 갑자기 몇억이나 되는 전세보증금을 어디서 3주 만에 구하지. 시간이 촉박했으나 청약 당첨을 축하한다고 말하며 최대한 알아보겠다고 답하였다. 그런데 며칠 후 이미 집을 구했다면서 2주 후에 이사를 가겠다고 전세보증금을 돌려달라고 연락이 왔다. 몇억이나 되는 돈을 갑자기 조달할 수 있는 사람이 과연 몇이나 될까. 난 아니다. 아직 만기까지 2달 넘게 남았는데. 원하는 대로 만기일보다 일찍 돌려줄 수가 없으니 전세 만기일에 맞춰서 보증금을 받고 만기일에 이사를 가라고 했다.

며칠 후, 세입자는 앞서 봐 두었던 집을 놓쳐서 갈 데가 없어졌다며 1

년 2개월 후 새 아파트에 입주할 때까지 이 집에서 계속 살겠단다. 만기일에도 이사를 안 나가겠단다. 황당하다. 막무가내다. 본인 편의에 따라 며칠 만에 이랬다저랬다 계속 말을 뒤집는다. 어쩌라는 거야. 만기일에 내가 들어갈 거니까 나가라고 했는데도 계속 살겠단다. 안 된다고 했더니, 이 집에서 계속 거주하겠다는 말을 마지막으로 잘 되던 연락마저 갑자기 끊겼다.

어쩔 수 없이 변호사를 찾아가 의뢰했다. 변호사가 내용증명을 우편으로 보냈다. 세입자가 일부러 받지 않아 반송되어 왔다. 할 수 없이 정식으로 법적 절차를 밟았다.

만기일에 이사를 해달라는 의사를 담아 의사표시공시송달 신청을 했다. 웃긴 게 법원에서 세입자에게 보낸 우편물은 잘 받네? 우편물을 본인 편의에 따라 가려서 받는 세입자가 너무 황당했다.

점유이전금지가처분도 했다. 일명 '명도소송'이라고 불리는 건물인도 소송을 할 것이기 때문에 사전 절차로 했다. 점유이전금지가처분을 신청한 이후 보증서를 제출해야 하는데, 그 기간 중 만기일이 되었고 세입자가 이사를 갔다. 그래서 실익이 없으니 군이 보증서를 제출하지 않았고 사건은 종료되었다.

본안소송인 건물인도 소송도 했다. 세입자는 만기일에도 이사를 안하겠다는 의사 표시를 워낙 강력하게 했고 이게 최종적인 의사 표시였기 때문에 만기 이전에도 소송 접수가 되었다.

만기일까지도 연락이 안 돼서 보증금을 반환할 세입자의 계좌를 모르니 준비성이 철저한 나는 공탁도 신청했다. 만기일 당일 아침 9시 정각에 법원 공탁 홈페이지에서 공탁 신청을 하고, 전세보증금을 공탁하려고 준비를 다 해두었다.

여러 플랜을 철저하게 짜는 계획적인 성격 때문에, 혹시라도 만기일에라도 연락이 올까 싶어서 미리 은행에 방문하여 전세보증금반환대출을 신청해 두었다. 세입자가 이사하고 나면 은행에서 대출을 해준다.

그런데 만기일에 부동산 중개업소에서 갑자기 연락이 왔다. 세입자가 와서 보증금을 돌려달라고 했단다. 너무 황당했다. 나에게 연락 한 번 안 하던 사람이 갑자기 왜 부동산 중개업소를 찾아가지? 너무 황당했는데 일단 나가겠다고 하니, 전출 먼저 해주면 은행에서 전세보증금 반환 대출을 받아 보증금을 돌려주겠다고 하였고 세입자는 알겠다고 답했다.

몇 시간이 지나도 아직 전출 확인이 안 돼서 연락을 했는데, 역시나 전화를 받지 않는다. 급한 마음에 지인의 휴대폰을 빌려서 전화를 하니 한 번에 받는다. 너무 황당했다. 내 전화는 받지 않고 처음 전화를 건 지인의 전화는 한 번에 받다니, 전화를 가려 받는 것이었다. 전출을 언제 할 거냐고 물었더니 다짜고짜 엄청 큰 소리로 반말을 하며 욕을 퍼부어

댔다. 그 전화 너머로 옆에 부인으로 추정되는 여성도 크게 욕지거리를 했다. "왜 보증금 안 돌려주냐고! 미친X아, 씨XX아" 등 차마 입에 담지도 못할 심한 욕설을 나에게 7분 동안 했다.

영화나 드라마가 아닌 현실에서, 그것도 나에게 하는 욕은 처음 들었다. 무서웠다. 내가 왜 욕을 듣는지 이해가 안 되었다. 세입자와 부인은 고성과 욕을 7분이나 한 다음에도 화가 가라앉지 않고 오히려 더 심한 욕설을 퍼부어서 더는 이성적인 대화가 불가능하다고 판단하고 전화를 끊었다.

세입자가 자발적으로 찾아간 부동산 중개업소에서 중개업자와 임차인 그리고 나, 이렇게 3명이 전출하고 나면 보증금을 돌려주기로 합의를 몇 시간 전에 했다. 이미 교통정리가 다 되었는데 세입자는 그 약속을 갑자기 깼다. 그래서 결국 은행 대출을 받지 못했다.

어쩔 수 없이 당일에 급하게 지인분들에게 전화를 돌려서 당장 오늘 큰돈을 빌려줄 수 있는 사람을 찾아 나섰다. 차용증을 쓰고 돈을 빌리고 그것도 모자라 고금리 대부 사채를 써서 보증금을 만들어 돌려주었다. 몇억이나 되는 전세보증금을 당일에 즉시 만들어내야 하는 상황이 너무 패닉이었다. 당일에 정신없이 차용증을 쓰고, 돈 빌려주신 분들에게 내용증명으로 우편을 보냈다. 지인분들이라 차용증을 공증 없이 간단하게 내용증명으로 대신하게 해주셨다.

당일에 갑자기 연락해서 돈을 빌려 달라고 했는데 묻지도 따지지도 않고 급하다니 빌려준 친구가 너무 고마웠다. 전세보증금이라 작은 돈도 아닌데. 친구도 나에게 빌려주려고 여기저기서 돈을 빌렸다. 평생 친구가 한 명만 있어도 성공한 인생이라고 하던데 나는 성공한 인생인 것 같다. 그리고 돌려주기로 약속한 날짜에 이자를 포함해서 다 갚았다.

세입자의 연락 두절 때문에 법원에 무려 4가지 사건을 접수했다. 본인만 생각하는 이기적인 진상이다. 이게 갑질이지. 기어이 상대방에게 해코지를 하는 미련한 존재다. 만약 세입자가 만기일에 이사를 안 했으면 만기일 다음 날 손해배상 청구 소송을 접수하려고 준비를 해두었다.

만약 내가 건물인도 소송을 만기 전에 신청 안 했다면 세입자가 과연 이사를 했을까? 내가 이렇게 적극적으로 대응을 했고, 본인이 패소할 것 같으니 이사를 했을 거라고 생각한다. 건물인도 소송은 아직도 진행 중이다. 이사를 했어도 법적 절차는 계속된다. 보증금을 전액 돌려주었고 이사를 했으니 소 취하를 하려고 했으나, 소 취하에도 피고의 동의가 필요한데, 세입자가 나의 청구가 무엇이든 무조건 거절하고 있어서 소 취하가 안 된다. 세입자가 미련해서 소송은 계속된다.

진상이라도 법은 지키고 살아야지.
세입자 때문에 법전을 오랜만에 꺼냈다.
원하는 대로 법대로 해드리려고.

아랫집에서 천장이
무너졌다며 올라왔다

: 세입자에게서 연락 오면 무섭다

내가 매수한 아파트에 임차가 안 나가서 공실이 나거나, 누수가 되거나 등의 사건이 있으면 잠이 안 온다. 매일 아침 6시에 자동으로 눈이 떠진다. 주말이나 공휴일도 예외가 없는 아침형 인간이 된다. 미라클 모닝이 굳이 필요 없다. 태연한 것처럼 보여도 속은 타들어 간다.

첫 아파트를 매수한 이후 하루도 마음 편한 날이 없다. 누가 부동산이 불로소득이라고 하였는가. 부동산 투자를 한 번도 안 해본 사람이 그런 말을 했을 것이라고 생각한다. 매달 돌아오는 세금 스케줄 짜 놓고 신고일, 납부일 일정 계산해가며 납부를 며칠이라도 늦춰보고자 신용카드로 낼 수 있는 것은 취합해서 카드 한도 상향 신청하고, 하다못해 카드 자동이체 결제일을 연기한다. 세입자에게서 연락이 오면 무슨 일이 또 터졌나 싶어서 일단 무섭다. 시세가 올랐니 내렸니 하는 썰을 풀

때가 편했지 실제로 지갑에서 돈이 빠져나가면 진짜 빡친다.

얼마 전 폭우로 인한 강남역 제네시스 남이 화제가 될 때쯤, 임차인이 우리 집 누수 사진을 보내왔는데 이건 현실이다. 사건 발생과 대응의 연속이고, 이 오래된 작은 아파트 하나 지켜내기가 난이도 최상급 끝판왕을 만난 게임 같다.

이 한 몸 겨우 누울 만큼의 작고 30년이나 된 낡은 복도식 소형 아파트를 가지고 있는 나조차도 그렇다. 작년 한 해에는 한 아파트에서 누수가 4번 일어났다. 작년 추석 며칠 전이었다. 세입자가 어느 날 갑자기 밤늦게 전화를 했다. 밤에 자다가 전화를 못 받았더니 늦은 시간이라 그런지 문자를 보내주었다. 잠결에 자다 깨서 문자를 보니 누수가 되어 아랫집에서 올라왔다고 한다. 정신이 번쩍 들었다. 방에 불을 켜고 문자와 사진을 찬찬히 보니 상황이 심각했다. 아랫집의 작은방 천장이 통째로 무너져내려 행거에 걸린 수백 벌의 옷들이 다 축축하게 물에 젖은 처참한 사진이었다. 아랫집에서 전달받은 사진엔 천장 나무판이 통째로 부서져 내려와, 천장 콘크리트가 훤히 드러나 있었고, 그 밑에 깔린 옷, 겨울 이불, 핸드백, 곰돌이 인형들이 다 젖어 있었다.

많이 놀라고 무서웠으나 감성은 잠시 넣어둬야 한다. 이성적으로 사건을 판단하고 대처해야 한다. 그런데 지금은 밤늦은 시각이라 연락 가능한 공사업체는 없을 것이다. 내일 아침에 업체에 연락이 되는 대로 집으로 보내서 공사를 하겠다고 세입자에게 말했다.

밤늦은 시각이지만 보험 설계사에게 이 상황을 어떻게 처리해야 하는지 물어보려고 일단 연락을 했는데 감사하게도 즉시 전화를 받고 상담해주었다.

어느 공사업체에 연락을 해야 할까, 아는 업체가 없는데 어떡하지, 공사 비용은 얼마나 들까 등 여러 생각이 겹치는 와중에 아랫집에서 "누수 때문에 우리 집 천장이 무너져 내려 워터파크가 되었으니 당장 공사하라"며 아랫집 부모님들이 번갈아가며 고성으로 항의 전화를 계속해서 며칠간 밤낮으로 많이 시달렸다. "우리 딸이 당장 내일 입고 회사에 갈 옷이 없다"며 항의를 엄청 했다.

난 "누수된 줄 미처 몰랐고 너무 죄송하다. 최대한 빨리 공사를 하겠다"고 말씀드렸는데 여유를 주지 않았다. 죄인이 된 거 같아 힘들지만 어쩌겠어. 아랫집 입장에서는 가만히 있다가 마른하늘에 날벼락 맞은 셈이니까 빨리 해결해야지.

네이버 지도에서 여러 공사업체들의 연락처를 찾아서 수십 개 업체에 연락했는데 추석 연휴 며칠 전이라 고향에 내려가서 섭외 가능한 업체가 없었다. 아는 부동산 중개업자에게 연락처를 하나 받아서 연락했고 다행히 곧바로 와 준다고 해서 너무 감사했다.

날이 밝고 누수 공사하는 업체가 와서 누수 탐지, 배관 교체 등의 대

공사를 하였다. 그리고 인테리어 업체도 와서 견적을 뽑아 주었다. 누수된 부분이 물에 젖어 있으니 마를 때까지 2~3주 정도 기다려야 한다고 했다. 그래서 추석 연휴를 보내고 그다음 주에 천장 목공 공사, 작은 방 벽 전체 도배를 했다. 그리고 아랫집 부모님이 당시 누수된 물에 젖은 옷들의 세탁비도 보상을 해달라고 강하게 요구해서 근처 세탁소에 옷을 맡겼다. 옷 347벌과 인형 3개, 가방 5개, 이불 3세트. 1주일 후 세탁소에서 전화가 왔다. 세탁을 다 했으니 비용을 입금해달라며. 옷 수량이 많아서인지 세탁 비용만 수백만 원이 나왔다. 세탁소 사장님이 옷의 목 뒤 부분에 택이 안 붙은 특이하게 생긴 옷들이 많아서 아랫집 사모님께 여쭤봤다고 한다. 아랫집은 의상학과를 나와 의상 디자인 회사에 다니는 30대 초반 직장인 여자분이 혼자 사는 집이었다. 그리고 전화로 항의하신 분들은 부모님이었다.

옷 347벌은 부피가 어마어마하게 크다. 작은방은 정말 작아서 그렇게 많은 옷을 보관할 자리가 없을 텐데도 하필 의상 디자인하는 분이라 사고 당시 옷이 그렇게 많았다. 사고 후에 생각해보니, 작은방에는 보통 컴퓨터나 TV 또는 책상 위의 스피커나 노트북 등의 전자 제품을 두는 경우가 많은데, 만약 그 상태에서 누수가 되었다면 피해 금액이 훨씬 더 커졌을 것 같다.

지금 생각해도 너무 아찔한 사고였다.

아파트가 낡아서 생긴 문제이기 때문에

예방을 할 수가 없고

내가 잘못한 것이 없는데

내가 모든 책임을 져야 하고

내가 보상을 부담하기 때문에 무섭다.

트라우마가 강하게 남아서

세입자에게서 연락이 오면 무섭다.

누수 보험 전도사가 된 사연

: 보험만이 집주인을 구원한다

정말 다행히 몇 달 전에 누수 보험을 들어놨었다. 신의 한 수였다. 화재 보험의 임대인배상책임(임배책), 급배수특약, 일상생활배상책임(일배책) 특약이 포함된 상품이다. 일명 누수 특약이다. 내가 받은 설계는 임대를 준 집에 누수가 발생했을 때 보상을 받을 수 있는 상품으로 월보험료 10,350원 정도이다. 누수 사고 하나로 648만 원의 비용이 들었고 다행히 자기부담금을 제외한 대부분의 비용은 보험 처리가 되었다.

몇 달 전 나의 한 아파트에서 어느 날 갑자기 누수가 되었는데 누수 보험이라는 상품이 있다는 것을 몰랐을 때, 공사와 복구에 들어간 모든 비용을 내가 전액 부담했다. 세입자가 살고 있어서 내가 하루도 살아본 적도 없는 집인데, 내 소유라서 내가 비용을 내야 하다니 돈이 아깝기도 했다. 알고 보니 오래된 아파트라 누수가 일어나는 경우가 많다고 한다. 그 후 인터넷에서 열심히 검색해보니 누수 보험이라는 것이 있었다. 월 1만 원이라 매달 커피 2잔 값 정도이니 없는 셈 치고 일단 가입해 두었는데 이게 그렇게 큰 힘이 될 줄 전혀 생각도 못 했다. 보험의 위력이란 대단했다. 그리고 이렇게 빨리 사고가 터질 줄도 몰랐고, 보험금을 받게 될 줄 생각도 못 했다.

나는 그 흔한 실비 보험도 가입하지 않았다. 아무리 보험에 관심이 없는 사람이라도 실비보험은 가입하는데 그것조차 없다. 정말 나는 흔하지 않은 사람이다. 나이를 망각한 채 "난 원래 건강해서 병원에 거의 안 가니까" 등의 이상한 자신감이 있었다. 그리고 회사에서 단체 보험에 가입되어 있으니까 '회사를 다니는 이상 굳이 보험이 왜 필요한가'라고 생각하던 사람이었다. 이런 사고는 남의 일이라고만 생각했던 거다.

오래된 아파트에서 누수는 일상이다. 보험사에 따라 아파트 연식이 20년 이상, 또는 30년이 넘어가면 가입이 안 되는 경우도 많다. 더 사고가 날 확률이 높아져 보험사가 손해를 보기 때문일 테니. 아파트가 더 낡기 전에 미리미리 가입하자.

그래서 주변에 부동산 투자하시는 분들은 물론 지인들에게도 꼭 누수 보험에 가입하라고 한다. 월 1만 원이면 된다. 누수 한 번 되면 수십 년 치 보험료를 한 방에 뽑을 수 있다. 누수 특약은 인터넷 다이렉트로 가입이 안 된다. 보험설계사를 통해야만 가입할 수 있다. '임배책, 급배

수, 일배책'이라는 3종 세트를 꼭 기억하고 이것만 포함되어 있으면 된다. 어느 설계사든 간에 꼭 가입하자. 만기까지 보험료를 20년간 착실히 내어 봤자 250만 원 정도이다.

보장 범위가 겹치는 같은 종류의 보험을 2개 가입, 즉 중복 보험이면 비례보상되어 자기부담금이 줄어들어 없어지는 경우도 있다. 사고 발생 시 자기부담금이, 임대인 배상책임은 20만 원, 급·배수시설 누출 손해는 10%이다. 그래서 나는 2개 보험사에 각각 1개씩 가입했다.

또한 보험사에서는 판매했던 보험 상품의 손해율이 올라가면 보장 조건을 바꾸는 경우도 있다. 자기부담금 조건이나 보장이 되는 한도는 바뀔 수 있으니 충분히 체크해야 한다. 나의 경우는 월 보험료가 1만 원이었는데, 가입 시기 등 다양한 조건에 따라 변경될 수 있다.

오래된 집은 누수가 자주 일어날 텐데, 이런 사고 한 번이면 수백만 원이고 보험으로 돌려받으니, 보험회사가 망하지 않을까 오지랖 넓게 걱정도 된다. 매달 보험료가 계좌에서 자동이체로 출금될 때마다 알림이 온다. 감사한 마음으로 보험료를 낸다.

실비 보험조차 없는 사람이
누수 보험을 2개나 가입한 데는 이유가 있다.
매달 1만 원씩이다.
지금 꼭 가입하자.

세금 무서워
집을 못 산다는 핑계

: 기쁜 마음으로 세금 내는 이유

집 샀다고 끝이 아니다. 세금 내야지. 매년 7월과 9월은 재산세 납부 시 즌이다. 매년 재산세 금액이 부과되고 각각 절반씩 나눠서 같은 금액을 1기분은 7월 말일까지, 그리고 2기분은 9월 말일까지 내야 한다. 늦으면 가산세가 붙는다. 매년 6월 1일 기준으로 부동산을 소유한 사람에게 부과된다. 재산세는 지방세라서 서울시 부동산은 STAX, 그 외 전 지역은 위택스의 홈페이지 또는 앱에 로그인하면 매물지의 구청에서 발급한 고지서가 나와 있다.

국세나 지방세 납부 시 신용카드 실적으로 집계되는 카드가 거의 없다. 있긴 한데 더는 신규 발급이 안 되도록 몇 년 전에 이미 단종되었다. 실적으로 잡히지 않더라도, 카드사별로 아주 소액이지만 캐시백을 주거나 스타벅스 기프티콘을 주는 이벤트가 있다. 카드사 혜택을 챙겨가며 꼭 기한 내에 매년 납부하도록 하자.

의외로 재산세 모르는 사람들이 많더라. 집을 산 직장 후배에게 알려 준 적이 여러 번 있다. 매매 잔금 치르느라, 취득세 카드 할부 내느라 정신이 팔려서 세금까지 생각을 못하더라.

세금이라고 하면 일단 걱정부터 하는 사람이 많아 대략적인 감이라도 잡으시라고 가이드를 드리자면, 공시지가 기준이라 물건마다 다 다른데 1기분이 20~30만 원 정도라고 생각하면 될 것 같다. 즉 매년 40~60만 원 정도 재산세를 내게 된다. 그리 부담되는 금액은 아닐 것이다. 내 집이 있으면 이 정도는 기쁜 마음으로 세금을 내야지.

위의 재산세는 지방세, 즉 지방자치단체에 내는 세금이었고 나라에도 세금을 내야지. 종합부동산세, 줄여서 종부세는 매년 12월 15일까지 내야 한다. 매년 11월쯤 고지서가 날아온다. 나라에 내는 세금, 즉 국세는 홈택스 홈페이지 또는 손택스 앱에서 확인할 수 있다. 국세는 카드 납부 시 체크카드 0.5%, 신용카드 0.8%의 수수료가 있다. 신용카드 할부로 납부하는 것을 추천한다. 카드사별로 5~6개월 정도 무이자 할부 이벤트를 하는 경우가 많고 추가적으로 스타벅스 기프티콘 등의 이벤트를 해 카드 납부 수수료가 상쇄되는 셈이다. 가지고 있는 카드사의 혜택을 꼭 확인하자.

역시 세금 걱정부터 하는 사람이 많으니 대략적으로 범위를 주자면

200~300만 원 정도 부과된다고 예상하면 될 듯하다. 물건마다 차이가 크니 미리 여유 자금을 준비하자. 분납도 가능하다.

사업자등록증을 만들었으면 세금 신고를 해야지. 대출받기 위해 사업자등록을 했다면 사업을 하지 않아 매출이나 매입이 없을 것이다. 홈택스 홈페이지 또는 앱에서 무실적 신고를 하면 된다. 3분이면 충분하다. 일반과세자는 매년 1월과 7월에 하고, 간이과세자는 매년 1월에 한 번만 한다. 사업자등록증에 보면 일반과세자인지 간이과세자인지 기재되어 있다. 홈페이지 또는 앱에서 신고, 즉 전자신고를 하면 1만 원이 공제된다. 사업 안 해서 무실적이라도 1만 원을 기재한 계좌로 입금해 준다. 이런 큰 이득이라니!

세금은 번 만큼 낸다.
쉽게 말해 벌지 않았으면 안 낸다.
세금을 많이 낸다면 집값이 올랐다는 뜻이다.
이 정도 금액은 세금 무서워서
집을 못 살 정도는 아닐 것이다.
기쁜 마음으로 감사해하면서 내야지.

7장

앞으로의
나는

사촌이 땅을 사면 배가 아프다

: 침묵은 금이다

사촌이 땅을 사면 배가 아픈 것은 만고불변의 진리이다. 주변에 말하지 말자. 집도 사보고 주식도 좀 해보고 이것저것 하다 보면 어느새 내가 똑똑해진 것 같고 마치 부자가 된 것 같다. 그럴 때 절대 주변 지인들, 가족, 친척, 친구들에게 말하면 안 된다. 저 구석의 오래된 작은 집이라도 말이다. 내가 부동산을 사거나, 주식으로 돈을 벌면 사촌은 배가 아프다. 최소 10년은 나만 아는 비밀로 하자.

그때부터 돈 빌려 달라부터 시작해서, 각종 고금리 투자의 유혹이 몰려든다. 그리고 예쁘거나 멋진 이성이 갑자기 눈앞에 나타난다. 지옥에서 온 사신이다. 한순간의 잘못된 선택으로 인생이 한 방에 나락으로 떨어지기도 하는데 그 유혹의 갈림길에 들어서는 순간이다.

특히 '집 샀다고 한턱 쏘기'는 절대 금물이다. 대출이 80%가 끼든, 세금으로 수백만 원을 내든, 집 안 사본 사람은 모른다. 그저 집 사면 부자인 줄 알고 한턱 단단히 내라고 한다. 한턱 쏜 사람은 기억하는데 얻어먹은 사람은 전혀 기억을 못 하는 그런 한턱. 심지어는 만날 때마다 "너부자니까 밥 사"라는 말을 밥 먹듯이 한다. 진정한 거지 근성이다. 친구만나서 기분 좋아서 내가 밥을 살 수도 있는데, 그게 아니라 내가 밥을사는 이유가 '내가 집을 사서'라면 너무 황당하다. 내가 집을 사는데 한푼 보태주기를 했냐, 도움을 주기를 했냐, 아무런 지분도, 기여도 없는데, 내가 집 산 것과 네가 무슨 상관이 있냐. 그런 지인은 자연히 멀리하게 된다.

친구들도 내가 집을 샀다고 했더니 월급 모아 그냥 집 산 줄로만 알더라. 대출 80%가 낀 것도, 세입자가 월세를 몇 달째 안 내는지, 누수가나서 수백만 원의 공사비를 냈던 것 등 그런 것은 관심도 없고 그런 세계가 있는 줄 전혀 몰랐다고 한다. 그 친구는 무주택자다.

집을 사려고 했다가 안 샀는데, 시세가 올랐다는 소식을 듣게 되면 배가 아픈 것은 물론 부부싸움의 원인이 된다. 반대로 집을 샀는데 시세가내리면 잠을 못 잔다. 속앓이에 그치지 않고 가정 파탄으로 번지기도 한다. 무주택자는 이런 리스크는 생각도 안 하고, 그저 배가 아프다. 집을사는 것은 대단한 용기와 공부를 동반하는 인생을 건 초장기 프로젝트이다.

배가 아픈 사람은 주로 인생 한 방이라며 로또 터지길 바라고, 소비가 소득보다 많다. 이렇다 할 노력은 안 하는데 그걸 감추기 위해 말로만 때우는 경우가 많다. 더 좋은 선택지가 있어도 알아내려는 노력 자체도 안 한다. 그러면서 남의 노력은 깎아내린다.

그래서 주변에 도와주지 마라. 내가 안 도와줘도 사는 데 지장 없다. 돈 떼이는 지름길이다. 돈 빌려주거나 도와주고 나면 자연스럽게 연락이 끊긴다. 빌려준 돈을 돌려받는 것은 거의 불가능하다. 혹시라도 빌려준 돈을 갚는 사람이 있다면 정말 독한 사람이다. 웬만한 보통의 멘탈이 아닌 사람이다.

그리고 부모님께 갑자기 용돈을 주지 마라. 부모님께도 비밀로 하자. 특히 딸이라면 더더욱. 딸은 아들과 차원이 다르다. 불효자식 같겠지만 내가 먼저 일어서고, 가족이든 뭐든 그다음 순서다. 용돈은 내가 경제적 자유를 이룬 후에 드려도 늦지 않다. 이기적인 거 같다고? 내가 집 살 때 도와준 적 있냐? 오히려 집 사지 말라고 말렸을 것이다. 나의 재테크와 자산 형성에 아무런 지분이 없다.

이름이 아닌 닉네임으로 활동하는 인터넷 카페나, 카카오톡 단톡방, 블로그를 하다 보면 익명에 기대어 자신의 투자처나 개인정보를 오픈하게 되는 경우가 있다. 화면 캡처에서 개인정보 부분을 가린다고 가렸

는데 이름, 주소, 동 호수 등의 개인정보를 덜 가린 채로 올리는 실수를
해서 망한 사람을 몇 명 봤다. 잘 가렸겠지 싶은데 본인 눈에는 실수가
안 보인다.

또 인터넷에는 이상한 사람도 많은데, 한 예로 거짓말이 아니라면 계
약서 등으로 인증을 하라고 요구하는 사람도 많다. 인증하지 마라. 어
차피 비난을 하기 위한 목적이라 인증을 해도 욕할 것이고, 공개된 정보
로 뒷조사를 하여 해칠 것이니 괜히 먹이를 주지 마라. 나에게 이득 될
것이 없다. 차라리 "그거 거짓말이었어요"라고 발뺌해라. 어차피 익명
이니까. 인터넷 사회에서 굳이 나를 공개할 필요가 없다.

반대로 힘들 때도, 고민이 있어도 가급적 주변 사람들에게 털어놓지
말자. 나는 힘듦을 털어놓고 의지하는 관계라고 생각했는데 상대방은
그렇지 않을 수도 있다. 심각한 이야기를 들으면 상대방도 피곤하다.
주변 사람은 나를 치료해줘야 하는 병원이 아니다.
어느 정도껏 가벼운 이야기는 괜찮을 수도 있으나, 그것도 정도 것이
고 어느 수준 이상의 내 문제에 대해선 병원에 가든 내 선에서 해결하든
나를 건강하게 만들고 상대를 만나는 게 예의라고 생각한다.

타인의 성취와 그 과정을 자랑하고 응원과 격려하는 사회가 되었으
면 좋겠다. 뭐든지 쉽지 않은 길이라 쉬운 게 하나 없다. 그 험난한 길을

걸어온 과정을 공유하며 서로 이끌어주고 독려할 수 있으면 좋겠다. 요즘엔 무엇을 해냈다고 해도 자랑할 데가 없다. 순수하게 바라보기엔 사회가 팍팍하다. 대단한 성과가 아니더라도, 흰 쌀밥이 찰지게 잘 지어져서, 콘서트 티켓을 구해서, 처음 먹어본 열대 과일을 맛봤다는 것이든 일상의 소소한 성취를 자랑하고, 그 자랑을 들은 사람은 칭찬하고 응원해주면 좋겠다. 그게 뭐가 대단하냐며 핀잔주지 말고. 시기하며 배 아파하지 말고.

과거의 내가 고민했던 부분을, 지인이 그런 상황에 처했을 때, '한 수' 알려주고 싶어서 입이 근질근질할 수도 있다. 상대방이 묻기 전까지 괜히 흘리지도 말자. 상대방이 적극적으로 물어보면 그때 알려줘도 늦지 않다. 내가 내 두 발로 온전히 일어설 때까지 입을 굳게 다물고 혼자만 알아야 한다. 정 힘들면 벽에 대고 말하자. 거울 보고 말하자. 미친 사람 같겠지만 이를 통해 미치지 않을 수 있다.

자주 만나는 친구에게도
가정 이야기는 하지 말자.
마음 깊은 이야기는
누구에게도 하지 말자.
그것이 나를 자유롭게 한다.

집은 대출로 사고,
대출은 집으로 갚는 것

: 레버리지의 힘

신차 구매, 명품 구매, 여행이나 욜로(YOLO), 즉 소비를 위해서 대출을 받으면 안 된다. 쓰면 없어지는 소비라 상환하기가 힘들 것이다. 한번 소비 패턴이 늘어나면 줄이는 것이 쉽지가 않다. 생활의 즐거움을 줄여 가면서 대출 상환한다는 것이 쉬운 일이 아니다.

그러나 자산에 투자를 하면 큰 어려움 없이 대출을 상환할 수 있다. 부동산이든 주식이든 장기적으로는 우상향이라, 시간이 지나면 자산에 투자한 금액이 상승하기 때문에 시간이 지날수록 대출을 상환하기가 쉬워진다.

또한 시간이 지날수록 인플레이션으로 물가가 오르기에 은행 저축 또는 현금을 갖고 있으면 그 가치가 시간이 갈수록 줄어든다. 물가가 너무 오르다 보니 실질 구매력이 감소하는 게 바로 느껴진다. 장바구니 물가로 매일 마주한다. 요즘 애호박 하나 5,000원 하는 것도 봤다. 몇 년 지나 이 글을 보면 싸다고 하겠지. 일반인은 과일, 채소 못 먹는 시대가 코앞이다. 반면에 몇 년 전에 받아 둔 대출은 그때 그 시절의 금액이니 결국 내 빚의 가치가 줄어드는 셈이다. 레버리지를 무서워하지 말자. 적극 활용해야 한다.

대출은 최대한도로 다 받는 것이 좋다. 만약 돈이 있어서 대출을 조금만 받아도 되는 상황이더라도 일단 최대한도로 다 받아 놓자. 이자를 아까워하면 안 된다. 상환은 쉬워도 대출받기는 어렵다. 대출해줄 때 받아라. 정부의 대출 규제 때문에 대출 안 해줄 때 받으려고 노력해도 대출 안 해준다. 다 받아서 그 돈으로 더 좋고 더 비싼 집을 사든, 아니면 다른 아파트를 하나 더 사든, 그것도 아니면 그냥 저축은행 입출금식 보통 통장에 넣어두든 일단 받자. 그리고 돈이 생기더라도 중도 상환은 하지 마라. 중도상환수수료도 있을 뿐만이 아니라 일단 갚으면 다시 못 뺀다. 일정 부분 현금을 보유해야 일이 생겼을 때를 대비할 수 있다.

월급 모아 집 사는 것은 불가능하다. 30년 전에는 가능했지만, 그런 시절은 이미 지나갔다. 돈 없는 우리가 할 수 있는 유일한 방안은 레버리지를 활용하는 것뿐이다. 한국어로 지렛대, 영어로는 레버리지라는 단어는 부채를 이용한 투자(차입 투자)를 의미한다. 대출이 가능할 때 대출을 받아 우량 부동산을 매입한 채로 시간의 힘에 기대어 장기 보유하자.

주식은 하지 말자. 주식으로는 부자 된 사람을 한 명도 보지 못했다. 주식 투자로 TV에도 나올 만큼 유명한 분들이 있는데 계좌 인증을 한 적이 없는 것 같다. 그리고 주식 투자를 하다 한강에 뛰어들었다는 이야기를 인터넷에서 많이 봤다. 반면에 부동산 투자하다가 극단적인 선택을 한 사람은 별로 보지 못한 것 같다. 주식은 수시로 사고팔기가 가능하지만, 주식에 비해 부동산은 크고 비싸고 무거워서 한번 사고팔기가 어렵다. 그래서 부동산을 일단 사면 장기적으로 보유할 수밖에 없게 된다. '인서울 지하철 2호선 내 아파트'의 경우 10년 이상의 장기 투자로 실패는 거의 불가능하다. IMF든 국제적 금융위기이든 10년이면 일시적으로 하락했다가도 더 많이 상승한다.

건강한 대출은 갚지 않고 평생 가지고 가야 한다. 부자들은 레버리지를 잘 활용한다. 그것이 돈이 될 수도 있고 인적 레버리지일 수도 있다. 인적 레버리지는 직원이든 아르바이트든 타인에게 월급이라는 비용을 주고 나의 일을 대신 처리하도록 시킨다. 자기가 감당할 수 있는 대출은 나쁜 대출이 아니다.

재테크를 해야 이유는 꼭 부자가 되기 위해서가 아니다. 내 돈을 스스로 관리하고 있어야 내가 내 두 발로 경제적 자립을 할 수 있기 때문이다. 내 인생을 사는데도 돈이 없으면 돈 있는 사람에게 이리저리 끌려다닐 수밖에 없다.

"우리 집은 와이프가 돈 관리 다 해요"라며, 직장인 남편은 재정 상태가 어떤 줄도 모르고 그저 와이프에게서 용돈 받아 사는 집이 매우 많다. 피땀 흘려 번 돈이 어떻게 흘러가는지 안 궁금해? 가정의 평화를 위해 내무부장관님께 일임한다고들 하는데, 평화는 평화고 무식은 무식이다. 평화와 무식이 구분이 안 돼? 각자 관리 또는 소비에 일일이 태클을 걸라는 게 아니다. 자금 계획을 같이 짜야 같은 목표를 향해 같이 달려갈 수 있다. 서로가 맞아야 박수 소리가 날 텐데. 내무부장관님만 열심이고, 한쪽이 장기적인 자금 계획, 재테크 전략을 모른 채로 살면 박수가 안 쳐진다. "대출 이제 이만큼 남았다. 우리 조금만 더 같이 힘내자" 이런 단합이 안 된다. 일방적으로 돈 벌어 갖다주는 기계가 아니라면 꼭 서로 같이 고민하고 같이 계획을 짜자.

주체적인 삶을 살기 위해서 재테크가 필요하다. 여기서 말하는 재테크는 주식이나 코인을 말하는 것이 아니다. 초보이든 고수이든 성공할 확률이 매우 낮다. 그래도 제일 성공할 확률이 높은 것은 부동산이다.

돈은 땅에 묻어서 보관하는 게
제일 안전한 것 같다.
통장에 놔두면 어느새 사라진다.
화폐를 부동산으로 바꿔서 10년 묵혀놓자.

진정한 영끌

: 대출받을 수 있는 자격을 유지하는 것

현재 내 손에 얼마를 가지고 있는지는 그다지 중요하지 않다. 영혼까지 끌어모은다면 '얼마를 당겨 모을 수 있는지'가 중요하다. 월급을 차곡차곡 모으는 것은 성공해도 금액 상한선에 한계가 있고, 티끌 모아 태산이라고 하지만 적어서 티도 안 난다.

따라서 회사 대출, 신용대출은 너무 안락하고 매력적이다. 일시에 억대의 돈을 끌어올 수 있다. 심지어 회사 대출은 이율이 시중 은행보다 저렴한 편이다. 퇴사 전까지는 거의 내 돈이나 다름없다고 생각하고 굴릴 수 있다. 상환에 대한 부담도 없다. 회사에서 자체적으로 회사 기금으로 운영하는 대출은 금융권과 연계되지 않아, 용도나 DSR 같은 제한이 전혀 없다. 회사마다 다른데 보통 3,000만 원~1억 원 정도 받을 수 있다.

또한 어느 회사이건 재직 중이면 직장에서 4대 보험을 납부하니 은행에서 신용대출을 받을 수 있다. 정부 정책에 따라 한도가 다르긴 한데 대략 연봉의 1~2배 정도 한도가 나온다.

그리고 직장인이여, 마이너스 통장을 뚫어라. 안 쓰면 공짜다. 만들어줄 때 만들어라. 사람 일은 어떻게 될지 모르며, 그때 마통이 제일 큰 무기와 힘이 될 것이다. 직장인의 최고 혜택은 단언컨대 마통이다. 특히 대기업 다니면서 마통 안 만드는 사람이 제일 이해가 안 된다. 회사와 은행이 협약해서 그 회사 재직자 전용 신용대출 상품을 만들기도 할 정도로 후하게 신용 한도를 주는 경우도 있는데 왜 안 쓰는가. 부자 아니라면 안 써도 제발 마통을 만들어라.

마통은 별도로 하고 이렇게 회사 대출과 신용대출을 합쳐서 2억을 받는다고 가정해보자. 지금 2억과 10년 뒤의 2억의 가치의 차이는 매우 크다. 인플레이션 때문에 시간이 지날수록 내 빚의 가치도 줄어든다. 10년 후 2억이라는 상환금은 현재 가치로 따진다면 1억 이하가 될 것이다.

이직을 한다면 퇴사 전에 고려할 것이 많다. 이직을 하면 재직기간 6개월~1년을 채울 때까지 대출이 나오지 않는다. 은행 입장에서는 근속이 불안정하다고 판단하는 것이다. 능력이 있든 재산이 있든 뭐든 간에 재직기간 6개월까지는 꼼짝없이 대출이 안 나온다.

그리고 신용대출이나 마이너스 통장을 가지고 있다면 퇴사 전에 꼭 자금을 준비해놓자. 직장건강보험료 가입자가 지역가입자로 전환된 것이 은행에 접수되는 순간, 일시 상환 요구가 들어온다. 따라서 이직 전 가지고 있는 대출을 상환할 수 있는지 자금 융통 계획을 마련해야 한다. 이것을 모르고 대책 없이 퇴사하는 사람이 많다.

창업을 한다고?

직장인이 아니니 앞서 언급한 강력한 직장인의 혜택인 회사 대출과 신용대출은 불가능하다. 직장인이 퇴사 후 많이 차리는 프랜차이즈 치킨집, 카페 등은 인건비 싸움인 경우가 많다. 만약 대박이 나서 매출 월 1,000만 원이라고 해도, 건강보험료, 연금, 세금 등을 납부해야 하는 것은 물론 내 인건비를 제하고 나면 남는 게 없을 것이다. 잘 다니던 회사를 퇴사해서 기껏 힘들게 창업한 게 최저시급 받는 사장 되려고 창업하는 것은 아닐 것이다. 본인이 퇴사 전 받던 월급을 받을 수 있을지 계산을 해보면 정말 남는 게 없는 장사일 것이다.

회사 다닐 때 고정적이고 안정적으로 받던 월급을 포기하는 것은 물론, 직장인은 그래도 주말엔 워라밸 지키며 마음 편하게 쉬었는데, 장사는 마음 편하게 쉬는 날이 없다. 회사에서 제공되는 각종 복리후생 복지 제도들이 알게 모르게 많은데, 포기해야 한다. 또한 코로나 등 예상치 못한 변수가 생기면 더 어렵다는 결론에 이른다. 인건비 싸움을 하는 장

사이기에 알바 직원 수를 줄이고자 서빙하는 로봇을 도입해도 인건비는 여전히 큰 비중을 차지한다. 이 모든 난관을 극복하고 장사하시는 분들은 정말 대단하다.

아무리 계산해봐도 직장인의 월급보다
더 효율 좋고 투입 대비 산출이 확실한 인컴 소스가 없다.
그래서 나는 지금 다니는 회사를 계속 다니려고 한다.

순순히 태워 주지 않는 막차 붙잡기

: 그때 할걸

나도 부동산 투자 좀 해보려고 하니 이미 버스는 지나갔다. 주택 수에 합산되지 않아 종부세 배제 등 다양한 혜택으로 유명한 주택임대사업자라는 제도가 있었는데 2020년부로 아파트는 대상에서 제외가 되었다. 아파트 제외한 빌라 등 다른 부동산은 현재도 신규 등록이 가능하지만, 우리가 전업 투자자도 아니고 빌라 살 것이 아니라면 사실상 없어진 것과 마찬가지이다. 몇 년 전에 출간된 책, 오래전에 작성된 블로그 글을 보면 주택임대사업자 제도를 염두에 두고 계산을 하고 있기에, 현재 실상과는 맞지 않는 틀린 정보가 된 셈이다.

 적절한 타이밍에 매수하지 못해, 기존 거래가격보다 더 비싼 값을 지불하고 진입할 때 지각비를 낸다고 한다. 왜 하필 내가 사려고 하니 취득세 중과라니. 1년만 일찍 이 아파트 샀으면 취득세 중과 아닌데. 1년 지각비가 세금만 4,500만 원이라는 계산에 다다른 순간 살지 말지 진심으로 고민했다. 세금만 4,500만 원 추가됐고, 아파트 매매가는 1년 만에 1억 5,000만 원이 올라있었다. 눈물을 머금고 지각비를 내고 그냥 샀다. 더 비싼 지각비를 물기 전에.

이 좋은 혜택이 있을 때, 세금이 지금보다 낮을 때, 그때 부동산 투자를 했어야 했는데 난 왜 늦게 진입하여 좋은 버스를 다 놓쳤을까 하는 아쉬운 마음도 든다.

'껄무새'라는 말이 있다. "그때 살걸", "그때 할걸" 이렇게 늦은 후회만 앵무새처럼 반복하며 외치는 사람을 말한다. MBC 〈무한도전〉에서 박명수가 자주 말한 명언이 있다. "이미 늦었다고 생각될 때는 진짜 늦은 것이다"라는 말. 곱씹을수록 맞는 말이다.

그러나 어쩌겠어. 이미 버스가 지나갔기에 지각비를 내고 탑승을 하는 수밖에 없다. 지각비는 혹독하다. 그리고 지각비를 내고서라도 버스에 탑승하려면 노력을 많이 해야 한다. 버스보다 비싼 택시를 타고 달려가면 다음 정거장에서 버스로 갈아탈 수 있다.

정부 규제와 금리 등 환경의 변화로 인해서 투자는 갈수록 어려워지고 대상이 한정되어 가고 있다. 더욱이 기존에 알던 지식으로 투자하면 틀린 지식이 되는 경우가 많다. 특히 매도할 때 내는 양도세 등의 세금

관련 사항은 최신 정책을 확인하지 않으면 세금 중과가 적용되는 등 큰 손해를 입게 된다.

열심히 공부해서 막차를 타보겠다고 노력해도, 막차에 순순히 태워주지 않는다. 떠나가 버린다. 마치 막차 기사도 퇴근하고 싶어 더 빨리 눈앞에서 사라져가는 것만 같다. 그러므로 버스보다 더 빨리 달리거나, 더 빨리 달려갈 수 있는 방법을 유연한 사고로 찾아내고 끝없이 계속 공부해야만 겨우 막차에 탑승할 수 있다.

그렇게 아파트의 주택임대사업자는 없어졌고, DSR이니 대출 규제 등 제도는 수시로 변하고, 금리도 오르고, 특히 세법은 맨날 변한다. 정부 정책은 끝도 없이 하루가 멀다 하고 새롭게 쏟아진다. 어느 장단에 맞춰 춤을 춰야 할지 감도 안 온다. 새로운 제도에 맞춰 전략을 짜다 보면 정부에서는 또 다른 부동산 관련 정책을 발표한다.

예측은 불가능하기에 대응할 뿐이다. 아파트 샀다고 해서 끝이 아니다. 시장을 떠나지 말자. 다음 상황을 주시하고 각 상황에 맞게 발 빠르게 대응해야 한다. 좋은 버스 지나간 뒤 늦은 후회만 외치지 않기 위해 오늘도 나는 공부한다.

중요하니까 육하원칙에 따라 요약해서 알려준다.

누가? 이 글을 읽는 부린이가

언제? 오늘

어디서? 인서울 부동산 중개업소에서

무엇을? 인서울 2호선 순환선 안쪽 아파트를

어떻게? 사업자 대출을 받아서

왜? 재테크는 인플레이션을 방어하는 유일한 방법. 시간이 지날수록 빚의 가치가 줄어든다.

정답을 다 알려줬다. 실행하느냐 안 하느냐의 차이가 인생을 결정한다.

지금 당장은 지각비에 속 쓰리겠지만

시간이 지나면

내가 낸 지각비가 저렴한 거였구나,

전체 수익에서 적은 비중이구나

생각하게 될 거다.

갈 길이 멀다

: 등기 치기 좋은 날

그렇게 아등바등하며 산 집이 등기부등본상 갑구의 소유주는 나일지라도, 을구에 채권자인 은행이 적혀 있다. 은행의 지분이 훨씬 더 크다. 힘들 때 돈 빌려준 은행에 감사하는 마음으로 매달 이자 꼬박꼬박 열심히 내고 있다. 매매가의 80%를 은행 대출받아 산 것이니 아직 화장실만 내 것, 방과 거실과 주방과 베란다와 현관은 은행 것인 셈이다.

내가 받은 사업자 대출은 대출 기간이 10년 만기도 있고, 3년 만기도 있다. 과거에 사업자 대출 상품은 10년 만기였는데, 최근 정부 규제가 심해져 사업자 대출 신규상품은 최대 3년만 나오도록 변경되었다. 역시 대출은 해줄 때 받아야 한다. 10년간 가만히 이자만 내고 그대로 놔두면 되니 편하고 마음이 안정된다. 10년 후에 갱신해야지.

월급의 대부분을 대출 이자와 세금으로 낸다. 사업자 대출은 원금은 매달 갚지 않고 만기에 일시 상환한다. 매달 이자만 낸다. 대출금 원금을 갚겠다는 생각은 안 한다. 이자만 내고 쓰다가 대출금은 다음 매수인이 내는 거라고 계산하고 있다.

이 아파트를 언제 매도할지는 모르겠지만, 세월이 흐르면 물가가 상승하고 아파트값도 상승한다. 설령 한 푼도 안 올라도 상관없다는 마인드로 투자한다. 아직은 대출 이자가 월급으로 감당할 수 있는 수준이다.

내 집이 있다는 것은, 내 두 다리로 온전히 세상에 발을 딛고 서 있을 수 있다는 뜻이다. 그 누구의 도움을 받지도 않고, 누구에게 기대거나 의존하지 않고 내 힘으로 말이다. 내 집이 주는 안정감은 매우 크다. 비혼족들이 세상을 살아가는 비책이 될 수 있다. 그래서 내 집이 필요한 것이다. '배우자감'보다 내 집을 먼저 마련하자. 꼭 비혼뿐만 아니라 신랑 신부도 전세 한 바퀴 돌고 나서 집을 매수하기보다는, 하루라도 빨리 전세 끼고 집을 사 두는 것이 좋다.

부동산을 사서 등기부등본에 이름을 올리는 것을 '등기를 친다'라고 표현한다. 등기를 치는 것은 전세나 월세와 완전히 다르다. 내가 아파트를 매수할 때 친구와 같이 부동산에 잔금하러 간 적이 있다. 잔금하는 날 법무사가 일정이 밀려서 조금 늦는다고 연락이 왔다. 친구가 "왜 법무사가 와?"라고 물었다. 그렇다. 전세와 월세에서만 살아서 임대차계약만 해본 친구는 등기가 필요한 계약을 해본 적이 없는 것이다. 임대차 거래는 등기부등본에 수정이 필요 없는 경우가 대부분이다. 반면에 매수 거래를 하여 등기부등본에 이름을 올릴 때는 등기소에 가서 신청을 해야 한다. 그래서 법무사에게 대행을 맡긴다.

등기 한 번 치는 게 쉽지 않다. 그래도 앞으로도 등기 많이, 매우 치고 싶다. 누구나 부자가 되고 싶다고 소망하듯이 나도 원한다. 오늘은 등기 치기 좋은 날이다.

등기 치는 것은 현대식 상투 틀기라고 생각한다.
제법 어른이 된 것 같다.
등기를 한 번이라도 쳐 보면
인생의 깊이와 넓이가 달라질 것이다.

비혼이라서

: 내가 잘해야 한다

부동산 투자를 하다 보면 명의가 아쉬운 상황이 온다. 즉, 무주택자가 매수한다면 취득세 중과가 없거나, 비교적 저렴한 금리와 대출 한도가 많이 나오는 등 다양한 측면에서 장점이 많아 총투자 비용이 적게 드는데, 유주택자는 취득세 중과 등 무주택자보다 몇 배 많은 세금을 내야 한다. 그래서 무주택자인 가족의 명의로 투자를 하는 경우도 봤다. 배우자 또는 직계존비속, 장인, 장모까지 가거나 더 건너 친척의 명의로 매수하기도 한다.

부동산뿐만이 아니다. 재테크를 하다 보면 자연스럽게 증여를 고민하게 된다. 자녀의 이름으로 된 계좌에 월 100만 원씩 자동 적립식으로 주식을 매수하는 등 10년간 무상 증여 한도 5,000만 원을 꽉 채우는 등 명의를 분산시켜 투자를 한다.

그러나 나 같은 비혼족은 자녀도 없고 배우자도 없다. 활용할 수 있는 명의가 나 본인 하나뿐이다. 자녀에게 증여를 할 것도 없다. 나만 잘하면 된다. 그리고 내가 잘해야 한다. 부양가족 수에 따라 세금공제 등 혜택이 많은데 나와 상관이 없는 일이다. 다양한 세금과 정책이 1인 가족은 배제한 채 수립되어 있다. 어쩔 수 없다.

혼자 산다고 해서 원룸 빌라, 원룸 오피스텔을 사면 안 된다. 짐이 별로 없어서 수납공간이 필요하지 않아도 마찬가지다. 시세가 내려가기가 쉬워 멘탈에 손상이 온다. 아파트를 사야 한다.

내 자식에게 증여를 고민할 필요 없다. 아등바등 벌어 놓은 것은 죽기 전에 아낌없이 다 쓰고 죽어야지. 오래도록 재미나게 하고 싶은 거 마음껏 다 하고 살아야지. 일단 먼저 내가 일어서고 나서.

현대인들은 바빠서, 삶이 팍팍해서 여유가 없다. 상대방에게 기회를 여러 번 줄 만큼 한가하지 않다. 몇 번 같이 하다가 이상하다 싶은 게 반복되면 그냥 차 버린다. 이 사회가 그렇다. 그래서 매 순간 매번 하루하루 성실하고 진지하게 임해야 한다.

살다 보면 모르는 분야를 접하거나 제안받게 되는데, 내 분야가 아니더라도 진지하게 대해야 한다. 나에겐 처음 접하는 것이겠지만, 상대방에게는 오랜 노력의 결과물이기 때문이다. 장난스럽거나 가볍게 대하면 안 된다. 충분히 검토해보고, 알아보고, 그래도 아니다 싶으면 희망 고문을 하지 말고 정중하게 그리고 빨리 거절해야 한다.

모든 순간에, 모든 사람에게 배려 깊고 친절하게 행동해야 하는 이유다. 한번 잘못하면 그 사람의 기억 속에서 내가 지워질 수 있다. 그래서 끊임없이 자기 PR을 해야 한다. 나 하나 먹고 살기도 바쁜데 남의 것까지 기억하고 챙겨 줄 여유가 없다. 혹시 나를 기억해주고 챙겨주는 사람이 있다면 감사하게 생각하자.

나 혼자 사는데 아프면 안 된다.

제일 서럽다.

몸과 마음이 건강하도록

일상의 루틴을 유지하자.

로또 같은 건 나는 당첨 안 된다.

요행 바라지 말고

성실하게 한 발 한 발 나아가야 한다.

묵묵히 어제도 오늘도 내일도.

나에게 고향이 어디냐고 묻는 분이 종종 있다. 오랜 시간 거주한 장소의 지리적인 이름을 대던 초보 시절이 있었다. 이민의 횟수가 늘어남에 따라 모든 땅을 나의 고향으로 보던 시절을 거쳐, 이제는 전 세계를 타향으로 본다. 타향살이가 이어진다. '나그네가 느끼는 쓸쓸한 정서. 또는 여행하면서 느끼는 낯선 감정이나 집에 대한 그리움'을 뜻하는 객창감(客窓感)을 평생 느끼면서 살아간다.

바뀐 공기는 몸의 바깥에 먼저 와 닿는데, 마음이 앞서서 계절을 끌어당긴다. 긴 여행을 마치고 돌아오면, 삐걱대며 돌아가는 톱니바퀴처럼 모든 것이 제자리를 찾아가는 일상은 안정감을 주지만, 잠깐 멈춰있던 시간은 조금 섭섭한 마음이 든다.

내 선택은 어차피 틀릴 것이다. 지금 엄청 신중하게 따져서 심사숙고하여 결정을 내리는데, 나중에 시간이 한참 흘러서 돌이켜보면 고민이 깊었을수록 틀렸더라. 더 나은 방법이 있었는데, 지금 내 눈에는 그 방법이 안 보인다. 그러니까 지금 너무 고민하지 말고 완벽하지 않더라도 일단 뭐라도 시작하자. 해봤다는 경험과 기억은 남는다.

이 글을 쓰는 도중에도 정부에서는 하루가 멀다 하고 새로운 세금, 규제, 각종 정책을 쏟아낸다. 예측은 불가능하기에 그때마다 대응하는 수밖에 없다. 완벽하지 않은 모습이더라도 간단히 빨리 프로토타입 만들어 해보고, 아니다 싶으면 다른 방향으로 베타 버전 만들어보면 되는 것이다.

인생은 불확실성의 연속이라 불확실하다는 사실 자체를 있는 그대로 받아들여야 한다. 원래 불확실한 것을 자꾸 확실한 것으로 만들고 싶어서, 부의 법칙이니 성공의 법칙이니 인간관계의 법칙이니 하며 각종 법칙과 룰을 정의 내리고 표준을 만들어내고 해법을 찾아다니는데, 애꿎은 시간만 간다.

예상은 애초에 불가능하다는 것을 인정하고, 예측하지 못한 돌발상황이 발생했을 때 빨리 대응하고 대처하는 나만의 방법을 찾고 그럴 힘을 길러야 한다. 그런데 요리 만능소스 같은 공통의 법칙만 찾고 내 상황을 욱여넣어 대입해보려고 해봐도 해결은 안 된다. 그게 인생이다.

좋아하는 것만 하고 살고 싶지만 현실은 호락호락하지 않다. 하기 싫은 것도 어쩔 수 없이 해야 하는 상황이 꼭 있다. 피할 수 없으면 즐기라는 말도 있지만, 좋아하지도 않는 것까지 기꺼이 즐겨 줄 마음의 여유가 없다. 피할 수 없는 싫어하는 것에 대응하는 나만의 방법으로 슬기롭고 적절하게 대처하며 살아가야 하는 삶이다.

내일도 회사 가기 싫다고 징징대겠지. 그러면서 일단 출근하면 정말 열심히 일하고 실적도 낸다. 퇴근 후 집에 와서 씻으면 그렇게 개운할 수가 없다. 이런 반복적인 일상 속에서 편안한 안정감을 찾고 나만의 소소한 재미를 즐기는 일상이 너무 좋다. 오래 살아야지. 새롭고 신나는 노래를 만나는 것은 언제나 엄청나고 특별하고 짜릿하다. 세상에 이렇게 곡이 많은데, 새로운 노래가 매주 나온다. 다음에 일어날 일이 매우 궁금하다.

나 잘난 맛에 사는 인생이다. 나보다 잘난 사람도 많지만 내 인생인데 굳이 남 잘난 것 신경 쓸 필요 없다. 누군가를 상대로 우월감을 채우면 결국 열등감으로 번지게 된다. 내 눈에 '나' 그 자체가 멋지고 잘났으면 그걸로 된 것이다. 강철 멘탈과 자신감 뿜뿜 마인드를 장착하고 행동한다. 그리고 멋지다고 말 많이 들을 만큼 진짜 인생 열심히 살았다.

스스로를 보살피자. 주변을 정갈히 정리하고, 크든 작든 오늘의 할 일을 미루지 않고, 오늘의 내 몫을 해내자. 손 틈 사이로 스치는 햇살에 고요한 바람을 느끼며, 느리게, 아주 느리게 흘러가는 구름을 한참을 올려다보며 눈에 담자. 아름다운 것을 언제든지 꺼내 자주 보자. 좋아하는 것을 좋아한다고 자주 말하자. 나 자신을 사랑하며 많이 웃으면 좋은 삶이 된다. 과거를 후회하지 않고 미래를 두려워하지 말자. 오늘을 살아가자. 따스한 태양 아래, 여린 바람 속을 천천히 걸으며 느끼는 행복으로 가득 찬 근사한 하루가 쌓였으면 좋겠다.